SUSANNE KRISTEK
GEHT'S NOCH?!

SUSANNE KRISTEK
GEHT'S NOCH?!

ROMAN

Personen und Handlung sind frei erfunden.
Ähnlichkeiten mit lebenden oder toten Personen
sind rein zufällig und nicht beabsichtigt.

Die automatisierte Analyse des Werkes, um daraus Informationen
insbesondere über Muster, Trends und Korrelationen gemäß § 44b UrhG
(»Text und Data Mining«) zu gewinnen, ist untersagt.

Bei Fragen zur Produktsicherheit gemäß der Verordnung über die allgemeine
Produktsicherheit (GPSR) wenden Sie sich bitte an den Verlag.

Immer informiert

Spannung pur – mit unserem Newsletter informieren wir Sie
regelmäßig über Wissenswertes aus unserer Bücherwelt.

Gefällt mir!

Facebook: @Gmeiner.Verlag
Instagram: @gmeinerverlag

Besuchen Sie uns im Internet:
www.gmeiner-verlag.de

© 2025 – Gmeiner-Verlag GmbH
Im Ehnried 5, 88605 Meßkirch
Telefon 07575 / 2095 - 0
info@gmeiner-verlag.de
Alle Rechte vorbehalten
1. Auflage 2025

Lektorat: Claudia Senghaas, Kirchardt
Satz: Mirjam Hecht
Rubrikbild »Frag Susi« © Susanne Kristek
Umschlaggestaltung: U.O.R.G. Lutz Eberle, Stuttgart
Illustration und Coverdesign Agostina Suazo, www.agostinasuazo.com
Druck: GGP Media GmbH, Pößneck
Printed in Germany
ISBN 978-3-8392-0769-7

Lass dich nicht aufhalten.
(Leipziger Verkehrsbetriebe)

*

Für Lucie, Michl und Martina.

Liebe Susi, fünf Jahre habe ich dran geschrieben, jetzt ist es endlich fertig: Mein erstes Buch! Was meinst du, wie stehen die Chancen, einen Verlag zu finden, der das auch veröffentlicht? Von Michelle

Liebe Michelle, kühl schon mal den Sekt ein, aber mach ihn noch nicht auf! Nur 2 Prozent der eingeschickten Manuskripte werden tatsächlich von Verlagen veröffentlicht. Aber wer weiß, vielleicht bist du ja die nächste literarische Sensation!

NICHTS GEHT MEHR

»Hast du dich da eingesperrt?« Der Gatte klopft an die Schlafzimmertür.

Ich ziehe mir die Decke noch weiter über den Kopf. Jetzt höre ich das Klopfen nur mehr gedämpft.

Ich schnäuze mich in den Überzug meiner Bettdecke. Auch schon wurscht.

»Mama?«

Nein, bitte, sie soll mich nicht so sehen.

»Was ist mit der Mama?«

»Ich weiß es nicht.« Seine Stimme klingt besorgt.

Ich ziehe noch schnell den Rotz hoch und dann schlage ich die Decke zur Seite, damit die Stimme nicht gedämpft klingt.

»Alles okay, Schatz! Mir war nur kurz schlecht, wahrscheinlich von der Torte oder so. Ich bin gleich wieder bei euch!«

»Aber die Torte war doch eh gekauft, oder, Papa?«

»Das ist es ja«, schluchze ich leise in meine Decke. Niemand soll mich hören. Niemand soll so eine hysterische Mutter haben. Schon gar nicht am Geburtstag.

Das Handy vom Kind läutet, sie hebt ab, ich höre, wie jemand »Happy Birthday« für sie singt. Kurz danach knallt die Tür vom Kinderzimmer.

»Schatz, bitte, da stimmt doch was nicht.« Da hat er recht. Es stimmt hier etwas gröber nicht. Es sollte ein fröhlicher Tag heute sein. Wir sollten glücklich um den Tisch sitzen, selbst gebackene Torte essen und Geburtstagslieder singen. Stattdessen liege ich hier eingesperrt im Schlafzimmer und heule.

»Magst du nicht drüber reden?«

Wortlos schleppe ich mich zur Tür, drehe den Schlüssel um und werfe mich wieder bäuchlings zurück aufs Bett. Das Gesicht vergrabe ich im Kopfpolster, der eigentlich weiß sein sollte. Jetzt hat er schwarze und braune Flecken von der frischen Schminke.

Der Gatte nimmt mich in den Arm und sagt erst mal nichts. Er hält mich nur fest.

Man hört das Kind fröhlich aus dem Kinderzimmer plappern. Und mich Rotz hochziehen.

»Was ist denn passiert?«, fragt er mich mit sanfter Stimme.

»Nichts!«, sage ich, weil, mehr kommt nicht raus aus mir.

»Das klingt aber nicht nach nichts.« Er legt sich jetzt neben mich aufs Bett. Auch auf den Bauch. Er dreht den Kopf seitlich zu mir, sodass ich mit meinem einen Auge genau in sein Auge sehe. Ich muss jetzt gleichzeitig lachen und weinen.

»Spiegelst du mich?«, frage ich ihn. »Wie bei so einem vertrottelten Business-Seminar?«

Er grinst mich an und nickt mit dem Kopf: »Klappt, oder? Zumindest lachst du wieder.«

Gleich weine ich wieder von Neuem los.

»Was ist denn passiert?«, fragt er.

»Nichts ist passiert. Nichts. Das ist es ja! Nichts kriege ich auf die Reihe! Gar nichts!«

»Geh, das stimmt doch nicht, ich kenne niemanden, der so viel macht wie du.«

»Ich kann nicht mal eine Geburtstagstorte für das eigene Kind machen. Ich *kaufe* eine, was bin ich für eine Mutter! Noch dazu einen Tag zu früh, weil ich am eigentlichen Geburtstag lieber eine blöde Lesung irgendwo im Nirgendwo in einem Hotel habe. Ich lass sie allein am Geburtstag! Wofür? Für ein blödes Hobby, mehr ist es nicht. Und mehr wird es auch nicht werden, weil ich keine richtige Autorin bin und nie sein werde!«

Ich wische mir wieder mit dem Deckenzipfel über mein Gesicht und rede weiter, ohne Luft zu holen. »Wäre ich nämlich eine richtige Autorin, dann hätte ich dieses blöde Buch schon längst geschrieben. Dann hätte ich gleich begonnen, als ich die Zusage dafür bekommen habe, und es nicht rausgeschoben. Und jetzt habe ich nur mehr eine Woche Zeit und muss gleich auch noch auf die blöde Buchmesse und so tun, als wäre alles super. Und alle erwarten was von mir und ich versemmel das einfach nur. Für dich habe ich auch nie Zeit, immer bin ich weg, und wofür das Ganze? Wofür???« Ich hole tief Luft.

»Das Kundenevent gestern habe ich auch voll verkackt, Max will mit mir reden. Er glaubt, ich bin nicht bei der Sache. Und schau, wie es hier aussieht!« Ich lasse eine Hand aus dem Bett hängen und fahre mit den Fingerspitzen über den Fußboden. Dabei hebe ich ein kleines Lurchknäuel auf. »Ich schaffe es nicht mal, die Wohnung zu putzen! Da, schau, überall schaut es aus!«

»Aber das ist doch nicht *deine* Schuld! Du schaffst so viel, und ich bin so stolz auf dich!«

»Nein, eben nicht! Ich wollte ihr zum Geburtstag einen schönen Tag bereiten, ich wollte ihr einen neuen Schreibtisch schenken und mit ihr die Ecke im Zimmer ausmessen, stattdessen keife ich sie an, weil sie das nicht gleich tun wollte.«

»Schatz, weil der alte Tisch für sie auch okay ist.« Er nimmt mich fest in den Arm.

»Und dir hab ich versprochen, dass ich mich um den Umbau kümmere. Das war der Deal. Nicht mal das schaffe ich. Ich krieg es einfach nicht hin. Wir haben kein Klo. Und keine Senkgrube. Wir können maximal in den Weinberg scheißen.« Immer mehr Tränen laufen über mein Gesicht auf den Polster.

Ich habe alle, alle, alle enttäuscht.

Liebe Susi, sag mal, wird der Büchermarkt nicht bald explodieren? Wie viele Bücher kommen denn da jährlich neu raus? Von Leseratte Irmi

Liebe Leseratte Irmi, schnall dich an! Tatsächlich ist es eine Bücherflut. Bis zu 80.000 neue Bücher erscheinen allein im deutschsprachigen Raum pro Jahr!

ACHT MONATE VORHER ...
MEIN GLAMOURÖSESTER TAG

Es ist 05:00 Uhr früh, ich stehe daheim auf, um mich zurechtzumachen.

06:00 Uhr, ich verlasse Wien.

08:00 Uhr, ich komme hier am Parkplatz an und klappe den Laptop im Auto auf meinem Schoß auf, um kurzfristig an einem Online-Meeting mit einem möglichen Neukunden teilzunehmen. Neue Anfragen müssen immer schnell beantwortet werden!

08:05 Uhr, ich stelle mir so einen Fake-Hintergrund bei meiner Kamera im Videokonferenzprogramm ein. Es sieht jetzt aus, als würde ich in einem hippen New Yorker Start-up-Loftbüro sitzen.

08:10 Uhr, die Geschäftsführerin der Firma stellt sich und das Produkt vor, das am österreichischen Markt groß eingeführt werden soll. Sie: Doktor Knaus. Ehemalige Frauenärztin. Das Produkt: irgendwas mit Beckenboden? Die Verbindung ist furchtbar am Parkplatz.

08:20 Uhr, langsam wird es kalt im Auto.

08:45 Uhr, die Kundin fragt mich, ob ich rauche, weil so kleine Atemwolken beim Sprechen aus meinem Mund rauskommen.

08:50 Uhr, ich fliege aus dem Meeting, bevor ich noch die Frage beantworten kann. Akku leer. Verdammt.

09:15 Uhr, es geht los!

Moderatorin: »Heute freuen wir uns besonders, eine neue aufstrebende Autorin bei uns begrüßen zu dürfen: Frau Susanne Kristek.«

Ich sitze in einem Aufnahmestudio von einem Lokalradiosender, drei Autostunden von Wien entfernt. Ein kleiner Raum, ein Schreibtisch, ein Aufnahmegerät und zwei Sitzplätze. Donnerstags schaue ich immer die *Rosenheim Cops*. Das Verhörzimmer dort sieht fast genauso aus.

Ich: »Vorab möchte ich mich ganz herzlich für die Einladung bedanken und wünsche allen Zuhörer...innen einen wunderschönen Sonntag.«

Ich mache eine sehr ausgeprägte Genderpause vor dem »innen«, es gilt jetzt, alles richtig zu machen! Die Moderatorin sieht mich dabei irritiert an, vielleicht hat sie kurz einen Schlaganfall oder so was bei mir befürchtet.

Moderatorin: »Frau Kristek, vor zwei Tagen ist Ihr Buch erschienen. Es trägt den Titel *Die nächste Depperte – von einer, die auszog, um Autorin zu werden*. Das klingt ja schon mal sehr unterhaltsam. Worum geht es da?«

Ich: »Es geht um die Höhen und Tiefen des Autorenlebens. Also eher um die Tiefen. Und dass man vor nichts zurückschrecken darf, um seinen Traum wahr werden zu lassen!«

Moderatorin: »Jetzt sind Sie aber schon bei den Höhen angekommen! Denn Ihr Buch ist bereits in der ersten Woche auf den Bestsellerlisten. Das schaffen nicht viele.«

Ich: »Oh mein Gott, ich kann es selbst noch nicht glauben!«

Habe ich jetzt ernsthaft »oh mein Gott« gesagt? Kann man das vielleicht rausschneiden?

Haben die bei Live-Sendungen im Regionalradio auch so Busenblitzer-Zeitverzögerungen wie im *Super Bowl*?

Ich: »Ich zwicke mich selbst jeden Tag, aber es stimmt wirklich, ich *bin* Bestseller. Es erscheinen so viele Bücher jedes Jahr. Fast 70.000 allein im deutschen Sprachraum! Und vielleicht 100 davon werden Bestseller, wenn überhaupt! Ich bin so dankbar für alles. Vor allem meinen Leserinnen und Lesern, die mich erst zum Bestseller gemacht haben.«

Beim Wort »dankbar« falte ich die Hände vor der Brust und senke demütig den Blick. Helene Fischer macht das immer bei ihren Auftritten. Ich habe das genau beobachtet, das kommt immer gut an.

Moderatorin: »In Ihrem Buch ist immer wieder auch von Ihrer sogenannten Schreibschwester, Martina Parker, die Rede. Was hat es damit auf sich?«

Ich: »Ohne sie wäre das alles nicht passiert. Dieser Traum, den ich leben darf, wäre ohne sie niemals wahr geworden!«

Ich unterstreiche den Satz mit der Helene-Fischer-Herz Geste. Linke Hand geöffnet und bedeutungsvoll auf das Herz legen. Ich komme etwas zu weit links an und erwische meinen Busen. Sofort ziehe ich die Hand zurück. Die Moderatorin ist in ihre Notizen versunken und hat zum Glück nichts bemerkt.

Ich: »Ihr habe ich es zu verdanken, dass ich dieses Buch überhaupt geschrieben habe. Sie ist mein Mentor und meine Lehrmeisterin. Mein Albus Dumbledore!«

Ich freue mich selber, dass mir spontan so ein kluger Vergleich eingefallen ist, Harry Potter passt einfach immer. Das Buch der Bücher, das finden alle gut.

Moderatorin: »Wer?«

Vielleicht doch nicht alle.

Ich: »Dumbledore, aus Harry Potter. Der alte weiße Mann mit dem langen Bart.«

Jetzt steigt es mir heiß auf. Martina wird mich killen bei dem Vergleich. Die Moderatorin legt den Kopf schief zur Seite und zieht die Augenbrauen zusammen.

Ich: »Der berühmteste Zauberer aller Zeiten! So wie Martina Parker, die berühmteste Bestsellerautorin. Sie ist wie eine gute Fee für mich.«

Fee, der Vergleich wird ihr besser gefallen.

Ich: »Ohne sie hätte ich auch diesen wunderbaren Buchverlag nicht.«

Soll ich vielleicht jemanden namentlich erwähnen vom Verlag? Claudia? Jochen? Alex?

Moderatorin: »Sie sind ja nicht hauptberuflich Autorin ...«

Ich: »Noch nicht.«

Verlegenes Lachen.

Moderatorin: »... sondern leiten auch noch eine Agentur.«

Ich: »Ja, genau, ich bin Chefin einer großen Agentur für Verkaufsförderung und Mystery Shopping. Ich liebe meinen Job! Ganz ehrlich, ich würde das nicht aufgeben wollen!«

Ich ärgere mich, dass ich das Wort »Chefin« verwendet habe. Das klingt irgendwie so ... nach 90er-Jahren. In jungen Start-up-Firmen sagt man fix nicht mehr »Chefin«, das klingt wie Nordkorea. Ich hätte lieber irgendwas mit »Female Empowerment« sagen sollen.

Moderatorin: »Und dann sind Sie ja auch noch Ehefrau und Mutter!«

Ich: »Ja. Mein schönster Job und mein größtes Glück: die Familie! Meine Tochter und mein Mann.«

Diesmal landet meine Hand am Herzen.

Mir fällt ein, ich bin nur im Radio. Dieses ganze Herumgefuchtel sieht ja nicht mal wer. Egal. Es werden schon noch Fernsehinterviews kommen. Dann bin ich bereit!

Moderatorin: »Ihr Mann wird ja in Ihrem Buch liebevoll ›Der Gatte‹ genannt, stört ihn das nicht, wenn er vorkommt?«

Ich: »Nein, im Gegenteil! Er liebt es. Und er unterstützt mich. Hinter jeder starken Frau steht ein starker Mann!«

Was rede ich da??? Vielleicht ist das die Übermüdung (best case), oder es kommt wirklich ein Schlaganfall (worst case).

Moderatorin: »Sie sind in der Oststeiermark geboren und aufgewachsen, leben aber schon sehr lange in Wien ...«

Sie macht eine Pause.

Ich werde ihr jetzt sicher keine Jahreszahl nennen. Da rechnet ja jeder sofort nach.

Ich: »Ja, das stimmt, ich habe mich inzwischen aber schon eingelebt in Wien.«

Moderatorin: »Und seit Kurzem sind Sie auch Wahlburgenländerin. Wie kam es dazu?«

Ich: »Ich habe mir meinen Traum herbeigeschrieben, sozusagen. In meinem Buch steht, dass ich so gerne ein kleines altes Häuschen im Burgenland hätte. Einen romantischen Rückzugsort für die Familie. Wo ich auf der Terrasse sitzen und über die Weinberge schauen kann, während ich meine Bücher schreibe.«

Moderatorin: »Und das ist genau so wahr geworden?«

Ich: »Ja, noch während das Buch gedruckt wurde, hat sich das durch Zufall ergeben. Ich kann es selbst noch gar nicht glauben! Und auch hier war die gute Fee wieder beteiligt.«

Moderatorin: »Wie geht es jetzt weiter? Ich nehme an, es warten schon viele Lesungen und Termine auf Sie?«

Ich: »Ja, jetzt geht es so richtig los! Ich darf gemeinsam mit Martina Parker zahlreiche Lesungen in ganz Österreich machen. Gleich heute Abend ist unsere Premierenlesung, bereits ausverkauft, vor 500 Gästen.«

Moderatorin: »Wow, und wie Sie mir im Vorfeld schon verraten haben, gibt es ja auch schon Anfragen aus dem Ausland?«

Ich: »Ja, ich darf auf der berühmten *Leipziger Buchmesse* lesen. Eine ganz besondere Ehre für österreichische Autoren. Darauf freue ich mich schon wahnsinnig!«

Moderatorin: »Und ein weiteres Buch schreiben Sie auch schon?«

Ich: »Ja, aber da darf ich leider noch nichts darüber verraten.«

Ich mache eine verschwörerische Sprechpause und kneife die Augen zu Schlitzen zusammen.

Ich: »Sie wissen ja, der Verlag sagt, das muss noch geheim bleiben!«

Moderatorin: »Und jetzt verraten Sie uns abschließend bitte noch Ihr Geheimnis. Wie bringt man das alles unter einen Hut? Job, Karriere, Bücher schreiben, Familie, Lesungen …«

Ich: »Man kann alles schaffen, wenn man nur will und wenn es Spaß macht! Ich sage immer, sei mutig und spring über deinen Schatten!«

Einen größeren Schwachsinn habe ich noch nie von mir gegeben.

Aber das weiß ich zu diesem Zeitpunkt ja noch nicht …

Liebe Susi, in der Schule habe ich gehört, dass es Vertreter gibt, die den ganzen Tag nur Buchhandlungen besuchen! Stimmt das? Wenn ja, dann will ich das auch werden! Ich liebe Buchhandlungen!

Lieber Buchhandlungs-Liebhaber! Ja das gibt es wirklich. Vertreter sind die Superhelden der Bücherwelt. Sie informieren die Buchhandlungen über die neuesten Bücher und schauen, welche Bücher mit welcher Buchhandlung am besten zusammenpassen. Wie beim Tinder! Es geht um das Perfect Match. Also, wenn du Bücher liebst und kommunikativ bist, go for it!

ZOMBIE-APOKALYPSE

WhatsApp-Chat:
Martina: Ich habe einen Albtraum gehabt!!! 💀
Martina: Die Gemeinde Oberwart hat Zombie- Experimente gemacht.
Martina: Erich, unser Vertreter, und ich hatten einen Busunfall. Er war übermüdet, weil er zu so vielen Buchhandlungen musste unsere Bücher verkaufen!!!!
Martina: Die Zombies wollten uns dann fressen!! 🧟🧟🧟🧟🧟
Martina: Hallo?
Martina: ????
Martina: Wo bist du?
Martina: Haben dich die Zombies doch gefressen?

Liebe Susi, überall diese Buchlesungen! Können die Leute heutzutage nicht mehr selber lesen, oder was steckt da dahinter? Moni aus Wien

Liebe Moni aus Wien, Buchlesungen sind sehr beliebt, weil es eine super Gelegenheit ist, Autoren und Autorinnen persönlich kennenzulernen und mehr über sie zu erfahren. Aber auch die Schriftstellerinnen lieben das. Sie kommen mal raus zum Entlüften und freuen sich auf den Austausch mit den Leserinnen.

HAST DU SCHNAPS DABEI?

Langsam wird es wieder kalt im Auto. Ich bin viel zu früh hier in Mattersburg, wo heute Abend die Premierenlesung stattfindet. Martina präsentiert *Aufblattelt*, ihr drittes Buch der Gartenkrimi-Erfolgsreihe. Ich bin stolz und aufgeregt, dass auch ich mein Buch präsentieren und die Veranstaltung moderieren darf.

Irgendwo vibriert mein Handy auf dem Beifahrersitz, ich kann es aber nicht finden, weil so viel Zeug dort liegt. Es sieht aus, als würde ich im Auto wohnen. Laptop, Ladekabel, Wimperntusche, Lippenstift, Pinsel, Rouge, das leere Sackerl der Bäckerei, Brösel vom Salzstangerl, eine Packung *Manner Schnitten*, mein Buch mit zahlreichen bunten *Post Its*, die zwischen den Seiten rausstehen, um die Lesestellen zu markieren, und einige bekritzelte Notizzettel für die Moderation. Da, endlich, unter einer *Red-Bull*-Dose fische ich mein Handy aus dem Chaos. Eine neue Nachricht ist eingegangen von »Hansi Literaturkurs«. Ich sollte seinen Namen endlich mal umspeichern. Genauso wie die vielen Mama-Kontakte. »Doris Mia Mama«, »Schirin Kian Mama«, »Luljeta Elisa Mama«.

Hansi Literaturkurs: Bist du schon in Mattersburg? Ich bin dann auch gleich on the way! Lg Joe.

Ich habe mich noch immer nicht an seinen neuen Namen gewöhnt. Als Hansi Feranek habe ich ihn im Literaturkurs letztes Jahr kennengelernt. Er hatte schon zwei Wien-Krimis bei einem kleinen Verlag veröffentlicht. Ihm ging das aber alles zu langsam mit der Autorenkarriere. Jetzt hat er sich

neu erfunden und hofft als Joe Ferrari auf einen rasanteren Durchbruch.
Ich: Ja, aber die Lesung beginnt erst in 3 Stunden. Du kannst dir noch Zeit lassen.
Hansi Literaturkurs: Macht nix, ich kann euch ja aufbauen helfen oder du kannst mir die Martina schon mal vorstellen! 😉
Ich: Danke, aber lieber nachher. Wir haben vorher noch einen Termin mit dem ORF Burgenland, einmal für eine Radio Kultursendung und einmal fürs Fernsehen.
Hansi Literaturkurs: Das klingt gut! Ich komme!

Ich schalte die Nachrichten auf stumm, ich möchte mich noch auf den Moderationseinstieg vorbereiten. Was sagt man da am besten? »Hallo, Mattersburg«? Klingt vertrottelt. Aber irgendeinen Bezug sollte ich zu Beginn schon herstellen. Ich schaue aus meinem Autofenster, draußen dämmert es schon leicht, viel ist nicht zu sehen an ortstypischen Besonderheiten, die ich einbauen könnte. Weiter hinten erkenne ich ein einzelnes Hochhaus. Es wirkt, wie wenn der Herrscher aller Plattenbauten das Hochhaus eigentlich auf Wien hätte abwerfen wollen, und dabei ist er leicht vom Weg abgekommen. Mattersburg statt Wien. Jetzt steht da mitten in einer eher ländlichen Kleinstadt so ein Wohnsiloturm. Nichts, womit man einen unterhaltsamen Abend eröffnen könnte …
Ich öffne *ChatGPT* auf meinem Handy – angeblich weiß die künstliche Intelligenz ja alles – und tippe »Fakten über Mattersburg« ein. Und tatsächlich werden mir sofort ein paar Punkte aufgezählt:
Mattersburg liegt im Burgenland, im Osten Österreichs.
Das ist jetzt allerdings auch keine bahnbrechende Neuigkeit.
Bekannt für Fußball. Der Fußballverein *SV Mattersburg* ist in der österreichischen Bundesliga vertreten und hat eine treue Fangemeinde.

Der nächste Schwachsinn. Den Verein gibt es seit ein paar Jahren nicht mehr. Der ehemalige Obmann und zugleich Gründer einer lokalen Bank wurde wegen Betrug und irgendwelchen Fälschungen verhaftet. Irgendwo habe ich mal gelesen, dass die Hälfte seines privaten Wohnhauses versteigert wurde. Die andere Hälfte gehört seiner Frau. Seitdem frage ich mich die ganze Zeit, wie man so ein Wohnhaus halbieren kann. Geht da eine Linie durch das Wohnzimmer? Gibt es zwei Toiletten? Was ist mit der Speis?

Architektur: In der Stadt gibt es eine Mischung aus historischer Architektur und modernen Gebäuden, die einen faszinierenden Kontrast bieten.

So viel zur künstlichen Intelligenz.

Aber halt, es gibt noch einen vierten Punkt!

Kulturveranstaltungen: Die Stadt beherbergt regelmäßig kulturelle Veranstaltungen, darunter Konzerte, Theateraufführungen und Kunstausstellungen.

Die *Bauermühle*, in der unsere Lesung heute stattfindet, ist eine historische Mühle aus dem 19. Jahrhundert. Früher wurde hier mit der Kraft des Wassers aus einem nahen Fluss Getreide gemahlen. Inzwischen wurde die Mühle liebevoll restauriert und zu einem Kultur- und Veranstaltungszentrum umgebaut. Ich drücke zögerlich die Türschnalle von dem großen, schweren Holztor, weil ich eigentlich immer noch viel zu früh dran bin. Aber seit ich an das Klo vom Bankbetrügerhaus hab denken müssen, pressiert es mir diesbezüglich auch und ich hoffe, dass vielleicht schon jemand vom Veranstalter da ist oder wenigstens die Toiletten zugänglich sind.

Zum Glück lässt sich das Tor schon öffnen, nur wo ich dann ankomme, damit war jetzt nicht zu rechnen. Mitten im Wald! Ich stehe plötzlich in einem Wald! Der ganze Innenhof des Veranstaltungszentrums ist voll mit Bäumen. Ich bin sehr schlecht mit Naturfakten, aber irgendwas mit Nadeln. So Christbäume, Fichten, Tannen, so was. Vielleicht bin ich hier falsch und es gibt einen anderen Eingang zum Veranstaltungssaal? Da höre ich es auf einmal laut und schallend lachen, und mir ist klar, dass ich hier goldrichtig bin, weil, diesen Lacher gibt es nur einmal. Martina. Ansteckend und laut wie die Sirenenprobe am Samstag zu Mittag am Land.

Der Gang über den Hof zum hinteren Teil des Hauses (und hoffentlich auch zum Klo) ist zwischen den Nadelbäumen hinweg mit getrockneten Blättern ausgelegt. Wie bei Hänsel und Gretel folge ich dem Weg. Warum liegt hier eigentlich Laub unter Nadelbäumen? Und seit wann gibt es überhaupt mitten im Winter so viele Blätter? Ich hätte in Biologie vielleicht etwas besser aufpassen sollen, nicht nur bei den Sexualkundefilmen ...

Dieses Mattersburg wirft auf jeden Fall sehr viele Rätsel auf, bevor es überhaupt losgeht.

Der Veranstaltungssaal selbst ist riesig. Er erinnert mich an die Mehrzweckhalle in meiner Heimatstadt. Erbaut irgendwann in den 80er-Jahren, als Dinge noch nach ihrer Funktion benannt wurden: »Mehrzweckhalle«. Genauso wie »Fremdenzimmer«.

Der Saal erscheint mir riesig, es müssen mehrere 100 Sitzplätze sein, und es gibt sogar eine eigene Galerie mit fix montierten Scheinwerfern und einem Beamer. Ich bin massiv beeindruckt und vielleicht auch ein klein wenig eingeschüchtert. Ich soll das alles moderieren? Ich denke an meine gekritzelten Moderationskarten und schäme mich, dass ich nicht professioneller bin.

Am allergrößten ist jedoch die Bühne! Die ist höher als ich! Wenn ich knapp davorstehe, sieht man von oben wohl nur meinen Schopf.

Und die Bühne ist komplett dekoriert, es wirkt, als wäre da eine komplette Szene für ein Theaterstück oder so was aufgebaut. Genauso wie im Hof, stehen auch auf der Bühne wieder unzählige Nadelbäume. Aber nicht nur das, denn von oben hängen mehrere Geweihe herunten, und zwischen den Bäumen guckt ein schneeweißer Hirsch hervor. Der wird ja wohl nicht ... Ich steige langsam und zögerlich die Stufen zur Bühne hoch und nähere mich dem Hirschen. Keine Reaktion. Es ist nur Deko. Ich hatte auch noch nie von weißen Hirschen gehört. Aber was weiß ich, was im Burgenland alles heimisch geworden ist ...

Ich lasse mich kurz auf einem der schweren alten Ohrensessel nieder, die ebenfalls Teil der Bühnendeko sind, und schaue zu meinen Füßen. Der gesamte Bühnenboden ist ausgelegt mit Laub und alten Teppichen. Neben den Sesseln steht ein rustikaler alter Bücherschrank, prall gefüllt mit unseren Büchern. Das ganze Bühnenbild sieht großartig aus, wie aus einer Szene aus Martinas aktuellem Buch. *Aufblattelt*, ein Krimi, der im Wald und im Milieu der Adeligen spielt.

Wo haben die das alles her? Haben die ein Schloss ausgeraubt? Oder vielleicht war das alles mal das Interieur von der zweiten Haushälfte, die jetzt versteigert wird?

Ich probiere die verschiedenen Lehnstühle durch, die auf der Bühne stehen. Von so weit oben sieht der Saal gleich noch viel riesiger aus. Mir wird heiß, dabei ist noch nicht mal jemand hier! Ich teste mehrere verschiedene Sitzpositionen auf den alten Stühlen. Wenn ich mich ganz hinten reinfallen lasse, ist es zwar bequem, man wird aber nichts mehr von mir sehen. Der Sessel verschluckt mich. Wenn ich ganz vorne auf der Kante sitze, geht es besser. Dann habe ich auch eine aufrechtere Haltung und kann die Beine übereinanderschlagen. Allerdings rutscht mein schwarzer Lederrock beim Sitzen leicht nach oben. Sehen die von der ersten Reihe dann womöglich unter meinen Rock? Panisch gehe ich die Stufen in der Mitte der Treppe wieder nach unten, um mir die Aussicht aus der ersten Reihe noch mal anzuschauen. Dann gehe ich wieder rauf und noch mal runter, weil ich vergessen habe zu schauen, wie der Blickwinkel von der anderen Seite der ersten Reihe ist. Beim dritten Mal die Stufen rauf beginne ich zu keuchen.

»Schatzi, da bist du ja!« Martina steht auf einmal mit roten Stiefeln wie so eine Waldfee zwischen den Bäumen. Wo kommt die jetzt her? Kurz überlege ich, ob es nicht eine Martina-Attrappe sein könnte, so wie der Hirsch. Aber sie spricht. Und das wiederum spricht gegen meine Theorie.

»Ein Wahnsinn, was die Knotzers da alles aufgebaut haben, gell?«, sagt sie und breitet die Arme weit aus, wie um die Bühne zu umarmen. »Sie haben alle nicht verkauften Christbäume in der Region aufgekauft und hergebracht, und seit Oktober sammeln sie Laub und haben es extra zum Trocknen aufgelegt!«

Hinter ihr aus dem Bühnenwald tauchen noch drei Personen auf, zwei Frauen und ein Mann. Bitte, woher kommen die alle? Sind die schon die ganze Zeit dagestanden während meiner Solositzprobe vorher? Martina stellt mir das Trio vor, das Buchhändlerehepaar Knotzer und Bettina, ihre Mitarbeiterin. Sehr sympathisch alle.

»Schau mal, es gibt sogar eine eigene Hexenküche für die Uschi.« Martina geht zu dem alten Holztisch auf der Bühne, wo verschiedene Sachen draufstehen: kleine braune Flaschen, Seifen, Schalen, wie beim Apotheker. Die Uschi ist die ORF-Kräuterhexe, die ebenfalls Teil unserer Show sein wird.

»Und das hier«, Martina deutet jetzt auf einen alten Ofen in der Bühnendeko, »das ist eine Destille für den Steppenduft Stefan.« Stefan ist ein burgenländischer Duftbauer, der für Martina einen eigenen Leseduft entwickelt hat.

Sie begutachtet jedes einzelne Teil der Bühnendeko so begeistert wie ein kleines Kind, das zum ersten Mal die

Geschenke auspacken darf. Als sie irgendwas zwischen den Tannenbäumen sucht, schreit sie kurz auf: »Oh nein, ich darf den Rock nicht kaputt machen!« Behutsam versucht sie, ihren Rock von einem kleinen Aststück zu lösen. »Der gehört nämlich nicht mir!«

Das Buchhändler Ehepaar wirft sich verwunderte Blicke zu. Verständlich. Die haben den neuen Krimistar gebucht und wochenlang Laub und Bäume gesammelt, und jetzt kommt die mit einem gestohlenen Rock?

»Ich hab den von der Boutique *Bellezza* aus Bad Tatzmannsdorf zur Verfügung gestellt bekommen«, sagt Martina und zupft an dem kurzen Rock rum. »Die kleiden mich ein für meine Auftritte, ich muss den aber nachher wieder zurückbringen.«

Das Buchhandelstrio atmet erleichtert auf. Ich nicht, denn der Rock ist wirklich sehr kurz, und ich muss an die tiefen Sessel und die erste Reihe denken.

Vielleicht haben die wo doppelseitiges Klebeband hier?

»Und sind die Stühle hier auch Teil der Deko?«, frage ich und deute auf die Sessel, die links und rechts am Rand der Bühne aufgestellt sind.

»Das ist Deko, und gleichzeitig brauchen wir noch Ausweichplätze, weil sich so viele angemeldet haben.« Herr Knotzer geht zwischen den Bäumen nach hinten. »Aber jetzt zeig ich euch erst mal in Ruhe eure Garderoben.« Und da check ich erst, dass die Bühne auch hinten einen Ausgang hat.

»Hast du einen Schnaps dabei?« Ich lasse mich auf den Stuhl vor dem Spiegel fallen. Martina und ich sind jetzt alleine in unserer Garderobe. Ja genau, Garderobe! Es gibt hier nämlich eine eigene Künstlergarderobe. Genauer gesagt würde es sogar zwei geben. Aber wir teilen uns lieber eine, damit wir nicht allein sind in unserer Aufregung. Außerdem sollte gleich das ORF-Team für das Interview kommen.

»Ich glaube, ich habe Angst!« Ich stehe wieder auf und inspiziere den kleinen Raum. Es gibt zwei Schminkplätze mit Spiegel, einen Kleiderständer, drei Sessel und sogar eine Dusche!

»Wir schaffen das schon«, sagt Martina aufmunternd zu mir und blättert in ihrem Buch, in dem noch mehr Haftnotizen oben rausschauen als bei meinem. Nur ihre sind schöner.

»Sag einmal, hast du *Post Its* von *Chanel*?« Ich gehe jetzt ganz nah an ihr Buch ran und erkenne tatsächlich das berühmte Logo. Martina grinst mich an: »Irgendeinen Sinn muss meine lange Tätigkeit in der Beautybranche auch gehabt haben.«

Es klopft an die Garderobentür, und ohne eine Antwort von uns abzuwarten, geht die Tür auch schon einen Spalt auf und jemand steckt keck den Kopf rein. Der Kopf kommt mir sehr bekannt vor. Männlich, Alter fortgeschritten, hoher Haaransatz, lange dunkle Haare zu einem Zopf im Nacken gebunden. Dazu eine bläulich getönte Brille.

»Hansi? Was machst du denn schon hier?«

»Guten Tag, die Damen, es ist mir eine Ehre!« Die Tür fällt hinter ihm zu, und er macht eine tiefe Verbeugung, vor allem vor Martina. Der vordere Teil von seinem schwarzen Ledermantel streift dabei den Boden.

»Gestatten, Joe Ferrari«, sagt er und streckt Martina die Hand hin.

»Äh, das ist mein Kollege Hansi, äh, Joe vom Literaturkurs«, stelle ich ihn ihr vor.

»Hallo, Joe«, sagt Martina freundlich, »freut mich, dich kennenzulernen.«

»Aber wir müssen uns jetzt konzentrieren, wir haben gleich ein Interview hier.«

»Pst«, sagt er und legt den gestreckten Zeigefinger auf seine Lippen. »Ich kann leise sein wie ein Mäuschen!«

Es klopft wieder, und diesmal steckt Bettina, die blonde Buchhändlerin, den Kopf herein. »Ich hätte da Besuch für euch.« Hinter ihr stehen drei Leute mit Mikros und Kameras.

»Bevor es hier zu eng wird, komme ich vielleicht lieber inzwischen mit dir mit«, flirtet Joe die Buchhändlerin an, und so schnell, wie er gekommen ist, ist er auch schon wieder weg mit ihr.

»Sie sagen mir eh, wenn es so weit ist, oder?« Ich starre Herrn Knotzer panisch an. Vor lauter Aufregung habe ich das Interview nicht mal richtig mitbekommen. Jetzt ist es auch schon vorbei, das Kamerateam hat im Saal Position bezogen, und gleich geht es los.

Der Buchhändler hat sich gerade in der ersten Reihe neben der Frau Bürgermeister niedergelassen. Es war ausgemacht, dass ich als Erste von vorne über die Treppe auf die Bühne gehe und dann Martina ankündige, die wiederum von hinten durch den Bühnenwald einschweben wird. Der Saal ist schon bummvoll mit Publikum. In der dritten Reihe entdecke ich Andreas, meinen Frisör. Er ist auch aus Mattersburg, und ich freue mich sehr, dass er gekommen ist. Vor allem, weil er mir mit einer Flasche Eierlikör winkt. Niemand kennt mich besser. Und niemand lacht mitreißender als er.

Dann fällt meine Aufmerksamkeit wieder zurück auf Herrn Knotzer. Er hat meine Frage noch nicht beantwortet und schaut nur verstört. Vielleicht war das ganze Bäumesammeln auch zu viel in den letzten Wochen.

»Also bitte, geben Sie mir einfach Bescheid, wenn ich loslegen soll!«, fordere ich ihn noch mal auf, während ich jetzt den Thomas im Publikum entdecke. Ein lieber ehemaliger Arbeitskollege. Ich winke ihm zu. Und suche den Saal weiter nach dem Joe ab. Wo ist der eigentlich? Ich bin schon ganz reizüberflutet von den vielen Eindrücken hier.

Herr Knotzer steht direkt vor mir, antwortet hingegen noch immer nicht. Er hält mir nur freundlich seine Hand hin. Die Einzige, die etwas sagt, ist die Frau Bürgermeister. »Ich glaube, das ist eine Verwechslung«, flüstert sie mir zu. »Das ist der Herr Vizebürgermeister.«

Verdammt! Und tatsächlich sehe ich den echten Herrn Knotzer gerade hinten beim Büchertisch vorbeigehen. Peinlich berührt ergreife ich die Vizebürgermeisterhand und schüttle sie. »Sehr erfreut, Herr Vizebürgermeisterin, äh, Vizebürgermeister.«

Wenn das so weitergeht, kann ich gleich heimfahren. Sehnsuchtsvoll schaue ich in Richtung Eierlikörflasche. Herr Knotzer winkt jetzt von hinten. Mein Zeichen. Es geht los!

Und dann passiert alles wie von alleine. Ich gehe die Stufen hoch, sehe all die Menschen im Saal, wie sie da sitzen. Sie sind extra hergekommen, haben vielleicht Parkplatz gesucht, den Mantel abgegeben, sich angestellt beim Einlass, einen Platz gesucht. Sich fesch angezogen, haben die Haare schön und sind jetzt gespannt und voller Vorfreude auf das, was kommt. All die Menschen, nur wegen Martina. Und zumindest zwei davon auch wegen mir. Ein warmes Gefühl wie eine Riesenportion Schlagobers durchströmt mich. Ganz hinten sehe ich jetzt das ganze Buchhandlungsteam und muss daran denken, wie die wochenlang das alles vorbereitet haben. Ich sehe sie im Wald knien, wie sie Laub in Körbe schaufeln und Bäume ausgraben. Und das alles nur wegen uns? Ich spüre Rührung gefährlich weit hochsteigen, aber bevor es nass wird in meinen Augen, strecke ich mich durch und spüre, dass es genau das ist, was ich tun will. Diesen Menschen den schönsten aller Abende bereiten!

»Meine Damen und Herren, begrüßen Sie mit mir auf der Bühne Bestsellerautorin Martina Parker!« Musik setzt ein, und Martina betritt die Bühne. Jetzt erst sehe ich, dass da drei Musiker live spielen. Sie sitzen seitlich vor den Reserveplätzen auf der Bühne, und eigentlich sind sie zu viert. Nur dass der vierte Mann nicht musiziert. Dafür winkt er mir aufgeregt zu. Hansi!

Hansi alias Joe sitzt während der gesamten Lesung unmittelbar neben uns bei den Musikern auf der Bühne. Fast so, als wäre er Teil der Performance. Er verfolgt begeistert die Ausführungen der ORF-Kräuterhexe Uschi Zezelitsch, die auf der Bühne zeigt, wie man bestimmte Heilsalben herstellen kann. Er lacht am lautesten bei den lustigen Lesestellen aus Martinas Buch. Verfolgt aufmerksam die Interviewfragen, die ich für Martina vorbereitet habe, und er lässt sich als Erster vom Steppenduft-Stefan mit dem neuen Leseduft einsprühen. Kurz zuckt er nur zusammen, als der Stefan erklärt, dass manche Düfte auch halluzinogene Wirkung haben können. Ich präsentiere zum ersten Mal vor Publikum auch mein Buch und lese eine kurze Passage.

Nach maximal zehn Minuten ist die ganze Show wieder vorbei. Zumindest fühlt es sich so an. In echt waren es fast eineinhalb Stunden. Die Zeit ist verflogen, und natürlich ist der Applaus großartig am Ende. Aber viel besser ist es, währenddessen in die Gesichter zu schauen.

»Für wen darf ich unterschreiben?« Martina sitzt neben mir am Signiertisch. Seit einer halben Stunde signiert sie schon Buch um Buch, und die Schlange wird immer noch nicht kürzer. Einige haben gleich alle drei Bücher von ihr in der Hand. Jedes Mal, wenn jemand mit meinem Buch kommt, würde ich es vor Freude am liebsten herschenken.

Nach einer Stunde ist noch immer kein Ende in Sicht, Frau Knotzer bringt uns Brötchen vom Buffet, aber ich will lieber nichts essen, damit ich keine fettigen Finger habe, und außerdem kann ich ja mit vollem Mund nicht reden.

»Gehen wir nachher noch was trinken?«, flüstert mir Martina zu. Noch immer ist eine lange Warteschlange vor ihr.

»Sehr gerne doch!«, antwortet eine Stimme, die allerdings nicht meine ist. Hansi-Joe! Er grinst uns an. War der die ganze Zeit schon hinter uns?

Liebe Susi, dauernd nur Absagen von Verlagen. Meine Frau sagt, dann soll ich halt Selfpublishing machen. Hat sie recht oder will sie mich nur ruhigstellen? Leo.

Lieber Leo, Selfpublishing kann eine Alternative sein, wenn man schon viele Absagen von Verlagen bekommen hat, denn besser Selfpublishing, als gar nicht veröffentlichen! Aber du solltest viel Zeit und Engagement mitbringen. Denn hier liegt alles in deiner Verantwortung, Lektorat, Marketing, Vertrieb, Gestaltung, PR … Andererseits: no risk – no fun. Also sei schlau, vertrau der Frau!

DIE BURENHEIDL-BEICHTE

»Und woher kennst du diesen Joe noch mal?« Martina hebt mein ganzes Klumpert vom Beifahrersitz vorsichtig nach hinten auf die Rückbank. Wir sind am Weg zur After-Show-Party nach der Lesung in einer kleinen Weinbar. Martina fährt mit mir im Auto mit, so sparen wir uns, zwei Parkplätze suchen zu müssen, und können in Ruhe noch mal Nachbesprechung machen.

»Woher ich den Hansi kenne?«

»Wen?« Martina wirft mir einen verwirrten Blick zu.

»Ja, ich mein eh den Joe. Der heißt in Wahrheit Hansi. Joe ist jetzt nur sein Künstlername. Also ich kenn ihn von dem Literaturkurs, wo ich letztes Jahr mehrere Wochenenden war.«

»Sinnlos!«, unterbricht mich Martina. »Du kannst eh schreiben, du musst es nur tun!«

»Ja, das ist egal jetzt.«

Sie bekommt da immer gleich so eine Gouvernantenstimme.

»Ich probiere eben gerne was Neues aus und lerne Gleichgesinnte kennen.«

»Du hast eh mich«, sagt sie. »Genügt das nicht mehr?« Dabei klimpert sie lasziv mit ihren Glitzerwimpern.

Wir klingen schon wie ein Ehepaar. »Was Neues ausprobieren«, »Gleichgesinnte«, »Genüg' ich dir nicht mehr«. Als ob wir schon 30 Jahre verheiratet wären und uns jetzt nach neuen Abenteuern umschauen. Einem FKK-Strand für den nächsten Urlaub, zum Beispiel.

»Egal jetzt«, sage ich und versuche, dem Navi im Finsteren ins Stadtzentrum von Mattersburg zu folgen.

»Auf jeden Fall, der Joe, der hat dann immer so Schreibtreffen organisiert, damit wir auch nach dem Kurs weiter in Kontakt bleiben. Dort haben wir uns unsere Texte vorgelesen und gegenseitig Feedback gegeben.«

»Das ist aber eine nette Idee! Wo habt ihr euch da getroffen?«

»Immer in unterschiedlichen Beisln in Wien. Die hat er ausgesucht. Damit wir dranbleiben am echten Leben mit unserer Inspiration, hat er immer gesagt.«

»Und wie viel Leute waren da?«

»Am Anfang waren noch mehr dabei, aber nach den ersten zwei Treffen wollte dann keiner mehr. Danach waren wir immer nur zu dritt. Der Joe, die Conni und ich.«

»Wieso wollte keiner mehr?«

»Den anderen war es dann entweder zu laut oder zu weit weg oder zu verraucht.«

»Zu verraucht? Wo gibt es so was noch?«

»Na ja, im echten Leben halt ...«

Wir haben den Zielort erreicht, sagt das Navi, ich halte Ausschau nach einem freien Parkplatz. Dabei sehe ich gerade noch die Familie Knotzer hinter einer Tür verschwinden.

»Da ist eh einer frei, direkt vorm Lokal, schau!« Martina tippt von innen auf das Beifahrerfenster.

»Er ist aber nicht hauptberuflich Autor, oder?« Jetzt klappt sie den Beifahrerspiegel nach unten, um ihr Make-up zu checken, während ich einparke.

»Na ja, so ähnlich.«

»Was bitte ist so ähnlich, wie hauptberuflich Autor sein?«

»Er hat schon einen Vollzeitjob, aber so genau weiß ich das auch nicht. Irgendwas bei der Gemeinde Wien in einer Bauabteilung, wo sie für kleinere Reparaturen in Gemeindebauten zuständig sind oder so. Ganz genau weiß ich das auch nicht.«

»Er ist also Hausmeister?«

»Nein, er ist eher in so einer Koordinationsstelle, wenn ich das richtig verstanden habe.«

»Und wieso ist das so ähnlich, wie hauptberuflich Autor sein?« Sie klappt den Spiegel wieder zu. Wir steigen aus.

»Weil er seine Bücher immer in der Arbeit schreibt. Ich glaub, die haben dort nicht so einen Stress.«

»Bücher? Mehrere? Hat er schon welche veröffentlicht?« Martina hält mir die Tür zum Lokal auf. Sofort dringt typische Gasthausakustik raus. Diese Mischung aus Musik, Stimmengewirr, Gläser- und Besteckgeklapper.

»Ja, zwei Stück ... aber das war ...«

»Huhuuuuuu.« Ich muss mitten im Satz aufhören, Hansi-Joe fuchtelt von einem großen, runden Tisch in unsere Richtung. Das Lokal ist klein, eng und sehr gemütlich. Überall sind sehr viele Weinflaschen Teil der Deko. In Wien wäre das eine Champagnerbar, wo reifere Herren in Bundfaltenhosen und Mokassins mit Bömmeln drauf am Freitagnachmittag das Wochenende mit Zigarren einläuten.

»Schau, ich hab euch extra Plätze freigehalten.« Hansi steht sofort auf und schiebt charmant für Martina den Sessel nach hinten wie so ein Oberkellner. Natürlich ist es der Platz neben seinem Platz. Auf der anderen Seite von ihm sitzen der Buchhändler Herr Knotzer, dann seine Frau, ebenfalls Buchhändlerin, und ihre Mitarbeiterin Bettina, dann ist ein Platz unbesetzt, es steht aber schon ein volles Glas Wasser dort.

Ich setze mich neben Martina auf den noch verbleibenden leeren Platz, wo kein Getränk steht. Meinen Sessel kann ich mir selber nach hinten schieben, der Charme von Hansi konzentriert sich jetzt voll und ganz auf ein Gespräch mit Martina.

»Conni!!!!!!!!!!« Ich springe gleich wieder auf, als ich das kleine, zierliche Persönchen zu unserem Tisch kommen sehe.

»Überraschung gelungen?« Sie strahlt mich an, die brünetten Haare hat sie schlampig hochgesteckt, vorne fallen ihr ein paar Strähnen ins Gesicht. Sie trägt einen dunkelblauen, leicht ausgestellten Cordrock, dazu schwarze Sneakers, ein schwarz-weiß gestreiftes T-Shirt und darüber eine dunkelblaue Strickjacke. Ein bisschen sieht sie aus wie die kleine Schwester von Judith Holofernes, der berühmten Sängerin der ehemaligen Band *Wir sind Helden*. Conni strahlt diese unaufgeregte und leicht verträumte Mischung aus Coolness und Schutzbedürftigkeit aus. Ihre Kleidung ist wie ihr Charakter, nie aufdringlich, immer im Hintergrund, aber darauf hoffend, vielleicht auch mal entdeckt zu werden. Während Hansi und ich bei unseren Schreibsessions davon geträumt haben, die Menschen zu unterhalten (ich) oder wirtschaftlich erfolgreiche Bücher zu schreiben (er), hat Conni davon geträumt, anerkannte Literatur zu machen. So eine Literatur, die von wichtigen Literaturmenschen Wertschätzung erfährt, die in wichtigen Zeitungen besprochen wird und Literaturpreise gewinnt.

Angeblich war der Thomas Bernhard so was wie ihr Patenonkel. Bestätigt ist das aber nicht. Es gibt nur ein altes, vergammeltes Familienfoto, wo er angeblich drauf ist. Was bestätigt ist, ist, dass ihr Vater ein Universitätsprofessor für Literaturwissenschaften war und ihre Mutter seine Studentin. Daher ist die Mutter auch noch relativ jung und der Vater schon länger tot. Hinterlassen hat er ihr die Liebe zur Literatur und eine winzig kleine Substandard-Eigentumswohnung in einem typischen Wiener Gründerzeithaus mit Klo am Gang.

»Wieso hast du nicht gesagt, dass du da bist?« Ich umarme Conni ganz fest und spüre sogar durch den Pullover durch, wie dünn und zerbrechlich sie ist.

»Ich wollte nicht stören, ich kann mir vorstellen, wie aufgeregt man vor so einer großen Lesung ist, und dann die vielen Leute überall ...« Sie schaut verlegen auf den Tisch und knetet dabei ihre Fingerkuppen.

»Aber ich freue mich sehr, dass wir uns schon mal kennengelernt haben«, sagt Frau Knotzer und lächelt Conni freundlich an. Auch Martina beugt sich gleich über mich zu Conni und stellt sich vor, wird aber umgehend wieder vom Hansi in Beschlag genommen.

Wie sie zum Verlag gekommen ist, will er wissen, ob ihre Bücher in allen Buchhandlungen aufliegen, wie sie zu den Lesungen kommt, ob sie Mitspracherecht bei der Cover-Gestaltung hat. Er stellt Fragen wie so eine Tennisballwurfmaschine. Alle paar Sekunden eine neue Frage.

»Ich muss nur leider gleich wieder fahren, aber ich wollte dir unbedingt noch persönlich gratulieren!« Conni schiebt ihren Ärmel nach oben, um auf die Uhr zu schauen.

»Wieso musst du schon wieder weg?«

»Mein Zug geht gleich, und Frau Schuh ist so nett, mich zum Bahnhof mitzunehmen.«

»Bettina, wir waren ja schon beim Du«, sagt diese und winkt dem Kellner.

»Ja, stimmt, Bettina …« Conni lächelt verlegen.

»Aber wieso musst du schon los?«

»Mein *Flix*-Bus geht um 5 Uhr früh.«

»Fährst du auf Urlaub mit dem *Flix*-Bus?« Ich stelle mir grad vor, wie die Conni einen schweren, vermutlich alten Reisekoffer die Stufen zum Bus hochhebt und am Mittelgang Ausschau hält nach einem Single-Sitzplatz. Wo sie dann sofort wieder ihre Nase in ein Buch stecken kann.

»Nicht so richtig Urlaub, also nur ein bisschen, also ich hänge einen Tag noch dran. Aber eigentlich bin ich bei einem Seminar.«

Inzwischen kommt der Kellner zu uns an den Tisch.

»Ich zahle ein stilles Mineralwasser, bitte«, sagt Conni und kramt ihre Geldbörse hervor.

»Sicher nicht«, sage ich und bitte den Kellner, das Wasser

auf meine Rechnung zu setzen. »Du bist heute meine Ehrengästin, wenn du extra schon gekommen bist.«

»Danke, das wäre nicht nötig«, sagt sie. Ich weiß, dass das nicht stimmt. Es ist nötig.

»Welches Seminar machst du eigentlich?«, frage ich noch, als wir uns zum Abschied umarmen.

»Ein Lesungsangst-Seminar«, flüstert sie mir zu und dann ist sie auch schon weg.

Frau Knotzer ist inzwischen auf den freien Platz neben ihrem Mann aufgerückt.

»Also das war ein Wien-Krimi, und es ging um einen Mord am Riesenrad. Es hätte eigentlich eine Serie werden sollen, jeder Mord an einer berühmten Wiener Sehenswürdigkeit.« Hansi ist offenbar gerade dabei, seine ersten Bücher nachzuerzählen. »Also Band zwei war dann Mord am Stephansdom. Ich hatte sogar schon Kontakt mit dem Wien-Marketing aufgenommen, ich mein, was gibt es für eine bessere Werbung!«

»Als Tote?«, frage ich und ernte dafür einen strafenden Blick.

»Und ihr habt tatsächlich noch nie von den Büchern gehört?« Hansi starrt das Ehepaar Knotzer ungläubig an und schüttelt den Kopf. »Also ich bin mir jetzt nicht ganz sicher«, sagt Frau Knotzer, »aber es erscheinen ja so viele Bücher in einem Jahr. Kannst du dich erinnern, Rudi?«

Hansi wartet aber gar nicht erst die Rudi-Antwort ab. Die nächsten Bälle der Maschine fliegen tief unters Netz. »Der Verlag war ja wirklich ein Saftladen, die haben gar nichts gemacht! Das muss man sich einmal vorstellen. Was soll denn das für ein Vertrieb sein, wenn man nicht mal in den Buchhandlungen aufliegt? Sie haben auch keine Werbung gemacht, keine Pressearbeit, nicht mal Lesungen haben sie organisiert. Also ganz ehrlich, da frag ich mich schon, wofür ich dann einen Verlag brauche, oder nicht?« Er schaut links und rechts und erwartet eine Antwort.

»Hm, schwierig«, sagt Herr Knotzer, offensichtlich darum bemüht, wieder eine positivere Grundstimmung am Tisch herzustellen. Seine Frau hilft ihm dabei. »Jetzt aber erst mal ein Hoch auf die gelungene Premierenlesung.« Sie hebt ihr Glas.

Martina zuckt kurz zusammen, ich kenne sie, sie war beim Hansi-Monolog innerlich schon woanders. Vielleicht bei ihren Pferden oder beim nächsten Kapitel.

»Prost«, sagt sie nun auch, und wir stoßen alle an.

»Ja, und deswegen habe ich mich jetzt entschlossen«, Hansi trinkt gar nicht, er hält sein Glas noch hoch in der Hand und redet einfach weiter, »also ich habe mich entschlossen, einen wichtigen Schritt zu gehen: Ich gründe meinen eigenen Verlag!«

Erwartungsvoll hält er sein Glas noch immer hoch. Sollen wir da jetzt anstoßen oder was?

»Was heißt ›eigener Verlag‹? Wie meinst du das?« In Gedanken gehe ich schnell durch, welche seiner Fähigkeiten als Reparaturbeauftragter für Wiener Gemeindebauten ihn qualifizieren könnte, einen Buchverlag zu gründen und zu führen.

»Ich werde Selfpublisher!« Er macht jetzt eine bedeutungsschwangere Pause und stellt sein Glas ab.

»Wollen wir vielleicht auch eine Kleinigkeit essen?«, fragt Martina und greift nach der kleinen Karte in der Mitte des Tisches.

»Ja, gerne«, sagen die Knotzers fast unisono.

»Weil, wenn ich schon alles sowieso selber machen muss, dann kann ich auch selber gleich die ganze Kohle einstreifen, oder nicht?« Hansi hat wohl keinen Hunger.

»Und wir können dann schon über eine gute Platzierung sprechen.« Er stupst Herrn Knotzer amikal in die Seite. »Das wird nämlich der nächste große Bestseller, ich habe ein geniales Konzept.«

»Wollen wir vielleicht mal eine rauchen gehen?«, frage ich ihn, und es klingt mehr wie ein Befehl als eine Frage. Ich möchte den anderen hier auch die Chance geben, seine guten Seiten kennenzulernen. Vor allem die schweigsamen der Abwesenheit!

»Nur das noch kurz. Also ich habe eine neue Erfolgsserie entworfen. Der Gemeindebau-Krimi! Und ich sag euch, allein die Titel, Bestsellerpotenzial!«

»Ich weiß es schon«, sagt Martina und klappt die Karte zu.

»Was?« Hansi ist kurz aus dem Konzept geraten. »Du kennst die Titel schon?«

»Oh, entschuldige, nein, ich meinte, ich weiß schon, was ich essen werde.«

»Also okay, wir sind ja jetzt unter uns, also werde ich euch das jetzt exklusiv verraten. Aber ihr müsst mir schwören, das muss geheim bleiben. Es gibt so viele Neider und Nachahmer!«

Ich würde ihn jetzt gern unterm Tisch treten, damit er endlich aufhört. Aber Martina sitzt zwischen uns, und meine Füße sind zu kurz.

»*Burenheidl-Beichte*!«, ruft Hansi aus und macht wieder eine Pause. »Das wird Band 1. Super, oder?« Er starrt jetzt exklusiv die beiden Buchhändler an, auf Antwort wartend.

»Ja, das bleibt in Erinnerung«, sagt Frau Knotzer. Ich fürchte, damit hat sie nicht nur diesen Titel gemeint.

»Und dann geht es weiter: *16er Blech Blues, Bugl Bedrohung, Hüsn Havarie, Oaschpfeifferl Opfer, Karottenballett Krise.*«

»*Karottenballett*?«, fragt Herr Knotzer.

»Na, die Mistkübler! Die Mitarbeiter der Müllabfuhr in Wien in den orangen Anzügen, ein Toter im Biomüll wird das! Zwischen Gammelfleisch und ranzigen Salatabfällen.«

Ich weiß nicht, ob jetzt bald überhaupt noch wer was essen wird.

»Und dann noch Band 7 mit dem Titel *Eitrige Erpressung*.«

»Vielleicht trinke ich doch lieber nur was«, sagt Martina und schaut sich Hilfe suchend nach dem Kellner um.

Liebe Susi, ich habe meiner Oma, meiner Tante, meiner ehemaligen Lehrerin und meinen Freundinnen bereits kostenlose Exemplare von meinem Buch versprochen. Stellt mir die eh der Verlag zur Verfügung?

Lieber großzügiger Buchspender! Es gibt schon sogenannte »Freiexemplare«, die man vom Verlag bekommt, die Anzahl hängt aber von deinem Vertrag ab. Manchmal kann man auch Bücher zu einem vergünstigten Tarif erwerben. Ich habe die Erfahrung gemacht, dass gerade Freunde oder Familie die Bücher sehr gerne aber regulär in der Buchhandlung kaufen möchten, um ihre Unterstützung zu zeigen. Was auch sehr schön ist!

ICH BIN EIN STAR, HOLT MICH HIER RAUS

WhatsApp-Chat:
Susanne: Betreff Bücher Dschungel
Alex (Marketing, Gmeiner): ??
Susanne: Sorry, der Betreff war irreführend. Er diente nur dazu, deine Aufmerksamkeit zu erregen.
Susanne: Weil ich ja weiß, dass du auch so ein Dschungelcamp-Fan bist wie ich!
Alex (Marketing, Gmeiner): Ich bin ein Star, hol mich hier raus! 😆
Susanne: Moment, sollte das nicht mein Text sein? Egal, auf jeden Fall, ich habe vergessen, meine Freiexemplare zu bestellen. Kann ich dir das auch sagen?
Alex (Marketing, Gmeiner): Ja, klar, schick mir gern ein Mail mit den Details.
Alex (Marketing, Gmeiner): PS: Ich verachte mich selbst dafür, dass dieser billige Trick mit dem Dschungel-Betreff so gut funktioniert hat!
Susanne: Ich lese ja gerade mit großer Begeisterung den Schriftverkehr zwischen Thomas Bernhard und seinem Verleger Siegfried Unseld. Und da habe ich jetzt ein passendes Zitat gefunden, mit dem ich mich bei dir bedanken möchte.
Susanne: »Ein Verleger ist ein Mann, der gewohnt ist, sich täglich neu von den Überlegungen und Imaginationen und Wünschen seiner Autoren überraschen zu lassen!«
Alex (Marketing, Gmeiner): 😁

Alex (Marketing, Gmeiner): Ich liebe das alles jetzt schon! Dein Buch, Martinas Buch und den Dschungel. Die nächsten Tage werden traumhaft.

Susanne: Ja, aber Martina kennt Jenny Elvers nicht!

Alex (Marketing, Gmeiner): Wir lieben sie trotzdem.

Liebe Susi, ich träume ja von einer Villa auf den Malediven dank meiner Buchverkäufe! #lovemylife Aber mal im Ernst, wie viel vom Verkaufspreis eines Buches bleibt im Schnitt für eine Autorin übrig? Deine Margit.

Liebe zukünftige Villenbesitzerin! Als Autorin verdienst du im Schnitt zwischen 5 % und 15 % vom Nettoverkaufspreis pro Buch. Wenn dein Buch zum Beispiel 15 Euro exkl. Steuer kostet, dann sind das 0,75 bis 2,2 pro Buch. Also schreib fleißig weiter, vielleicht wird das mit der Villa noch was! PS: Malle soll auch schön sein!

250 BÜCHER FÜR EINE TANKLADUNG

Hansi Literaturkurs: Hallo?????????????????????????????
Ich würde am liebsten antworten: »Der Hallo ist schon gestorben. Der liegt neben dem Heast.« Aber ich unterlasse es, weil ich heute weder Zeit noch Nerv für eine Diskussion mit ihm habe. Er hat beides gestern Abend über Gebühr strapaziert, jetzt ist mal Funkstille. Ich drücke die Nachricht weg und öffne den Tankdeckel. In zwei Stunden sollte ich im Burgenland sein.
Hansi Literaturkurs: Ghostest du mich?
Was ist denn das jetzt schon wieder für ein blöder Begriff? Und wieso dauert das so lang, bis der Tank endlich voll ist? Ich drücke die Nachricht wieder weg und tippe stattdessen »ghosten« auf *Google* ein.
»Als Ghosten oder Ghosting (Jugendsprache) bezeichnet man ein Phänomen im Internet und bei der Kommunikation über Smartphones, bei dem ein vermeintlich guter Kontakt plötzlich oder schleichend unerwartet und ungewünscht abbricht, Kommunikation ignoriert wird oder der Kontakt unerwartet geblockt wird.«
Na ja, nach seinem gestrigen aufdringlichen Verhalten sollte das eigentlich nicht unerwartet sein, der Kontaktabbruch, aber bitte … Empathie ist nicht jedermanns Stärke.
Der Zähler bei der Zapfsäule geht immer noch weiter nach oben. 81, 82, 83 … Euro, hört das nie auf?
Hansi Literaturkurs: ???????????
Er hört scheinbar auch nie auf, also antworte ich mit der

besten international gültigen Ausrede seit der Einführung von Corona.

Ich: Sry. Online Meeting!

Endlich macht es Klack beim Zapfhahn. 103 Euro! Auch nicht mehr normal, diese Preise. Ich überschlage schnell im Kopf, dafür müsste ich knapp 150 Bücher verkaufen.

Als ich mich wieder auf der Autobahn einreihe, fällt mir ein, dass das ein Blödsinn war. Ich habe die Steuer vergessen. Wahrscheinlich sind es eher 250 Bücher. Ich hätte lieber Tankwart werden sollen! Pro wäre: der Benzingeruch auf Tankstellen. Ich mag das wirklich. Contra: Tankstellenklos. Andererseits unendlich viele Inspirationen! Also für Autorinnen ein wahrer Fundus an unterschiedlichen Menschen, Geschichten, Hintergründen. Weil, aufs Tankstellenklo muss jeder mal. Selbst die, die im Ferrari reisen. Und alle zahlen 50 Cent! Sagen wir, es kommen vier Leute pro Minute, das sind dann 240 Personen pro Stunde, à 50 Cent sind das 120 Euro pro Stunde!!! Also um 120 Euro in der Stunde lese ich ihnen gerne auch noch aus dem Waschraum etwas aus meinen Büchern vor, während sie pinkeln.

Um mich von meinen beruflichen Zukunftsvisionen abzulenken, gehe ich lieber noch mal das Timing des heutigen Tages durch. Jetzt ist es kurz nach 10 Uhr. Um 12 Uhr muss ich in der Buchhandlung meiner Heimatgemeinde sein, um Bücher zu signieren. Um 15 Uhr habe ich eine Besprechung im Haus mit einem möglichen Umbau-Architekten, dann noch umziehen, duschen, schminken, und am Abend steht wieder eine Lesung mit Martina am Programm. Ich freue mich, dass sich die Termine so perfekt haben arrangieren lassen, dass sich alles an einem Tag ausgeht. So musste ich mir von meinem »Brotjob«, wie man so schön sagt, nur einen Tag Urlaub nehmen. Perfektes Timing ist alles!

Kurz nach dem Wechsel läutet mein Handy. Ich will es schon wegdrücken, weil ich den Hansi vermute, aber es ist die Conni.

»Hallo, Conni«, sage ich fröhlich.

»Hallo, bitte entschuldige die Störung um die Zeit. Ich hoffe, ich unterbreche nicht gerade irgendwo.« Ihre Stimme klingt müde.

»Du sollst dich nicht immer entschuldigen!«, sage ich und drehe den Ton der Freisprechanlage lauter.

»Ich wollte mich nur bedanken für die Einladung gestern, das war so eine nette Runde. Ich muss dann eh gleich wieder auflegen, weil ich ja noch im Bus bin.« Ihre Stimme wird immer leiser.

»Stimmt, du bist ja am Weg zu dem Lesungsangst-Seminar. Wieso machst du das eigentlich? Du hast doch keine Lesungen geplant in nächster Zeit, oder?«

Die Arme leidet wirklich an höllischem Lampenfieber. Bei der Abschlussveranstaltung vom Literaturkurs mussten wir alle in der Bibliothek des Ortes ein paar Texte vorlesen. Der Bürgermeister der Kleinstadt und ein paar andere Besucher waren auch da. Conni ist halb gestorben vor Angst. Ihre Hände haben so gezittert, dass sie die ausgedruckten Zettel kaum gerade halten konnte. Ich finde das ja sympathisch, menschlich und nahbar, aber ich verstehe, wenn es sie selber unter Druck setzt.

»Ich muss vorbereitet sein, falls sie mich fragen«, flüstert sie kryptisch und gedämpft ins Telefon. Vermutlich hält sie die Hand noch zusätzlich übers Handy, um niemanden im Bus zu stören.

»Auf was musst du vorbereitet sein? Und wer sind *sie*?« Langsam mache ich mir Sorgen um Conni. Sie klingt schon fast so, als wäre sie Teil von so einem Verschwörungstheoretiker-Zirkel, die sich mit Gaskochern auf außerirdische Invasionen vorbereiten.

»Klagenfurt!« Sie ist kaum noch zu verstehen.
»Hä?«
»Ich kann nicht so lang reden, ich bin ja im Bus.«
»Okay, dann reden wir morgen, viel Spaß beim Seminar, du rockst das! Ich glaub an dich!«
»Danke!«, flüstert sie.
»Warte, Conni«, brülle ich noch laut, »sag nur schnell, was ist denn in Klagenfurt?« Das muss ich jetzt noch wissen, sonst werde ich den ganzen Tag nachdenken, was das sein könnte.
Ich höre sie seufzen: »Na, der Bachmannpreis natürlich!«
Freizeichen. Sie hat aufgelegt.
Na ja, so natürlich ist das jetzt für mich nicht. Es könnte ja auch etwas anderes sein in Klagenfurt. Ich meine, Klagenfurt ist für vieles bekannt. Minimundus, der Reptilienzoo, der Wörthersee. Dann in Velden das Schloss am Wörthersee mit der Roy-Black-Statue davor. Die reichen Menschen. Die gesperrten Seezugänge. Mir fällt da vieles ein. Man muss da nicht zwingend gleich an die Bachmannpreisverleihung denken.
Aber in Connis Welt ist das nicht so.

Noch eine Stunde Fahrtzeit. Ich überlege, welchen Podcast ich hören könnte, in der Flut der Angebote habe ich schon längst den Überblick verloren. Heute entscheide ich mich für etwas Unaufgeregtes, zur Entspannung: die Ö1 Radiosendung *Tonspuren*, heute zum Thema *BookTok*. Vielleicht lerne ich etwas dabei. 188 Milliarden Aufrufe hat der Hashtag *BookTok* weltweit, heißt es in dem Beitrag. Bei so hohen Zahlen fehlt mir jegliche Relation. Ich fürchte, ich kann sinnerfassend nur Beträge bis maximal eine Million wahrnehmen. Aber 188 Milliarden klingt trotzdem nach sehr viel. Sofort bekomme ich ein schlechtes Gewissen, weil ich kein *BookTok* mache. Sagt man das überhaupt so: »*BookTok* machen«? Ich bin mir nicht mal sicher, ob ich *TikTok* habe. Irgendwann habe ich das Kind mal gebeten, mir das anzulegen. Mein Nickname ist jetzt »BotoxQueen«.

Ja, sie geben einem so viel zurück.

Follower bis jetzt: drei. Potenzial: nach oben hin noch offen.

Ehrlich gesagt habe ich aber keine große Lust, schon wieder was Neues zu lernen. Mir reicht es schon, wenn ich beim Kind – wie lange darf man eigentlich noch Kind sagen? – manchmal über die Schulter schaue, wenn sie auf *TikTok* durch die verschiedenen Videos rast. Wäre ich Epileptiker, bräuchte ich eine Triggerwarnung, so schnell, wie das alles ist.

Ich hatte zwar gedacht, dass dieser Moment erst sehr viel später in meinem Leben kommen wird, so mit 70 oder 80 Jahren. Aber erstaunlicherweise ist er jetzt schon da. Der Moment, wo ich sagen muss: »Ich komm da langsam nicht mehr mit.«

Andererseits plagt mich *FOMO*. »Fear of missing out«. Laut *Google*-Definition beschreibt das Wort *FOMO* die Angst, etwas zu verpassen und sich für eine Aktivität entschieden zu haben, die im Nachhinein und im Vergleich zu anderen Optionen nicht die richtige Wahl war.

Ich habe massives *TikTok-Fomo*!!! Vielleicht könnte ich eine viel größere Zielgruppe für mein Buch erreichen? Viel mehr verkaufen? International durchstarten? Ein *TikTok*-Star werden? Also stelle ich den Tempomat auf gemütliche 100, groove mich in der ersten Autobahnspur ein und drehe das Autoradio auf sehr laut, um nichts von dem *BookTok*-Beitrag zu verpassen.

Man hört O-Töne von der Frankfurter Buchmesse. Dort wurde erstmals der deutsche *TikTok*-Book-Award verliehen. In der Kategorie *BookTok* Bestseller des Jahres wurde das Buch *Nur noch ein einziges Mal* von Coleen Hoover nominiert. Den Namen der Autorin habe ich zumindest schon mal gehört beziehungsweise gelesen, weil sie ständig auf den Bestsellerlisten vertreten ist.

Die Sprecherin von dem Ö1 Beitrag sagt, dass bei den *BookTokern* Romance und Fantasy besonders gut ankommen, vor allem bei einer jungen Leserschaft. Sie lieben die schönen, meist pastellfarbenen Covers und die kunstvoll-bunten Farbschnitte, also wenn die äußeren Ränder der Buchseiten auch eingefärbt werden.

Aber, so die Sprecherin weiter, es sei auch generell ein »konservativer Backlash« zu beobachten. Dies würde sich auch in der Art, wie Rollenbilder in Beziehungen dargestellt werden, widerspiegeln. Als Beispiel wird ein Satz aus *Nur noch ein einziges Mal* zitiert.

»Du bist meine Frau, Lilly. Ich sollte nicht das Ungeheuer sein, sondern der, der dich vor den Ungeheuern beschützt.«

Die Radiosendung berichtet weiter von einem Eklat rund um die *BookTok*-Preisverleihung auf der Buchmesse. »Eklat« ist mein Stichwort, ich drehe das Autoradio noch lauter. In der Kategorie »Community Buch des Jahres« wurde die Shortlist von einem berühmten Literaturkritiker erstellt. Nur von ihm. Und sonst niemandem.

In den O-Tönen hört man jetzt, wie eine *BookTok*-Influencerin sich über diese Tatsache beschwert: »Ein alter, weißer CIS-Mann entscheidet hier im Alleingang. Keines unserer Community-Lieblingsbücher war auf der Shortlist!«

Natürlich wird auch der hier kritisierte Literaturkritiker dazu befragt. Er verteidigt sich mit den Worten: »Ich möchte tolle Literatur und nicht diesen Mist, der die Regale verstopft.«

Die Fronten scheinen hier eher verhärtet. An dieser Stelle würde in den geliebten Heimatromanen meiner Oma ein Wilderer erscheinen oder ein Gewitter oder ein uneheliches Kind. Eskalationsstufe Maximum auf jeden Fall.

Martina ruft an, und ich drücke am Lenkrad auf Abheben. Innerlich freue ich mich immer noch darüber, dass so etwas möglich ist. Am Lenkrad ein Telefon abzuheben!

»Er darf auf gar keinen Fall wissen, dass wir befreundet sind!«, sagt sie.

Martina und ich haben offenbar jenen Punkt einer Freundschaft erreicht, wo man sich schon so gut kennt, dass man sich nicht mehr mit Hallo-wie-geht-es-dir-Floskeln aufhalten muss. Man kommt gleich zum Punkt. Ich begrüße das sehr, obgleich ich jetzt gerade keine Ahnung habe, wovon sie spricht.

»Wer darf nicht wissen, dass wir befreundet sind?«

»Der Architekt! Du triffst den doch heute noch, oder?«

»Ja. Aber du hast ihn mir doch empfohlen. Warum soll ich dich jetzt geheim halten?«

»Weil er glaubt, dass er Paul ist!«

»Was für ein Paul? Der heißt doch nicht so?« Ich verstehe nix mehr.

»Natürlich heißt er nicht so. Aber er glaubt, er ist der Paul aus *Zuagroast*!«

»Was? Aus deinem Buch?«

»Ja! *Der* Paul. Der im Rausch der Engelstrompeten beim Fest der Ballone im Springbrunnen landet.«

»Aber ist er der Paul?«

»Nein! Natürlich nicht!!!! Meine Figuren sind alle erfunden!«

Sie betont das so vehement, dass sie jetzt klingt wie die resolute Oma Hilda aus ihren Büchern, die man eines Ladendiebstahls bezichtigt. Aber das sage ich ihr jetzt lieber nicht.

»Aber wie kommt er dann auf die Idee?«

»Keine Ahnung, mir schreiben ständig Leserinnen, dass sie ihren Mann oder ihren Chef oder ihren Nachbarn eindeutig in meinen Büchern erkannt haben!«

»Das ist ja gut, das bedeutet doch nur, dass sich deine Leser und Leserinnen stark mit deinen Büchern identifizieren können. Das macht ja genau deinen Erfolg aus.«

»Das sieht offenbar nicht jeder so.«

»Hat sich auch schon wer gemeldet, der sich als Ermordeter wiedererkannt hat?«

»Heast!«, ruft sie ins Telefon. »Ich muss jetzt dringend los. Also sag nicht, dass wir uns kennen! Sonst war es das mit den Umbauplänen!«

Aufgelegt.

Es läutet aber gleich noch mal.

»Hast du noch was vergessen?«, frage ich.

»Mama, wann kommst du nach Hause, ich habe Hunger!«

»Ah, du bist es, Schatzi! Wieso hast du keine Schule mehr?«

»Früher aus. Lehrer krank.«

Ich weiß nicht, ob es am *TikTok*-Konsum oder am Alter liegt. Aber die Sätze werden zunehmend kürzer.

»Aber Schatz, ich hab dir doch gesagt, dass ich heute nicht da bin und erst morgen wiederkomme. Ich hab heute Abend ja noch eine Lesung mit Martina.«

»Waaaas?« Ich höre die Enttäuschung in ihrer Stimme. Oder vielleicht will ich es nur hören.

»Aber wer hilft mir dann bei Mathe?« Doch! Enttäuschung! Jetzt hör ich das ganz genau.

»Der Papa kann das super! In Mathe ist er auch viel besser als ich.« Das stimmt teilweise. Denn ich habe dafür mehr Geduld, weil ich selber mindestens drei Tage brauche, um mich einzulesen, wie man die Fläche eines Deltoids berechnet …

»Okay, tschü«, sagt sie, und ich höre plötzlich wieder mein Autoradio. Dabei wollte ich noch wegen des Essens was sagen …

Liebe Susi, ich will ganz nach oben, dort, wo die Luft dünn wird! Auf die Bestsellerlisten! Wie kommt man da hin? Hast du einen Tipp für mich?

Lieber Bestsellerautor to be! Das ist der Platz, wo alle hinmöchten ... Tatsächlich schaffen es nur jene Bücher, die auch am häufigsten verkauft werden. Aber wenn du motiviert bist, ein tolles Buch hast, dich bei Marketing und PR reinhängst, wenn du gut vernetzt bist und vielleicht auch schon mal zu Lesungen eingeladen worden bist, dann könnte deinem Traum ja nichts mehr im Wege stehen. Reaching the Stars!

ZAHLEN MACHEN STRESS

11:40 Uhr, ich parke mich in der Alleegasse in Hartberg ein. Es ist nur ein schmaler Häuserdurchgang, durch den ich gehen muss bis zur Buchhandlung. Wegzeit maximal eine Minute. Ich kenne das alles in- und auswendig hier. Weil ich viele Schulnachmittage meiner Jugend hier verbracht habe. Teilweise waren auch Vormittage dabei …

Ich überlege, ob ich schon in die Buchhandlung gehen oder noch kurz warten soll. Pünktlichkeit ist wichtig, denn das zeugt von einer professionellen Einstellung. 20 Minuten zu früh kommen, nicht, das zeugt von aufgeregtem Überengagement und Hyperaktivismus, und das wiederum könnte darauf hindeuten, dass es nicht so gut läuft. Dünnes Eis alles!

Aber ich weiß meine Aufregung zu kanalisieren, also bleibe ich noch im Auto sitzen und greife nach meinem Handy. Zwei neue Nachrichten. Eine von Martina und eine von meiner Freundin Isolde aus Linz.

Isolde: Mein Kollege vom Schauspielklub ist so begeistert von deinem Buch!
Susanne: Das freut mich! 😎 😎 😎
Susanne: Sag ihm, er soll es mitnehmen, wenn ich zu eurer nächsten Vorstellung ins Theater komme! Ich kann es ihm dann sehr gerne signieren.
Isolde: Ja, das habe ich auch vorgeschlagen. Geht aber nicht.
Susanne: Wieso geht das nicht?
Isolde: Weil er das Buch nicht gekauft hat.

Susanne: Sondern? Bücherei?
Isolde: Nein, er hat es direkt in der großen Buchhandlung in Linz ausgelesen! Es gibt dort eine super gemütliche Leseecke, hat er gesagt.

Ich hoffe, die Nachricht von Martina bringt bessere Nachrichten.

Martina: Die neue Morawa Bestseller Liste ist da! Wir sind immer noch Platz 1 und 2!!!
Susanne: Echt? Ich bin auch noch dabei?
Martina: Heast, schaust du da nie rein?
Susanne: Nein. Judith Holofernes sagt, die Zahlen machen Stress!
Martina: Wer?
Susanne: Judith Holofernes! Die Sängerin von Wir sind Helden! Die ist jetzt meine neue Achtsamkeitstrainerin!
Susanne: Ich lese gerade ihr Buch, wo sie über Fluch und Segen ihres frühen Erfolges im Musikgeschäft schreibt! Sehr zu empfehlen!
Martina: Aber ich LIEBE die Zahlen! Am liebsten hätte ich eine Standleitung zu unserem Vertreter Erich, weil, er weiß immer alles als Erster!
Susanne: Aber Zahlen sind Wettbewerb, und Wettbewerb ist vergleichen, und vergleichen ist der Anfang vom großen Unglück!
Martina: Aber nicht, solange wir beide auf Platz 1 und 2 sind!!!
Susanne: Jo. Wie Michael und Marianne. Oder die Wildecker Herzbuben ...
Martina: Schreiben die auch Bücher?
Martina: Okay, ich muss los. Bis später! 🙈

Sie kennt die *Wildecker Herzbuben* nicht? Was sie wohl für eine Kindheit hatte? Die war doch auch am Land?

Es sind noch immer acht Minuten. In meine Suchfunktion tippe ich »Bestseller Liste Österreich« ein. Danach suche ich alle verfügbaren Listen ab. Es gibt ja verschiedene Bestsellerlisten. Die wichtigste ist die vom Hauptverband des österreichischen Buchhandels. Dann gibt es noch Listen einzelner Händler beziehungsweise Handelsketten. Die *Morawa* Bestsellerliste, die *Thalia* Bestsellerliste, die *Press & Books* Bestsellerliste ... und viele mehr.

Die meisten Listen wiederum haben Unterlisten, wie zum Beispiel Belletristik, Sachbuch, Ratgeber, Taschenbuch. Bis hin zur Bestsellerliste Kriminalromane mit weiblichen Kommissarinnen mit Hund am Balkan. Man muss nur lang genug suchen, dann findet man sich bestimmt auf irgendeiner Liste wieder ...

Mein Buch ist tatsächlich Bestseller bei *Morawa* und auch bei *Press & Books*! Was natürlich auch aus verkaufstechnischen Gründen magico ist, weil, die Bestseller wiederum haben eine schöne Sonderplatzierung. Die stehen meistens auf einer eigenen Wand gleich beim Eingang, dort wo die Kunden als Erstes hinschauen und hingreifen.

Liebe Susi, ich habe eine Bombenidee! Ich lege mein Buch einfach auf das Bestseller-Regal in der Buchhandlung! Ist das nicht brillant? Gerti

Liebe Guerilla-Gerti, dein Ehrgeiz ist bewundernswert, aber Vorsicht! Solche Guerilla-Taktiken können auch nach hinten losgehen und zu großem Unmut beim Buchhandlungspersonal führen. Außerdem kommst du damit auch in eine rechtliche Grauzone. Also vertraue lieber auf offizielle Kanäle und Maßnahmen, um dein Buch ins Rampenlicht zu rücken!

DIE SCHÜTTE DES TODES

11:51 Uhr. Ich mag nicht mehr im Auto warten, ich gehe jetzt. Egal ob ich aufgeregt und überengagiert wirke, ich *bin* es ja schließlich auch. Immerhin habe ich ein Jahr lang an diesem Buch gearbeitet. Nicht nur ich, sondern auch die Menschen vom Verlag, die mir in der Zeit auch so ans Herz gewachsen sind.

Claudia, die Cheflektorin, die als Erste vom Verlag mein Manuskript gelesen und mir zugesagt hat. Die vorwiegend über *WhatsApp*-Sprachnachrichten kommuniziert, die sie zu jeder Tages- und Nachtzeit verschickt. Und alle beginnen immer mit »Hallo, liebe Susanne«. Das Ganze in so einem entzückenden schwäbischen Dialekt gesprochen, dass ich mir die Nachricht meistens mehrfach anhöre. Weil das immer so ein gemütliches Gefühl ist.

Dann der Marketingchef Jochen, der unsere überambitionierten Werbeideen (»Jochen, wie wäre es eigentlich mit lebensgroßen Pappaufstellern von uns in allen Buchhandlungen?«) stoisch und mit einer professionellen Grundfreundlichkeit erträgt, wie es vielleicht nur Menschen können, die in Köln aufgewachsen sind. Früher hatte er Karneval.

Jetzt hat er Martina und mich.

Jochen hat den Titel des Buches vorgeschlagen. Also, ich hatte den Satz in einem Blogbeitrag auf *Facebook* gepostet. Kurz danach hat er das getan, was er immer tut, wenn es wichtig wird: Er greift zum Telefon. Diese Leidenschaft teilt er im Übrigen mit Martina. Während ich an einer ausgeprägten Telefonierphobie leide, ruft sie hemmungslos immer alle an. Und das unmittelbar. Sie würde auch den Papst aus dem Bett läuten, wenn sie eine Frage hätte.

»Also das wäre doch ein Titel, Susanne«, hat der Jochen damals am Telefon zu mir gesagt. Ich habe zuerst gar nicht gleich verstanden, was er meint, weil, wenn jemand aus Köln »Die nächste Depperte« ausspricht, dann klingt das erst mal ... äh ... nicht so wie bei uns. Wenn ein Wiener das ausspricht, klingt das nach einem verrauchten Brandineser (= schmuddeliges Lokal mit Focus auf vorwiegend hochprozentigen Konsumationen) und mindestens 30 Jahren Schmalz (= es sind Personen in der Gaststätte anwesend, die in Summe bereits 30 Jahre in Haft verbracht haben).

Wenn so eine kölsche Frohnatur das ausspricht, dann klingt das nach lustigem Faschingstreiben in ulkigen Verkleidungen, wo man fremden Menschen Schmetterlingsbussis gibt.

Und dann der weltbeste Alex, auch Marketing. Der mein Manuskript zuerst empört abgelehnt hat. Weil er es als Frevel und Anmaßung empfunden hat, dass ich in meinem Bewerbungsschreiben behauptet habe, es sei so was Ähnliches wie ein Buch von unserem gemeinsamen Lieblingsautor. Als er es dann gelesen hat, war er anderer Meinung. Und seit er mir das so ehrlich, schonungslos und lustig erzählt hat, bin ich wiederum *sein* größter Fan. Und natürlich auch, weil wir beide die gleiche Leidenschaft für eine bestimmte Art von Literatur teilen und uns stundenlang über diese Bücher unterhalten können. Mehr noch aber, weil wir beide die gleiche Leidenschaft für Trash-TV im Allgemeinen und das RTL-*Dschungelcamp* im Speziellen teilen. Wenn das im Fernsehen läuft, verlagert sich das Niveau unserer *WhatsApp*-Chats kurzfristig deutlich hinunter, in den australischen Dschungel. Und beide sind wir dann völlig fassungslos, wenn Martina so was fragt wie: »Wer ist Jenny Elvers?«

Mit all diesen Menschen im Hinterkopf, mit Claudia, Jochen, Alex und natürlich Martina, mache ich mich jetzt auf den Weg in die Buchhandlung. Wenn man so lang zusammen an so einem Herzensprojekt arbeitet, dann verschwimmen die Grenzen. Dann fühlt sich das nicht mehr nach Arbeit an, sondern es wird vielmehr zu einer Familie. Wobei, »Familie« ist mir jetzt zu pathetisch. Es ist eher mehr wie … Ich suche nach passenden Begriffen. Verein? Mannschaft? Team? Selbsthilfegruppe?

Bande! Das ist es. Eine Bande. Einer für alle, alle für einen.

Die Glocken der Hartberger Kirche läuten. Ein Zeichen, dass es genau 12 Uhr ist. Von Weitem sehe ich schon, dass die ganze Auslage der Buchhandlung mit meinem und Martinas Büchern dekoriert ist. Es fühlt sich immer noch surreal an, wenn die Auslage in der gleichen Gasse ist, wo man früher mit dem Schulbus gefahren ist oder heimlich geraucht hat.

Inzwischen fährt hier kein Schulbus mehr, weil es jetzt eine Fußgängerzone ist. Verkehrsberuhigung. Man wollte die Autos raushaben aus der schönen historischen Innenstadt. Ist auch gut gelungen. Nur leider sind die Autobesitzer auch gleich weggeblieben.

Aber die Buchhandlung *Morawa* trotzt hier der Abwanderung der Geschäfte. Drehständer mit Taschenbüchern und Postkarten laden bereits vor dem Geschäft zum Schmökern ein. Und dann steht da noch die, wie ich sie nenne, »Schütte des Todes«, in der die Bücher mit den Abverkaufspickerln liegen. € 1,- pro Buch.

Zweimal aufs Klo gehen auf der Tankstelle.

Drinnen im Geschäft ist nichts von der Verkehrsberuhigung draußen zu merken. Es herrscht ein geschäftiges Wuseln. Zahlreiche Kunden befinden sich im Verkaufsraum, ältere Damen und Herren, aber auch eine junge Mutter mit Kinderwagen. Allein der Geruch in diesen klassischen Buchhandlungen. Sofort muss ich an frisch gespitzte Buntstifte im neuen Federpennal zu Schulbeginn denken.

Gleich neben der Kassa sind zwei Büchertürme auf einem Tisch aufgebaut. Die Türme bestehen ausschließlich aus Martinas und meinen Büchern. Gerührt mache ich sofort ein Selfie und schicke es Martina. Das muss eine Achtsamkeitsübung gewesen sein, das so zu stapeln. Oben auf dem Turm stehen Plakatständer zur Ankündigung der Lesung in zwei Wochen, mit unseren Pressefotos drauf. Daneben ist der Tisch mit weiteren Bücherstapeln von mir und einem Kuli daneben vorbereitet.

Gerlinde, die Chefin hier, kommt gleich von ihrem Platz hinter der Kassa nach vorn.

»Herzlich willkommen!«, sagt sie, und während wir uns zur Begrüßung umarmen, spüre ich mein Handy in der Hosentasche vibrieren. Ich ignoriere es.

»Danke, dass du es einrichten konntest vorbeizukommen, um vorab ein paar Bücher zu signieren! Die Leute fragen schon und wollten nicht bis zur Lesung warten.«

»Sehr gerne! Ich hoffe, sie kommen dann trotzdem!«

»Also die Anmeldeliste ist schon bummvoll.« Gerlinde greift hinter die Kassa und zieht einen Zettel hervor. Dann zieht sie die Augenbrauen kurz zusammen. »Ich hoffe, wir kriegen die noch alle unter im *Gasthaus Großschedl*.«

Das letzte Mal war ich im *Gasthaus Großschedl* nach dem Maturaball zum Gulaschfrühstück. In einem besorgniserregenden Zustand. Aber ich hoffe auf die Gnade des Vergessens.

»Die alle darf ich signieren?«, frage ich und deute auf den Stapel.

»Also wenn du die Zeit hättest, wäre das super!«

»Aber was ist, wenn die dann nicht verkauft werden? Dann könnt ihr die ja nicht mehr zurückschicken, oder?« Ich denke an die »Schütte des Todes« draußen. Bummvoll mit meinen Büchern, und dann noch meine Unterschrift drinnen ...

»Da mach dir mal keine Sorgen, eure Bücher gehen hier immer weg.« Sie deutet auf ein Regal weiter hinten. »Krimis«, steht drauf, und es besteht fast ausschließlich aus allen Bänden von Martina und den *Steirerkrimis* unserer Verlagskollegin Claudia Rossbacher.

Hinter einem anderen Bücherregal taucht jetzt auch Angelika, die Kollegin von Gerlinde, auf. Offenbar hat sie uns schon zugehört, weil sie gleich ins Gespräch einsteigt.

»Kannst du dich an den verrückten Autor erinnern, an den, der damals heimlich alle Bücher signiert hat?«

Ich unterdrücke den Impuls, sofort nach dem Namen des verrückten Autors zu fragen. Aus Angst, die Antwort könnte mit »H« beginnen. H wie Hansi. Oder »J«, wie Joe.

»Ja, stimmt«, antwortet Gerlinde, »da hatten wir eine recht große Bestellung, die sich leider nicht so gut verkauft hat wie gehofft. Und als wir die Bücher dann remittieren wollten ...«

»Remi- was?«, unterbreche ich sie, das Wort ist mir neu.

»Entschuldigung, das ist unser Buchhändler-Deutsch«, sagt Gerlinde. »Remittieren heißt zurückschicken.« Dabei streichelt sie wie zur Beruhigung meinen Bücherstapel.

»Ah ja, stimmt«, sage ich und nicke wissend, obwohl ich in Wahrheit gar nix weiß. Ich dachte immer, Bücher liegen so lang im Geschäft, bis sie gekauft werden. Dann muss ich wieder an die Schütte denken. Oder Flohmärkte. Oder Büchertelefonzellen. Das *Gut Aiderbichl* der Literatur.

»Wir würden ja sonst aus den Nähten platzen«, ergänzt Angelika. »Bei 70.000 Neuerscheinungen pro Jahr.«

»Und wie kann man heimlich Bücher signieren?« Ich setze mich hin und beginne, meinen Namen vorne in die ersten Bücher reinzuschreiben. Es fühlt sich immer noch ein bisschen an, wie Hefte am ersten Schultag markieren. Susanne Kristek. 1a.

»Gute Frage«, sagt Angelika und zuckt mit den Schultern. »Da war vielleicht gerade viel los, oder vielleicht war er auch zu Gast bei einer anderen Lesung, die hier im Geschäft stattgefunden hat. Wir wissen es nicht.«

Ich muss den Joe unbedingt das nächste Mal im Auge behalten, wenn er zu einer Lesung von mir kommt.

»Susanne Kristek, vormals Schöffmann«, schreibe ich kunstvoll in die Bücher, nur um sicherzugehen, dass man mich auch erkennt. Wobei, hinten im Buch wäre ja auch noch das Autorenfoto.

»Darf ich gleich ein persönlich signiertes Buch mitnehmen?« Die Stimme kommt mir irgendwie bekannt vor. Ich schaue von meinem Tisch nach oben. Vor mir steht eine ältere elegante Dame, sie ist sehr schlank, braun gebrannt, hat Perlenohrringe, so ein Seidenmalerei-Halstuch und ein kleines Mädchen im Kindergartenalter an der Hand.

»Sehr gerne, natürlich! Für wen darf ich schreiben?«

»Erkennst du mich nicht wieder?« Sie schaut mich erwartungsvoll an.

Mein Herzschlag erhöht sich, ich gehe im Kopf alle Nachbarn, Bekannten, Verwandten durch. Nichts. Mein Gedächtnis ist ein unzuverlässiger Begleiter. Mein Handy vibriert auch schon wieder, wie soll man da klar denken.

Auch das kleine Mädchen fixiert mich neugierig, dabei pendelt sein Blick immer wieder zwischen mir und dem Ankündigungsplakat am Bücherturm hin und her.

»Ich war deine Lehrerin!« Die Frau erlöst mich.

»Natürlich!«, lüge ich. Es ist eine Notlüge. Aus Höflichkeit. Panisch gehe ich im Kopf mögliche Fächer und Indizien durch.

Turnen? Sportlich wäre sie.

Handarbeiten? Das Halstuch!
Kochen? Ich weiß nicht.
Stenografie oder Maschineschreiben? Sie hat dünne Finger!
Warum fallen mir jetzt nur diese seltsamen Fächer ein?

»Schreib gerne ›für meine Enkelin Katharina‹«, sagt sie und betont dabei jede Silbe lang. Ka-tha-ri-na. »Sie ist schon eine richtige Leseratte!«

»Wow!« Ich nicke anerkennend in die Richtung der kleinen Dame. In dem Alter habe ich noch Sand in Puddingformen gefüllt und so getan, als wäre es ein Kuchen. Und sie liest schon Erwachsenenbücher! Sofort schiebe ich meinen Sessel etwas zur Seite, um Martinas Bücher zu verdecken. Nicht dass die noch eines davon lesen will! Die sind alles andere als jugendfrei!

»Du bist aber eine sehr Tüchtige, wenn du schon so gut lesen kannst.« Ich beuge mich zu Katharina hinunter und versuche, dabei diese Erwachsenen-zu-Kind-Stimme zu vermeiden. In zehn Jahren ist sie vielleicht Vorstandsdirektorin vom AMS und bescheidet meinen Antrag auf Künstlerunterstützung. Ich sehe sie direkt schon vor mir, wie sie hinter so einem riesigen Holzschreibtisch sitzt, das kleine Köpfchen ungefähr auf Höhe der Tischplatte, das Seidentuch der Oma umgebunden und einen Stempel in der Hand.

Sie starrt mir direkt ins Gesicht, wie nur kleine Kinder das noch können, und lässt meine Feststellung unkommentiert. Dann schießt ihr kleines Händchen auf einmal ausgestreckt nach oben. Der Zeigefinger wie so eine Pfeilspitze direkt auf mein Foto dort gerichtet.

»In Echt sehen Sie aber viel älter aus!«

»Ka-tha-ri-na!« Die Oma greift sofort zur ausgestreckten Hand und zieht sie wieder nach unten.

»Also ich habe das ja immer schon geahnt«, sagt sie, wohl um vom Thema abzulenken. »Man merkt das bei den Schülern immer gleich, ob die eher sprachlich oder mathematisch begabt sind.«

Endlich lüftet sich das Geheimnis! Deutsch!! Sie war wohl meine Deutschlehrerin. Deswegen auch das kleine Wunderkind.

Ich winke den beiden noch nach, als sie das Geschäft verlassen.

»Hast du sie auch gehabt in der Schule?« Angelika taucht im passenden Moment mit zwei Gläsern Sekt auf. Mein Mund ist eh auch schon ganz trocken.

»Sie war meine Nachbarin früher«, ergänzt sie, während ich meinen Durst mit Sekt stille.

»Ja, in Deutsch.« Kurz muss ich ein kleines Bäuerchen unterdrücken, zu viel Kohlensäure. »Aber ich kann mich leider überhaupt nicht mehr an sie erinnern.«

»Vielleicht, weil sie auch nie Deutsch unterrichtet hat!«

»Was?«

»Ich weiß das genau, weil, ich war oft am Nachmittag nach der Schule bei ihr lernen drüben. Und das war definitiv immer nur Mathe.«

Liebe Susi, mein Nachbar ist so fetzendeppert, du kannst dir nicht vorstellen, was ich mit dem erlebe! Man sollte ein Buch über ihn schreiben, das verkauft sich sicher gut. Aber ist das überhaupt erlaubt, über »echte« Menschen Bücher zu schreiben? Heinz001

Lieber Heinz001, wenn du den Plan gemeinsam mit dem Nachbarn umsetzen willst und er zustimmt, warum nicht! Aber ansonsten bitte Vorsicht! Jeder hat das Recht auf Schutz seiner Persönlichkeit. Eine Möglichkeit, rechtliche Probleme zu vermeiden, ist die Fiktionalisierung. Mach den Nachbarn einfach unkenntlich (und keinesfalls unschädlich!).

WAS ZUR HÖLLE IST EINE SENKGRUBE?

Alles hat damals mit einer Flasche Wein und vielen motivierten Ideen begonnen, nachdem wir das burgenländische Knusperhäuschen bekommen haben. Am nächsten Morgen habe ich mit Kopfweh neben der leeren Weinflasche auch – wo kommt jetzt die Tequilaflasche her? – so was wie eine Kinderzeichnung gefunden. So wie ich früher Häuser gezeichnet habe. Ein Rechteck, das Haus. Obendrauf ein Dreieck, das Dach. Auf dieser aktuellen Zeichnung waren allerdings noch so was wie eine Stiege ins Dach eingezeichnet (Zickzack-Welle) und ein Bett direkt unter dem Dach (Seitenansicht, dicke Tuchent mit kunstvoll ausgemaltem Blumenmuster). Dann waren noch sehr breite Fenster aufgemalt mit Gardinen. Ebenfalls Blumenmuster.

So stellen sich Stadtmenschen mit Bürojobs den Umbau eines Wochenendtraumes vor.

Dunkel ist mir das Vorhaben dann wieder eingefallen: Dachbodenausbau zum Schlafzimmer, neue Fenster für die traumhafte Aussicht …

Das Bild war rechts unten sogar in meiner Handschrift signiert mit »Generalunternehmer Susanne«. Und dann ist mir der ganze Rest des Abends auch wieder eingefallen.

Großzügig hatte ich angeboten, alle Bautätigkeiten zu koordinieren. Das muss gewesen sein, kurz bevor der *Tequila* ins Spiel kam. Ich wäre ja sowieso öfter jetzt am Land, wegen der vielen Lesungen. Und es seien eh nur Kleinigkeiten, am Ende ist das alles ja auch nur Projektmanagement. Die Sache mit dem Generalunternehmer war natürlich auch meine Idee. Weil, wenn man schon länger auf der Welt ist, kennt man den größten Risikofaktor für eine gelungene Beziehung: Bauen & Renovieren!

Das gilt es jetzt also zu bestehen, denn wir wollen ja nicht in der Zielgeraden scheitern! Daher: klare Hierarchie und Aufgabenverteilung. Die goldene Regel im Projektmanagement. Also habe ich mich in diesem Projekt selbst zur Führungskraft ernannt.

Es gibt dann noch einen inoffiziellen zweiten Grund, warum ich das mache. Der Gatte ist nämlich Zwilling im Sternzeichen, aber nicht nur das, er hat tatsächlich auch zwei Gesichter! Mit dem einen Gesicht bin ich äußerst glücklich verheiratet. Dieses Gesicht ist schön, lustig, bringt mich zum Lachen, es ist sozial, engagiert und offen für eigentlich alles.

Mit dem anderen Gesicht habe ich ein Stillhalteabkommen unterzeichnet.

Zum Glück zeigt es sich nur sehr selten, nämlich fast ausschließlich in Zusammenhang mit handwerklichen Belangen. Auch andere Frauen haben mir hinter vorgehaltener Hand berichtet, dieses Phänomen an ihren Männern beobachtet zu haben.

Beim »Meinen« wird der Gesichtsausdruck dabei ernst und angestrengt, die Augen verengen sich zu dünnen Schlitzen, die Zungenspitze schiebt sich hoch konzentriert wahlweise in den linken oder rechten Mundwinkel und blitzt dabei manchmal auch hervor.

Wenn ich bei der Tätigkeit ebenfalls eingebunden sein sollte (was es dringend zu vermeiden gilt!), dann denke/handle ich mit Sicherheit zu langsam, verstehe die Anweisungen falsch, bringe statt einer Bohrmaschine einen Akkubohrer oder mache Optimierungsvorschläge, die selten dankbar angenommen werden. Und immer muss alles schnell und hektisch gehen. Dabei könnte man Handwerken – zum Beispiel das Flusensieb der verstopften Waschmaschine reinigen – doch auch als Achtsamkeitsübung schätzen lernen, oder?

Deswegen mein großzügiger Vorschlag, was die Renovierung des Burgenlandtraumes angeht: »Schatz, ich kann das gerne übernehmen! Weil, allein sprachlich tu ich mir da viel leichter! Und mit dir als Wiener würden wir nur den Deppenaufschlag für Zuagroaste zahlen müssen.«
Dabei habe ich auch daran gedacht, wie ich widerspruchslos alle Einrichtungsträume aus sämtlichen Wohnzeitschriften umsetzen kann. Viele bunte Kissen, vielleicht eine orange Couch, ein pinker Hochflorteppich? Dabei Blick aufs Land! Herrlich! Eine bunte Hippie-Höhle mitten im Südburgenland.

»Und was qualifiziert dich fachlich zum Generalbauunternehmer?« Er war der Idee ja nicht grundsätzlich abgeneigt, hatte aber doch Kompetenzrückfragen.
»Das Fernsehen!«, habe ich geantwortet und zur *Tequila*-Flasche gegriffen. »Ich weiß, was eine Dampfbremse ist, eine Luftwasserwärmepumpe, wie Wandaufbauten in Holzriegelbauweise funktionieren und was Schneenasen sind!«
»Was?«
»Na, Schneenasen! Das sind die Dinger oben am Dach, die eine Dachlawine abhalten sollen!«
»Und woher weißt du das alles?«
»Na, von *Pfusch am Bau* natürlich, der Dokushow!«
In gewisser Weise war ich auch aus feministischen Gründen stolz auf diesen Plan.
Auch eine Frau kann Bau! Hell, Yeah!

Nur noch zehn Minuten, bis der Architekt kommt. Ich bremse mich auf der Wiese vor dem burgenländischen Knusperhäuschen ein und stürze aus dem Auto. Die Tür lass ich offen, weil ich eh gleich wieder zurückkomme, um in Ruhe meine Sachen zu holen. Aber vorher muss ich sehr dringend etwas erledigen. Sehr dringend!

Noch am Weg zur Haustür beginne ich, mir die Knöpfe meiner Jeans zu öffnen. Das sind die Vorteile vom Landleben. Wenn keiner da ist, kann man alles offen lassen.

Hektisch suche ich den Haustürschlüssel in meiner Handtasche. Verdammt, wo ist der? Mein Handy vibriert auch schon wieder in der Tasche, ich habe ganz vergessen nachzuschauen, wer da immer anruft. Aber ich habe die ganze Fahrt hierher mit Martina über Freisprecheinrichtung telefoniert. Sie will unbedingt eine Buchhändler-Besuchstour machen. Und dann hat sie mir noch spannende Inputs für mein Architektengespräch gegeben.

Hektisch hüpfe ich von einem Fuß auf den anderen hin und her. Wo ist denn bitte dieser blöde Schlüssel jetzt? Langsam beginnt die geöffnete Hose zu rutschen. Da ist er endlich! Der Schlüssel! Und der Architekt leider auch schon … Denn noch während ich den Schlüssel nervös in das Schlüsselloch nestle, höre ich ein Auto hinter mir.

Verdammt! Hose sofort wieder hoch! Knöpfe zu.

»Ich bin gleich bei Ihnen«, rufe ich nach hinten zu dem Mann, der gerade aus dem Auto ausgestiegen ist. Dann knalle ich die Eingangstür hinter mir zu und renne los.

Gerade als ich die erste dringende Angelegenheit erledigt habe, läutet es auch schon an der Tür.

»Komme gleich!«, brülle ich und hoffe, er wartet, bis ich aufmache. Am Land sind die Regeln da anders. Bei mir daheim sind früher oft Menschen einfach so in der Küche gestanden. Glocken waren noch nicht überall üblich, und Eingangstüren waren mehr ein Schutz vor der Witterung. Tanten, Nachbarn, Spendensammler, Politiker auf Wahlkampf, die meisten waren einfach plötzlich da und standen in der Küche.

Hektisch öffne ich den Vitrinenschrank, die zweite dringende Angelegenheit, und nehme die beiden Bücher heraus. Wo könnte ich …???

Es läutet noch mal.

»Bin schon daaa!«, rufe ich und stopfe *Zuagroast* und *Hamdraht* in den Ofen. Türl zu! Eingangstür auf. Hand nach vorne.

»Hallo, bitte entschuldigen Sie, ich hatte noch einen dringenden Call!«

Ewig wird man den Schmäh auch nicht bringen können.

Der Architekt dürfte ungefähr in meinem Alter sein und entspricht eigentlich gar nicht dem Bild, wie ich mir Architekten am Land vorstelle. Er trägt dunkelblaue hauteng Jeans, unten mehrfach aufgekrempelt, die Knöchel freigelegt. Na hoffentlich hat die Hose einen hohen Stretchanteil, weil, wie kommt man da rein? Oder raus? Ich stelle mir grad vor, wie er bei einem One-Night-Stand am Rücken liegt, die Beine hochgelagert, und die Dame des Abends muss an der Hose rumziehen. Was bin ich froh, dass meine Singlejahre noch in der Bootcut-Zeit lagen! Insofern dürfte er kein Typ für schnelle Abenteuer sein. Was gut ist, weil, dann wird er auch seinen Job sehr zuverlässig machen!

Ein kleines Tattoo blitzt unten beim Knöchel hervor, kurz bevor die weißen hohen *Converse* beginnen. Die Schuhe sind erstaunlich sauber für das Landleben. Sauberkeit im Privaten spricht für Sauberkeit im Job! Sehr gut.

Oben trägt er ein schlichtes weißes T-Shirt mit V-Ausschnitt, ich bin jetzt nicht so der Fan von V-Ausschnitten bei Männern, aber auch ich muss mich öffnen! Und darüber einen Blazer, der sich nicht eindeutig als Trachtenjanker deklariert, aber in die Nähe davon kommt. Grauer Filz mit grünen Einfassungen. Eine spannende Kombi, spricht vielleicht für innovative Ideen als Architekt.

Vom Gesicht kann ich nicht viel sagen außer Haare. Es ist recht zugewachsen mit einem dunkelbraunen Vollbart, und die Haare am Kopf dürften auch lang sein, aktuell sind sie zu einem Haarknödel (»Man Bun«) zusammengebunden. Offenbar hat dieser Trend jetzt auch schon das Land erreicht. Mir soll es recht sein, dann werden seine beruflichen Vorschläge auch entsprechend modern sein.

Das Wichtigste: Ich kann nirgendwo teure Markenlogos erkennen, also hoffe ich auch auf faire Preise in der Dienstleistung!

Nachdem mein stummes »Vorstellungsgespräch« – darum heißt es ja so, oder? Man schaut jemanden an und stellt sich was vor – abgeschlossen ist, präsentiere ich ihm die »Räumlichkeiten« (Wohnzimmer. Küche. Bad. Aus.). Als er beginnt, die ersten Rückfragen zu stellen, bereue ich meinen übereiligen Vorschlag an den Gatten schon wieder.

»Wo habt ihr denn die Senkgrube?« Mit der Frage hat mich der Architekt jetzt eiskalt erwischt. Innerlich spule ich alle Folgen von *Pfusch am Bau* vor meinem geistigen Auge ab. XPS Dämmplatten, Dichtungsringe, holzzerstörender Pilz. »Senkgrube« kam einfach noch nicht vor.

»Die was?«, frage ich und schaue mich im Raum nach möglichen Hinweisen um. Nichts.

»Das ist ein unterirdischer Tank, wo das Abwasser und die Reste von der Toilette gesammelt werden«, klärt er mich auf.

Unterirdischer Tank???? Sammeln???? Toilettenreste?? Sofort brennt sich dieses Bild in meinen Kopf ein!

Dagobert Duck hatte einen Geldspeicher. Wir haben einen unterirdischen Tank voller Scheiße.

»Hm«, sage ich und überlege, was ich jetzt antworten könnte. Auf gar keinen Fall werde ich sagen: »Da muss ich erst meinen Mann fragen.« Ich habe mir geschworen, dieser Satz wird im gesamten Bauprojekt niemals fallen.

»Natürlich, die Senkgrube«, sage ich. »Also, da werde ich dann noch auf den Plänen nachschauen und die Information nachreichen.« Gute Antwort.

Er scheint sich vorerst damit zufriedenzugeben, denn sein Blick wandert jetzt zum Wohnzimmerfenster, dann weiter zur Balkontür, dann zur Decke, zum Ofenrohr, hinunter zum Of...

Oh mein Gott, die Ofentür ist ein paar Zentimeter aufgegangen und legt den Blick auf die beiden Bücher mitten in der Asche frei. Ich gehe sofort hin und stelle mich mit dem Rücken zum Ofen. Möglichst unauffällig hebe ich das rechte Bein und versuche, mit der Ferse die Tür zuzudrücken. Vermutlich schaue ich dabei aus wie ein Hund, der an einen Baum pinkelt.

Hat er mich jetzt komisch angeschaut oder bilde ich mir das nur ein?

»Da ist es gleich wärmer!«, rufe ich aus und reibe mir demonstrativ die Hände hinter dem Rücken.

Ich weiß nicht, ob er merkt, dass Feuer weder zu sehen noch zu hören noch zu spüren oder zu riechen wäre. Vielleicht wundert sich hier aber auch keiner mehr über die seltsamen Angewohnheiten der Zuagroasten. Wir kommen schließlich aus Wohnungen mit Kabelfernsehen, wo es einen eigenen Sender gibt, in dem den ganzen Tag nur Kaminfeuer gesendet wird.

Aber er darf auf keinen Fall die Bücher von Martina sehen. Dann wird er nämlich vielleicht anfangen, Fragen zu stellen, und ich muss entweder lügen oder kann mir den ortskundigen Architekten in die Haare schmieren. Und jeder weiß, dass ortsansässige Fachkräfte unerlässlich sind für alles! Für eine gute Abwicklung, für faire Preise, für ein wohlwollendes Genehmigungsverfahren und auch für die spätere Integration im Ort.

Liebe Susi, meine Freundin ist Autorin und will jetzt drei Monate ausziehen, um in einer mir gänzlich unbekannten Stadt ein sogenanntes »Stadtschreiber Stipendium« zu machen. Für mich klingt das doch wie eine Ausrede. Die will doch nur weg von mir! Oder warum sollte man so was machen wollen, wenn die Stadt nicht mal cool ist wie New York oder so. Fußballbro1860

Lieber Fußballbro1860, du kannst sehr stolz auf deine Freundin sein, wenn sie ein Stadtschreiber Stipendium bekommen hat! Das ist schon etwas Besonderes und das bekommt nicht jeder! Sie hat so die Möglichkeit, sich in der Zeit voll aufs Schreiben zu konzentrieren und neue Eindrücke zu sammeln. Wie wenn im Fußball jemand für eine Saison zu einem anderen Verein verliehen wird. Also Applaus für alle, die ihre Freundinnen so toll supporten wie du!

DOSEN-RAVIOLI UND BECKENBODENTRAINER

Noch zwei Stunden, bis ich zur Lesung heute Abend los muss. Ich liege halbwegs gut in der Zeit, duschen, schminken, umziehen und dann noch kurze inhaltliche Vorbereitung auf die Lesung. Der Termin mit dem Architekten ist gut in der Zeit verlaufen. Bis auf die Sache mit der gesuchten Grube sind auch keine weiteren Fragen aufgetaucht. Er hat sich einen guten Gesamtüberblick über unsere Vorhaben verschaffen können und wird uns seine erste Einschätzung und grobe Kosten dazu in den nächsten zwei Wochen schicken. Ich sag ja, am Ende ist alles nur Projektmanagement. Ziel – Plan – Termin – Kosten – Ende.

Es bleibt sogar noch Zeit für ein kurzes Galamenü: Ravioli in Tomatensoße! Die Anweisung auf der Dose lautet: »Zubereitung: Kochtopf, Inhalt in passenden Topf leeren, 5 min erhitzen«.

Um die Zubereitungszeit aktiv zu nutzen, gebe ich mir meine sauteuren In-Ear-Noise-Cancelling-Kopfhörer ins Ohr und verbinde sie über Bluetooth mit dem Telefon. So habe ich die Hände frei zum Kochen und kann das Handy daneben auf der Arbeitsfläche liegen lassen.

Die Anrufliste zeigt mir sechs Anrufe (!) in Abwesenheit. Da fällt mir wieder ein, dass es in der Buchhandlung ja die ganze Zeit vibriert hat! Es war 1x das Kind, 1x Conni, 1x Martina und 3x Max, mein Chef und gleichzeitig bester Freund. Dann noch vier *WhatsApp*-Nachrichten:

Conni: Falls du Zeit hast irgendwann, vielleicht magst du telefonieren? Ist aber nicht dringend! Also kein Stress!!!!
Martina: Was ziehst du heute an? Sollen wir uns abstimmen?
Das Kind: Mama, es ist nichts zu essen daheim ☹
Max Büro: Ruf mich dringend zurück!!!!!

Man muss auch hier systematisch und nach Dringlichkeit vorgehen. Während ich den Topf rausAhole und den Herd auf höchste Stufe drehe, rufe ich das Kind zurück und gebe ihm meine Kreditkartendaten für eine Bestellung beim Essen-Lieferdienst durch. So kann die warme Mahlzeit dann kontaktlos einfach vor der Wohnungstür abgestellt werden. Ich weise sie weiters an, ein Trinkgeld von zwei Euro in einem gut beschrifteten Kuvert auf der Fußmatte zu platzieren. Helikoptermütter funktionieren auch aus der Ferne.

Jetzt der Chef.

»Endlich! Wo bist du denn?« Er klingt irgendwie gestresst.

»Ich habe ja einen Urlaubstag heute, habe ich dir doch gesagt, oder?«

»Und im Firmenkalender ist es auch eingetragen«, werfe ich noch hinterher, während ich die Lasche der Raviolidose leicht mit dem Fingernagel vom Daumen hochhebe.

»Ja, stimmt, sorry, ich störe eh nur kurz, aber ich habe super Nachrichten!«

»Ja? Welche denn?« Ich versuche, die Lasche fest nach hinten zu ziehen, um die Dose zu öffnen.

»Sie haben angebissen! Sie wollen mit uns zusammenarbeiten!«

»Fuck!« Die Lasche ist abgebrochen, die Dose weiterhin komplett verschlossen.

»Was?«, fragt Max.

»Sorry, ich meinte … egal …«, sage ich und suche in der Besteckslade nach einem Dosenöffner. Langsam merke ich auch, wie hungrig ich schon bin.

»Und welcher Kunde hat abgebissen?« Es ist kein Dosenöffner weit und breit zu finden.

»Sag mal, hast du was … äh … getrunken?«

Die Frage wird jetzt mal ignoriert, der Sekt aus der Buchhandlung ist längst verdunstet! Außerdem redet Max eh gleich weiter: »Frau Doktor Knaus, mit der wir den Call hatten. Die Markteinführung für diesen *MeMe*-Beckenbodentrainer. Wir dürfen im ersten Schritt mal das Einführungsevent für sie organisieren, und wenn das gut rennt, dann weitere Promotions in vielen Handelsoutlets. Das wäre ein mega Potenzial für uns.«

Während ich seinen Schilderungen lausche, gehe ich hinaus in den Geräteschuppen neben dem Eingang, um nach Werkzeug zu suchen. Der Nachbar fährt gerade mit dem Traktor vorbei, er hebt den linken Zeigefinger am Lenkrad in meine Richtung. Internationales Begrüßungszeichen am Land.

»Hallo«, rufe ich und winke ausufernd zurück. Wir kennen uns noch nicht persönlich, aber man soll einen guten Eindruck von uns Zuagroasten haben! Wir sind die Guten!

»Was machst du da eigentlich gerade?«, fragt Max. »Es kracht ur laut in der Leitung!«

Ich höre auf, im Werkzeug zu wühlen, ich habe etwas Brauchbares gefunden. Hoffentlich.

»Ja, 'tschuldigung, warte«, sage ich und gehe mit einem Hammer und einem langen Nagel wieder zurück in die Küche, wo auch das Handy liegt.

»Wann bist du wieder im Büro?« Die Verbindung ist gleich wieder besser.

»Morgen«, sage ich und positioniere die Nagelspitze mit der rechten Hand auf der Dose.

»Gut, du hast das detaillierte Briefing bereits in deinem Posteingang. Ich habe ihnen für übermorgen Feedback dazu versprochen.«

»Übermorgen?« Ich schlage kräftig zu, der Nagel geht ein

kleines Stück in die Dose. Ich ziehe ihn wieder heraus und positioniere ihn ein paar Millimeter neben dem jetzt entstandenen Loch wieder neu.

»Ja, das schaffst du eh, oder?«, fragt Max.

»Puh, das ist aber ein knappes Timing«, antworte ich und schlage noch fester auf den blöden Nagel. Die Dose dreht sich halb um den Nagel zur Seite, rutscht weg und kippt auf der Arbeitsfläche um.

Dann beginnt es auch noch laut zu zischen, aber nicht von dort, wo die Dose hingerollt ist, sondern vom Herd. Rauch steigt vom leeren Topf auf. Verdammt! Die Platte ist ja noch eingeschaltet! Schnell ziehe ich den Topf weg und drehe den Regler zurück.

»Max?«, frage ich. Keine Reaktion. Die Leitung ist tot.

Tomatensoße läuft aus dem ersten Loch direkt auf mein Handy.

Noch 30 Minuten bis zur Abfahrt. Ich sitze am Esstisch und starre in den Computer, während ich Linsen mit Speck aus einer Schüssel löffle. Wenigstens diese Dose ging normal auf. Mir ist eiskalt und ich wärme mir die Hände abwechselnd an der heißen Schüssel. Eigentlich wollte ich noch den Ofen einheizen, aber die Zeit habe ich dann damit verbraucht, mein Handy von der Tomatensoße zu befreien und wieder zum Leben zu erwecken. Dann duschen (mit eiskaltem Wasser ist das eine sehr flotte Geschichte, ich hatte den Boiler vergessen vorzuheizen), umziehen, neu schminken und Linsen kochen.

Der preisgekrönte Trainer für einen stärkeren Beckenboden! Übernehmen Sie wieder Kontrolle über Ihre Blase und freuen Sie sich auf ein völlig neues Intimleben!

Ich weiß, man soll achtsam sein beim Essen und sich nur darauf konzentrieren. Aber mir ist kalt und ich bin alleine. Also kann ich genauso gut beim Essen die Website und das Briefing dazu durchlesen.

Ein Beckenbodentrainer ist ein kleines Gerät, das Frauen dabei hilft, die Muskeln des Beckenbodens zu stärken. Diese Muskeln befinden sich am unteren Ende des Beckens und spielen eine wichtige Rolle bei der Unterstützung der Blase, des Darms und der Gebärmutter. Durch regelmäßiges Training mit dem Beckenbodentrainer können Frauen die Kontrolle über diese Muskeln verbessern, was helfen kann, Probleme wie Inkontinenz zu vermeiden und das sexuelle Wohlbefinden zu erhöhen. Der Trainer wird typischerweise in die Vagina eingeführt und verwendet Übungen, die die Muskeln aktivieren und stärken.
So viel zum theoretischen Teil.

Die Bilder im Briefing zeigen den *MeMe*-Trainer in verschiedenen Farben. Das Gerät sieht aus wie ein sehr ovales Ei mit einem langen Schwanz hinten dran, fast wie so ein einzelnes Spermium. Nur der Schwanz geht nicht nach hinten, sondern der dreht sich über den Rücken sozusagen nach vorne zum Kopf. Ich muss an diese biegsamen Zirkusmenschen denken, die am Bauch liegen und sich dabei mit den eigenen Zehen am Hinterkopf kratzen können.

Wenn man sich mit der App verbindet, kann man verschiedene Work-outs ausprobieren, die Technik korrigieren und dabei sogar Spaß haben!
Warum muss alles immer mit einer App verbunden sein? Ich lehne das ab!
Außerdem, was ist, wenn ich unabsichtlich den Beckenbodentrainer von der Nachbarin fernsteuere? Oder bei einer Lesung! Im Publikum sind zu 99 Prozent Frauen …
Tracken Sie außerdem täglich Ihre Fortschritte, steht unter dem Bild von der App.
Mir reicht es für heute mit der Selbstoptimierung. Ich überfliege noch kurz das Briefing: Ein kleines Event mit wichti-

gen Stakeholdern sollen wir ausrichten, mit Medienvertretern und Influencern aus der Zielgruppe. Dazu soll ein Kinosaal angemietet werden, es gibt Reden und einen Film. Weiters soll eine VIP-Area vor dem Kino und ein Catering eingeplant werden. Und eine reichweitenstarke Influencerin, die zum Thema Beckenbodentrainer passt, hätten sie gerne als Moderatorin. Es klingt nach Eierlegenderwollmilchsau. Wo soll so eine Influencer-Moderatorin bitte herkommen?

Eigentlich sind Events nicht unsere Kernkompetenz, aber das hier scheint sich in überschaubaren Grenzen zu halten. Eine kleine Party hat noch niemandem geschadet. Und wenn das gut läuft, winkt das große Business danach!

Ich schalte alles an verfügbaren Heizmöglichkeiten im Auto an. Normale Heizung, Sitzheizung, Lenkradheizung. Dann gebe ich das Ziel ins Navi ein. Die Lesung heute findet im Veranstaltungssaal einer kleinen Gemeinde statt. Dauer bis zum Ziel: 65 Minuten.

»Ruf Martina Parker an«, gebe ich meiner Freisprecheinrichtung den Befehl durch. Besetzt. Ich tippe auf den Jochen, unseren Marketingleiter. Abends gibt sie gerne Ideen für neue Werbemittel durch. Bei ihrem ersten Buch waren das Joints und Kondome! Jochen kann inzwischen wohl nichts mehr erschüttern.

»Ruf Conni an«, weise ich mein Auto jetzt an. Sofort ist die Leitung da, und ich höre die vertraute Stimme.

»Das ist aber lieb, dass du anrufst, ich will aber wirklich nicht stören!«

»Hör auf, dich immer zu entschuldigen! Wie läuft es beim Lesungsangst-Seminar?«

»Ja gut, läuft gut«, antwortet Conni. »Wir haben heute Atemübungen gemacht und progressive Muskelentspannung.«

Ich muss sofort wieder an den Beckenbodentrainer denken. Vielleicht könnte der hier auch helfen …

»Und dann haben wir noch verschiedene Visualisierungstechniken gelernt.«

»Hab ich dir doch auch gesagt! Du musst dir alle nackt vorstellen! Oder am Klo sitzend. Das hat irgendein Star mal bei einem Interview gesagt zum Thema Lampenfieber.«

»Nein, nicht so was! Positive Selbstgespräche kann man zum Beispiel visualisieren.«

»Hä?«

»Man kann sich vorstellen, wie man zu sich selbst sagt, dass man bereit ist, seine Arbeit zu präsentieren. Oder man kann auch die Nachwirkungen eines erfolgreichen Auftrittes visualisieren.«

»Einen Turm mit 100 verkauften Büchern?«

Conni lacht: »Ja, vielleicht auch. Gemeint haben sie aber eher vielleicht das Lob und die positiven Rückmeldungen vom Publikum.«

»Und übst du schon?«

»Ja, ich habe mir gerade vorgestellt, wie ich in Klagenfurt auf diesen weißen Sesseln sitze und sich die Juroren gegenseitig mit Lob an mich übertrumpfen wollen. Jeder fällt dem anderen ins Wort, um zu sagen, wie toll mein Text war.«

»Ja, dann los! Es klingt, als wärst du bald bereit, dich zu bewerben!«

»Schatzi, ich habe mich die letzten Jahre schon fünfmal beworben.« Connis Stimme wird immer leiser. Es ist nicht mehr notwendig, dass sie weiterspricht. Ich weiß auch so, dass sie wohl fünfmal nicht ausgewählt und eingeladen wurde.

»Egal, aber jetzt bist du bereit!«

»Eigentlich wollte ich dir noch andere gute Nachrichten erzählen«, sagt sie, und ihre Stimme klingt gleich wieder lebhafter. »Aber ich will dich jetzt nicht aufhalten. Du hast bestimmt was Besseres zu tun. Ich kann mich auch morgen ...«

»Hör auf dich zu ent...«

»Ja, ich weiß, ich soll mich nicht entschuldigen, sorry. Auf jeden Fall, die gute Nachricht ist, ich habe ein kurzfristiges Stadtschreiber-Stipendium in Lindenhof bekommen! Der geplante Stadtschreiber ist krank geworden, jetzt haben sie jemanden als Ersatz gesucht, der sofort Zeit hat!«

»Ein Stipendium, wie cool!!!!« Ich habe keine Ahnung, was ein Stadtschreiber-Stipendium ist, aber es klingt nach Geld. Ich freue mich für Conni.

»Super, dann musst du nicht mehr so oft für uns arbeiten.«

Seit Conni auf ihren literarischen Durchbruch wartet, hält sie sich mit kleinen Jobs, die sie für uns macht, über Wasser. Dankbar nimmt sie immer alles an, was ihr angeboten wird. Kühlregale einschlichten, Flyer in der Fußgängerzone verteilen, Energydrinks an Studenten ausgeben, Sicherheitskontrollen bei Events. Conni macht alles und das mit höchster Präzision und Zuverlässigkeit. Am besten ist sie, wenn es darum geht, etwas zu verkaufen. Sie steht im strömenden Regen auf Märkten und wirbt dort Kunden für neue Stromanbieter an, verkauft Fernseh-Abos in Einkaufszentren oder sammelt Spenden für NGOs. Regelmäßig ist sie die Beste in allen Verkaufswettbewerben. Sie verkauft mit Charme, Hartnäckigkeit und einer ungemeinen Sprachfertigkeit. Sie redet, bis alle kaufen.

Nur wenn es um sie selbst geht und um ihre Leidenschaft, die Literatur, bleibt sie stumm.

Ich kann gar nicht mehr zählen, wie oft ich ihr schon einen fixen Job bei uns in der Agentur angeboten habe. Mit einem regelmäßigen Einkommen und einer gewissen Sicherheit. Aber jedes Mal hat sie abgelehnt. Sie muss flexibel bleiben und braucht die Zeit und den Focus zum Schreiben, sagt sie dann immer.

»So schnell wirst du mich nicht los«, sagt sie, »ich werde weiterhin Jobs für euch machen, nur vielleicht nicht in den nächsten vier Wochen, außer du hast was in Lindenhof für mich.«

»Ich habe ja nicht mal eine Ahnung, wo das ist.«
»Eine kleine Stadt in den Bergen.«

»Kenn ich nicht. Ich kenn nur Gemeindesekretärinnen. Schreibst du die Biografie vom Bürgermeister oder so was? Und wie viel Geld bekommst du?«

»Nein, kein Geld. Man wird in die Stadt eingeladen und darf dort schreiben. Kost und Logis werden gestellt.«

»Und warum machen Städte das?« Ich bin erstaunt, welche Dinge es gibt.

»Sie wollen die kulturelle Entwicklung und das literarische Leben fördern.«

»Na ja«, sage ich, »vielleicht lernst du dort ja jemanden kennen und kannst auch gleich dein sexuelles Leben fördern …«

»Bitte hör auf! Du willst mich ja nur schon wieder verkuppeln! Ich muss los. Bussi!«

Conni hat aufgelegt.

Bei Martina ist es noch immer besetzt.

Also nutze ich die Zeit, um nachzudenken, mit welchen Visualisierungen ich mich auf die kommende Lesung einstellen könnte …

Liebe Susi, ich habe mir jetzt drei Wochen freigenommen und werde alle Buchhandlungen im Land anrufen und fragen, ob ich bei ihnen lesen darf. Ist das nicht eine tolle Idee? Sascha.

Lieber Sascha, wow, du bist wirklich motiviert! Das könnte aber ziemlich zeitaufwendig werden. Vielleicht schickst du erst mal ein E-Mail mit Infos zu dir und deinem Buch an Buchhandlungen oder Literaturvereine. Das spart auch den Buchhandlungen Zeit, die sie mit Kundengesprächen verbringen können. Und wenn sie dein Mail toll finden, wer weiß, was sich ergibt! Alles Gute!

LESUNG MIT KURSCHATTEN

Die Idee mit den Visualisierungen im Auto war nicht sehr zielführend. Meine Gedanken sind wie so ein Pingpong immer hin und her gewandert. Meistens waren sie aber beim Thema Senkgrube und Beckenbodentrainer. Aber wenigstens vergeht die Zeit offenbar schnell, wenn man sich gut mit sich selbst unterhält, denn ich bin in weniger als 50 Minuten bereits am Ziel angekommen. Ich parke mich am Parkplatz vor dem Gemeindeamt ein. Gleich daneben ist ein Gebäude, das ein bisschen an moderne evangelische Kirchen erinnert: der Veranstaltungssaal, in dem die Lesung heute stattfinden wird. Bei der Eingangstür sehe ich schon von Weitem ein Ankündigungsplakat mit Fotos von Martina und mir drauf.

Der Parkplatz bietet locker Platz für 50 Autos, außer mir parken aber erst zwei weitere Autos hier. Ich hoffe, das bleibt nicht so leer. Aber es ist ja schließlich auch noch eine Stunde bis zur Lesung. Kurz überlege ich, bei den bereits parkenden Autos den Motorhauben-Wärmetest zu machen. Um zu schauen, ob das eh nicht irgendwelche Dauerparker sind, die dann auch nicht zur Lesung kommen. Aber es ist zu kalt, um auszusteigen, und falls mich wer dabei beobachtet, was macht das für ein Bild, wenn die Autorin hier die Autos umschleicht.

Also kippe ich meinen Autositz in eine tiefere Liegeposition, öffne für einen kleinen Spalt mein Fenster, um Frischluft zu bekommen, und schalte das Licht aus. Einmal kurz durchatmen, die Augen schließen und eine begeisterte Zuschauermenge visualisieren. Ich sehe tobende Frauen und Männer außer Rand und Band, alle voller Spaß und Heiterkeit. Gläser klirren aneinander, die Kellner kommen kaum mit dem Servieren nach (Gibt es überhaupt Getränke?), dann Applaus und Zugabe-Schreie, gefolgt von einer nicht enden wollenden Schlange vor dem Signiertisch. Eine glückliche Buchhändlerin, wo die kleine mitgebrachte Kassa fast nicht mehr zugeht, die leere Bücherwannen wieder ins Auto räumt. Alles verkauft!

Genau in dem Moment, wo mir einfällt, dass es keine kleinen Kassen mehr gibt wegen dem Schwarzgeld und der Registrierkassenpflicht, parkt sich ein weiteres Auto rechts neben mir ein. Ich verharre in meiner Halbliegeposition und hoffe, nicht gesehen zu werden. Man soll auch nicht glauben, dass die Autorin im Auto wohnt! Zum Glück habe ich kein Licht im Innenraum an, und draußen ist es schon dunkel.

Ein älterer Herr steigt aus dem Auto und zieht sich umständlich eine beige Daunenweste ohne Ärmel über sein hellblaues Hemd. Dabei hat er die Autotür offen, das Licht aus dem Innenraum beleuchtet ihn. Er hat leicht welliges weißes Haar, und auch wenn er um die Mitte schon etwas die Form verloren hat, kann man schon noch erahnen, dass er früher mal einer von den Begehrten war. Einer, in den immer irgendeine verliebt gewesen ist, der sich nie viel hat anstrengen müssen bei den Frauen.

Als er sich umdreht, sehe ich eine komplett kahle runde Stelle am Hinterkopf. Sicher so groß wie meine Handfläche. Seltsame Schieflage. Ob er das überhaupt weiß?

Man soll ja keine bösen Gedanken haben, aber ich finde, ein bisschen was Tröstliches hat männlicher Haarausfall für uns Frauen schon auch.

Ich erspare allen jetzt eine Aufzählung der diversen Gründe. Sie sind bekannt.

Ich versuche, so wenig wie möglich zu atmen, damit er mich nicht sieht. Was ungefähr genauso deppert ist, wie beim Einparken das Radio auszuschalten. Er scheint auf jemanden zu warten, denn er steht noch recht unentschlossen in der geöffneten Autotür und schaut in Richtung Straße. Aus seinem Radio hört man Blasmusik. Jetzt bückt er sich und holt etwas aus der Mittelkonsole. Aufmerksam verfolge ich aus den Augenwinkeln seine Tätigkeiten. Jetzt hat er einen Schlüsselbund in der Hand. Er beginnt, mit einem Schlüssel davon in seinem Ohr zu bohren!!! Dabei macht er kleine Drehbewegungen, als würde er seinen Kopf aufsperren wollen. Dann zieht er die Schlüsselspitze wieder raus, betrachtet kurz das Ergebnis und streift den Schlüssel danach an seiner Hose ab.

Niemals wieder werde ich Schlüssel von fremden Menschen annehmen!!!!!!!!!!!!!!!!!!!!!!!

Als er den Schlüsselbund zum anderen Ohr führt, schließe ich die Augen. Ich kann nicht mehr.

Wieder kommt ein Auto auf den Parkplatz. Es ist rot und sehr klein und parkt sich ganz am anderen Ende des Parkplatzes ein. Der Schlüsselmann schließt nun seine Autotür und geht weg. Im Seitenspiegel kann ich beobachten, dass er zu dem roten Auto hingeht. Dort steigt eine Frau mit sehr blonden Haaren, sehr hohen High Heels und einem sehr kurzen Minirock aus. Ein Look wie aus den 80er-Jahren. Sie ist so braun, wie man das nur mit exzessivem Solarium hinbekommen kann, das erkenne ich trotz Dunkelheit. Ihre Augenbrauen sind unnatürlich weit oben, fast in der Mitte der Stirn, platziert.

Wären wir in Berlin Mitte, wäre das Styling sicher ironisch, und die Dame wäre vermutlich am Weg zu einer 80er-Jahre-Vintage-Party. Hier aber ist das alles ernst gemeint.

Der Mann umarmt die Frau lange und quetscht dabei mit einer Hand ihre Pobacke. Sie quietscht kurz auf.

»Aber doch nicht hier«, höre ich sie mit piepsiger Stimme sagen.

»Jetzt stell dich nicht so an, ist ja keiner da, oder siehst du wen?«, sagt er mit strenger Stimme.

Sie schaut sich am Parkplatz um und zieht dabei ihren Minirock nach unten.

Dann greift er in ihren Nacken und zieht ihr Gesicht forsch zu sich heran. Dann schließe ich sicherheitshalber wieder die Augen, das ist alles keine schöne Visualisierung.

Bei der Lesung selbst ist der Gemeindesaal bummvoll. Es sind sicher fast 100 Stapelsessel aufgebaut, die alle besetzt sind. Ganz hinten stehen auch noch vereinzelt Personen. Die Mitarbeiterinnen der Gemeindebücherei haben selbst gemachte Aufstrichbrote und Sekt vorbereitet gleich neben dem Büchertisch der ortsansässigen Buchhandlung.

Martina ist in Höchstform, sie liest aus ihrem Lieblingskapitel »Das Pensionistentreffen«. Das Publikum ist begeistert, es wird viel gelacht oder zur Bestätigung bei bestimmten Passagen genickt: »Ja! Genauso ist es!«

Der Mann mit dem Schlüssel sitzt in der ersten Reihe unmittelbar vor Martina. Ich versuche, nicht in seine Richtung zu schauen, sondern eher den Sekt und die Aufstrichbrote hinten im Auge zu behalten. Er sitzt breitbeinig da, obwohl die Sessel sehr eng gestellt sind. Die zwei älteren Damen links und rechts von ihm versuchen hingegen, mit überschlagenen Beinen möglichst wenig Platz zu beanspruchen. Ihm ist das egal. Zwischen der Daunenweste umspannt sein Hemd einen sehr ausladenden Bauch. Einer der Hemdknöpfe ist offen und legt den Blick auf ein kleines Stück Bauch frei. Sein Blick fixiert Martina und vor allem ihre goldenen Lesungsstiefel, während sie die Stelle mit den Kaffeeschnitten liest. Die späte 80er-Jahre-Schönheit sitzt hingegen ganz woanders, nämlich ganz hinten. Als ob sie den entferntesten Platz von ihm gesucht hat.

Auch meine Lesungsstellen kommen sehr gut an, das Publikum ist großartig drauf und verlangt noch nach kurzen Zugaben. Lauter glückliche Gesichter. Am glücklichsten ist meines, denn ohne Martina hätte ich nie die Chance auf solche Lesungen gehabt. Man würde mich hier nicht kennen. Aber sie hat mich einfach mit angeboten, und viele Veranstalter haben zugesagt.

Am Ende überreichen uns der Bürgermeister und die Leiterin der Bücherei einen Blumenstrauß, und das Publikum strömt bereits zum Büchertisch. Vielleicht auch zum Sekt, so genau kann ich das von vorne nicht unterscheiden.

Wir haben noch nicht mal am Signiertisch Platz genommen, kommen die Ersten schon vom Büchertisch retour und steuern uns mit einem, zwei oder sogar drei Büchern von Martina an. Eine Frau hat auch mein Buch in der Hand. Eine warme Welle breitet sich in meiner Bauchgegend aus.

»Ich habe es schon gelesen, es ist so lustig«, sagt die Frau und bittet mich, das aktuelle Buch für ihre Schwägerin zu signieren. Während ich in ein lockeres Gespräch mit ihr komme, ist die Schlange bei Martina schon deutlich angewachsen. Sie kommt kaum noch mit dem Signieren nach. Viele erzählen ihr, dass ihre Oma, Schwester, Nachbarin, Schwiegermutter genauso sei wie die Oma Hilda! Martina könne jederzeit kommen und müsse nur mitschreiben! Bücher könne man füllen, heißt es immer wieder.

Die Frau bittet mich noch um ein gemeinsames Selfie für die Schwägerin. Ich sage gerne zu und lächle in die Kamera. Niemand sonst wartet vor meinem Platz auf eine Signatur. Ich bleibe trotzdem sitzen und blättere in meinem Lesungsbuch. Dabei halte ich den Kuli in der Hand und drücke ein paarmal auf den Knopf hinten. Klick-Klack-Klick-Klack. Während Martina neben mir unterschreibt und redet und unterschreibt und redet …

Ich beschließe, die nächste Person, die zu mir kommt, in ein längeres Gespräch zu verwickeln, und halte Ausschau, ob noch wer beim Büchertisch steht und gerade mein Buch kauft.

Tatsächlich steuert jemand mit meinem Buch direkt auf mich zu. Der Schlüsselmann!

Ich verwerfe das mit dem längeren Gesprächsvorhaben instantly.

»Servas«, sagt er, als würden wir uns schon ewig kennen, und hält mir seine Hand hin. Mein Buch hat er dabei unter der Achsel eingezwickt. Mir bleibt nichts anderes übrig, als seine Hand zur Begrüßung zu nehmen. Sie ist schwitzig und schwammig.

»Ich bin der Koarl und zufällig grad auf Kur hier in der Gegend.«

»Hallo«, sage ich und will schon nach dem Buch zum Signieren greifen. Er lässt es aber immer noch unter seinem Arm stecken. Mein armes Buch-Baby!

»Du bist owa eh a ganz lustige Puppn«, sagt er, und ich kichere noch blöd mit, weil ich das gar nicht schnell genug realisiere, was er da sagt.

»Wenn du willst, kannst auch bei mir daham eine Lesung machen.«

Jetzt reicht es, ich schiele zur Eingangstür. Gibt es Security im Gemeindeamt? Wohl kaum. Wieso kann ich da nicht schlagfertiger sein bei so was???

»Also, in meiner Buchhandlung mein ich, ned daham, hahaha.« Er feiert sich selber für den Witz. Ich nicke höflich und stumm und lächle gequält dabei.

»Also pass auf, wennst willst, kann mich dein Verlag anrufen, ich organisier da gerne eine Lesung bei uns. Ich mach mir das dann schon aus mit deinem Verlag, was ich verlange für die Organisation, aber da finden wir schon z'sam. I gib dei Biachl dann auch in die Auslag.«

Ich weiß gar nicht, was ich antworten soll, weil ich davon bis jetzt noch nix gehört habe, dass Verlage Geld zahlen an Buchhandlungen, damit die Autoren dort lesen dürfen. Normalerweise bekommen doch die Autoren ein Honorar und nicht umgekehrt?

Aber wer weiß, ich muss Martina später fragen, bei der telefonischen Nachbesprechung auf der Heimfahrt. Vielleicht gibt es da auch andere Regeln, von denen ich nur noch nichts weiß.

Er zieht jetzt eine abgeschnudelte Visitenkarte aus seiner Hosentasche und schiebt sie mir kommentarlos über den Tisch. Buchhandlung Karl Kiefer.

»Für wen darf ich das Buch signieren?«, frage ich, um hier schnell zu einem Ende zu kommen.

Er legt mir das Buch geöffnet hin und zieht einen goldenen Kuli aus einer Innentasche von seiner beigen Weste. Dabei höre ich den Schlüssel klimpern.

»Do, i gib da mein Kuli, der is echt Gold, und der hat schon vielen Autorinnen Glück gebracht.« Dabei zwinkert er mir zu.

Kann ich nein sagen????? Verzweifelt trete ich Martina unter dem Tisch, die ist aber gerade sehr intensiv im Gespräch mit einer sehr entzückenden Fan-Leserin.

»Schreib: ›Für Pretty Belinda‹«, diktiert er mir.

»Das ist die Puppn dahinten.« Er nickt mit dem Kopf zum Tisch mit dem Sekt. Dort steht die Dame aus dem roten Auto und hebt ihr Sektglas in unsere Richtung.

Ich lächle ihr verlegen zu und vertiefe mich danach sofort darin, das Buch zu signieren. Damit ich den Ungustl nicht anschauen muss. Er redet inzwischen ungefragt weiter.

»Ich hab sie bei der Kur kennengelernt, und die schreibt auch Bücher. Bisher owa nur für die eigenen Verwandten.« Er lacht übertrieben laut über seinen eigenen Witz. »Aber das wird sich schon noch ändern, ich werd ihr unter die Arme greifen. Ich hab nämlich viele gute Kontakte, bin ja ned umsonst auch in der Kammer.«

Ich will nicht wissen, von welcher Kammer er da redet, und verzichte ausnahmsweise auf einen netten Spruch bei der Signatur.

Für Pretty Belinda von Susanne Kristek. Das muss in dem Fall reichen.

»Der kauft fast gar keine Bücher ein, und selbst wenn er etwas kauft, dann schickt er das meiste auch wieder zurück, weil er eh nichts verkauft in seinem Geschäft«, sagt Martina.

Wir sind auf dem Heimweg von der Lesung und telefonieren im Auto miteinander, um uns gegenseitig wachzuhalten und den Abend nachzubesprechen.

»Woher weißt du das jetzt so schnell?«, frage ich sie.

»Na, weil ich den Erich gefragt habe.«

Mein Blick fällt auf die Zeitanzeige von meinem Auto. Es ist bald 23 Uhr.

»Um die Uhrzeit hast du den Erich angerufen?«

»Ja sicher, ich wollte wissen, was das für ein Ungustl war, hat irgendwas von wichtiger politischer Funktionär gefaselt. Ich wollte nur wissen, ob das stimmt.«

»Und stimmt es?«

»Ja, aber wahrscheinlich macht sich der nur in der Kammer wichtig, weil er für die Sitzungen bezahlt wird.«

»Oder wegen den Brötchen, die man bei so was bekommt«, sage ich und muss an den gesprengten Knopf am Hemd denken.

»Wie unverschämt der sich in das Foto für die Lokalzeitung vorher hineingedrängt hat. Das war schon eine Frechheit! Wenn ich nichts gesagt hätte, hätte er die ganze Bibliothekarin verdeckt. Stellt sich einfach vor sie, so ein Trottel!« Martina ist in Rage.

»Und mir hat er dabei auch noch halb auf den Arsch gegriffen.« Als ich es ausspreche, merke ich erst das komische Bauchgefühl dabei.

»Er hat *was*???????«

»Vielleicht war es auch unabsichtlich, der Fotograf hat gesagt, wir sollen näher zusammenrücken, und dann hat er seine Hand so auf meinen Rücken gelegt. So wie sie in den alten Filmen die Damen immer unter dem Deckmantel der Höflichkeit vor sich herschieben. Nur seine Hand war halt schon sehr weit unten.«

»Wieso hast ihm nicht gleich eine geklescht?«, fragt Martina wütend.

»Ja, was weiß ich, das ging so schnell, vielleicht hab ich mir da nur was eingebildet. Ich wollte jetzt nicht hysterisch sein vor dem Redakteur und dem Fotografen und den Mitarbeitern von der Bücherei, die haben sich alle so eine Mühe gegeben.«

»Ja, aber der kann dich doch nicht begrapschen!«

»Na ja, so richtig war das ja ... egal, es war halt irgendwie komisch. Vielleicht sind wir alle schon übersensibel bei dem Thema. Und ich besonders, weil ich ja sowieso nicht so gern fremde Menschen angreifen mag.«

»Das liegt nicht an dir!! Das ist ein Trottel!«, brüllt Martina aus der Freisprecheinrichtung. »Und der wird uns schon noch kennenlernen!«

Erschöpft falle ich zu Hause ins Bett, als mein Handy noch eine neue Nachricht anzeigt.

Conni: Juhu! Noch mal gute Nachrichten!!
Susanne: Los, sag, was ist passiert?
Conni: Ich bin bei einem Literaturwettbewerb unter die fünf Finalisten gekommen. Der Gewinner wird auf der Buchmesse in Leipzig ausgezeichnet.

Conni: Es wird dort ein eigenes Event geben, und alle fünf Finalisten dürfen ihre Texte dort lesen.
Susanne: Jööööö, das ist ja genial!
Susanne: Dann sind wir ja gemeinsam dort!
Conni: Wann liest du? Ich lese am Freitag.

Was heißt, wann ich????? Wieso hat sie schon einen konkreten Termin?

Conni: Auf der Website stehen schon alle Termine.

Sofort suche ich die offizielle Website der Leipziger Buchmesse nach meinem Namen ab. Nichts.

Dann öffne ich alle verfügbaren Kommunikationskanäle. E-Mail, *WhatsApp*, *Facebook Messenger*, *Instagram Messenger*. Wieder nichts. Nicht mal SMS. Seltsam.

Susanne: Keine Ahnung. Ich habe noch nichts bekommen...
Conni: Seltsam, die anderen haben ihre Termine schon.

Ich prüfe auch noch mal eventuelle Anrufe in Abwesenheit. Nichts.

Susanne: Liegt wahrscheinlich im Postkasten daheim!
Conni: 👍
Susanne: 🙏

Liebe Susi, warum dauert es eigentlich immer so lange, bis ein Buch endlich erscheint? Mein Buch ist längst fertig, und der Verlag will das erst in einem Jahr rausbringen!

Lieber ungeduldiger Bücherfreund! Es stimmt, es kann sich sehr lange anfühlen, aber es sind viele Schritte notwendig: Lektorat, Korrektorat, Gestaltung und Satz, Druckvorbereitung, Druck, Marketing, Promotion, Vertrieb, PR ... Aber das Warten lohnt sich, wenn du schließlich dein Buch in den Händen halten kannst.

SEXUAL HEALING

Ein Mail vom Verlag ist in meinem Posteingang! Der Betreff lautet: »Nächstes Buch und Leipzig«. Solche Mails zu bekommen ist immer noch so aufregend wie Weihnachten in der Kindheit. Du stehst vor dem beleuchteten Christbaum, siehst schon die schön verpackten Geschenke, musst aber noch diese langweiligen Lieder fertigsingen und im schlimmsten Fall auch noch die komplette Weihnachtsgeschichte lesen …

Ich liege auf meinem Bett, den Computer am Schoß, draußen höre ich, wie Gatte und Kind irgendeine lustige Serie schauen. Man hört sie immer wieder lachen. Ich wäre auch lieber dabei, aber ich muss noch das grobe Konzept für den Beckenbodentrainer für den Kunden fertigmachen. *MeMe*-Trainer heißt das Teil. Das »Me« der Frau soll im Zentrum stehen. Daher die Verdoppelung im Namen, steht auf der Website. Die möglichen Auftraggeber brauchen mein Angebot morgen, und untertags war so viel los im Büro, dass ich jetzt eine Abendschicht einlegen muss, um das zu schaffen. Um mich selbst zu disziplinieren, darf ich das Mail vom Verlag erst dann öffnen, wenn die Arbeit erledigt ist. Das ist dann mein persönliches Geschenkpackerl!

Ich habe bereits Angebote von Kinos und Cateringfirmen eingeholt, jetzt muss ich nur noch eine Influencerin finden, die eine große Reichweite hat und die zum Thema »Beckenbodentrainer« passt. Als typische Verwendergruppe sind im Briefing Frauen nach Geburten angeführt, aber auch Sportlerinnen, denn intensives Training kann den Beckenboden belasten, was in weiterer Folge zu unfreiwilligem Harnverlust führen kann. Wir brauchen also entweder Mütter- oder Sport-Influencerinnen.

Ich tippe Suchbegriffe wie »Fitness«, »Sport«, »Bodywork« auf *Instagram* ein und scrolle mich durch die Ergebnisse. Bitte, was sind das für Frauen, die da gezeigt werden? Alle haben definierte Sixpacks, ausladende, aber sehr feste Hintern (Sind das Implantate??) und extrem schmale Taillen. Niemand sieht doch in echt so aus, oder? Wann habe ich eigentlich das letzte Mal Sport gemacht? Ich schau an mir herunter, sehe, wie sich meine kleine Speckrolle am Bauch gemütlich über die Computertastatur wölbt.

Na und, wer ein Kind geboren hat, darf auch einen After-Baby-Body haben. Nur dass mein Baby halt schon in der Pubertät ist ... egal.

Ich wechsle zu den Mütter-Bloggerinnen, die sind ja auch Zielgruppe. Auf den ersten Blick unterscheiden die sich in meinen Augen jetzt nicht wahnsinnig stark von den Fitness-Ladys. Denn auch die Mütter haben perfekte Modelfiguren. Haben die außerkörperlich geboren?? Die Bilder auf den *Insta*-Pages sind großteils farblich abgestimmt, vorwiegend in Pastelltönen, wie sie wohnen, wie sie sich kleiden, wie sie ihre Kinder anziehen.

Über den Happy-Family-Bildern sieht man Schlagwörter, die neugierig auf den Text machen sollen. »Teaser« heißt das in der Werbesprache. Da steht zum Beispiel: »Eltern auf Augenhöhe«, »Mother me time«, »Schlafdruck«. Was bitte ist ein Schlafdruck?? Ich kenn nur einen Aufdruck. Und was ist ein »Gender Sleep Gap«??? Ich scrolle weiter nach unten. »Inneres Patriarchat«, »Bindungsorientierte Elternschaft«, »Potenzialentfaltung im Vorschulalter«... Mir ist schon ganz schwindelig von den vielen neuen Begriffen.

Das Einzige, was die perfekte Familienidylle ab und zu durchbricht, sind Postings von den Werbepartnern der Bloggerinnen. Aber irgendwo muss die Kohle schließlich auch herkommen, und so läuft das Konzept. Influencer bieten den Werbepartnern eine große Reichweite in der Zielgruppe. Sie machen dann Werbung für ein Produkt und vielleicht ein Gewinnspiel. Und die Follower sehen das dann und wollen das auch kaufen.

Ein Foto zeigt zwei pastellig-süße Kinder in der farblich abgestimmten Designer Küche. »Thank you, mom, for using Thermomix! Happy Mother's Day!«

So was bräuchte ich jetzt, eine Influencerin, die glücklich in die Kamera lacht und dazu postet: »Thank you for using the Beckenbodentrainer!«

Eine neue *Instagram*-Nachricht poppt auf.

Joe Ferrari: Ich sehe genau, dass du online bist! Also hör auf, mich zu ghosten!

Hansi, oder besser gesagt Joe. Ich muss mich endlich an sein Pseudonym gewöhnen. Er will jetzt nur mehr so angesprochen werden. Ich musste ihn auch in seinem Beisein am Handy umspeichern. Außerdem habe ich vergessen, ihn zurückzurufen. Auch seine ganzen Nachrichten wollte ich noch beantworten.

Susanne: Sorry, ich bin grad so im Stress mit Arbeit und so, kann ich mich morgen melden?

Joe Ferrari: Was machst du? Coole Projekte?

Susanne: Na ja, geht so, ich suche Mütter Bloggerinnen oder Fitness Influencerinnen für ein Kunden Event.

Joe Ferrari: Ich kenn eine, die wohnt in meinem Block, die hat sogar den blauen Haken!

Joe tut immer so, als wäre er der Besitzer aller Gemeindebauten, nur weil er dort Reparaturen koordiniert.

Joe Ferrari: Komm morgen Abend mit, ich muss eh hin, dann stell ich euch vor. Außerdem gibt es dort ein super Beisl, wo wir hingehen könnten, es wäre ja auch wieder mal Zeit für ein Schreibtreffen!!!

Bevor ich antworte, suche ich die Adresse, die mir Joe nennt, auf *Google Maps*. 30 Minuten mit der U-Bahn. Dann checke ich noch meinen Kalender.

Susanne: Okay, ich kann!

Joe Ferrari: Super! Dann können wir auch gleich die Launch Strategie für meinen ersten Teil der neuen Wien-Krimi-Reihe besprechen. »Die Burenheidl Beichte« wird voll einschlagen mit meinem eigenen Self-Publishing-Verlag. Ich spür das schon! Und in Leipzig werde ich das zum ersten Mal sichtbar machen!

Leipzig! Sofort muss ich wieder an das ungelesene Mail vom Verlag denken. Ein erwartungsvolles Kribbeln stellt sich ein.

Susanne: Du, ich muss jetzt weiterarbeiten, bis morgen dann!

Joe Ferrari: »Okay, ich geb der Conni auch Bescheid, dass wir morgen ein Schreibtreffen machen!

Susanne: Die ist nicht da, die fährt nach Lindenhof zur Vorbesprechung.

Joe Ferrari: Was?

Susanne: Egal, erklär ich dir morgen!

Google Maps ist noch geöffnet, und ich sehe, dass Connis Wohnung genau am Weg morgen liegen würde. Sie hat mir heute früh geschrieben, dass sie direkt von ihrem Lesungsangst-Seminar nach Lindenhof fahren wird. Was blöd ist, denn sie hat noch einen Firmenlaptop von uns, den Max dringend für einen neuen Mitarbeiter braucht. Ich habe einen Ersatzschlüssel für ihre Wohnung; ich werde sie morgen fragen, ob ich ihn mir holen kann.

»Gute Nacht, Mama.« Das Kind steckt den Kopf zur Tür herein und schickt mir ein Luftbussi.

Ist es schon so spät? Tatsächlich zeigt die Uhr auf meinem Laptop bereits 22.15 Uhr. Ich sollte mich beeilen mit dem Konzept. Sonst wird das eine kurze Nacht. (Vielleicht haben die Mütter-Blogger das mit »Sleep gap« gemeint????)

»Soll ich dir noch was vorlesen?«, frage ich mit schlechtem Gewissen und denke dabei an perfekte *Instagram*-Bilder, wo die Mütter ihre Kinder am Schoß haben und aus einem pädagogisch wertvollen Buch aus vermutlich handgeschöpftem Büttenpapier vorlesen.

»Mama, bitte!« Sie rollt die Augen und knallt die Tür zu.

»Hallooooo!«, rufe ich ermahnend durch die geschlossene Tür. Habe ich schon die Kontrolle verloren?

»HDL«, ruft sie, und dann höre ich noch die Tür von ihrem Kinderzimmer zuknallen.

Auf der *MeMe*-Website steht, dass das Produkt auch für Frauen ist, die sich ein intensiveres Intimleben wünschen. Ob es dazu auch Influencerinnen gibt? Aber welche Suchbegriffe soll ich da eingeben, ohne dass ich gleich von Porno-Pop-Ups erschlagen werde? Kann unser Netzwerkadmin in der Firma das im Verlauf sehen?

»Sexual Healing« – mir fällt dieser Schmusesong von Marvin Gaye ein. Wo die Stimme am Anfang so flüstert: »Get up, get up, get up, get up, wake up, wake up, wake up, wake up.«

Ich tippe ihn auf *Spotify* ein, stecke mir die Kopfhörer in die Ohren und lasse mir die lyrics dazu anzeigen, vielleicht inspiriert mich das ja zu irgendwas.

»Ooh babyyyyyyyyy«, singt Marvin Gaye, sehr leidend, er jault es fast.

Der Gatte steckt den Kopf zur Tür rein, ich seh nur, wie sich seine Lippen bewegen.

Ich nehme den linken Kopfhörer aus dem Ohr. »Was?«

»Ob alles okay ist bei dir?«

»Ja klar, alles gut, ich muss leider noch arbeiten.«

»Na, dann ist gut. Ich dachte schon, du hast dich verletzt und weinst oder so.«

»Ich habe gesungen«, protestiere ich, »zur Recherche!«

»Sehr brav, du arbeitest am nächsten Buch. Komm ich eh wieder vor?« Er zieht erwartungsvoll seine Augenbrauen hoch.

»Nein, ich schreibe nicht am Buch, ich muss was für die Firma erledigen.«

»Okay, dann lass ich dich mal weitermachen!« Er zieht die Tür hinter sich zu, um sie gleich danach wieder zu öffnen: »Aber wenn du irgendwann wieder weiterschreibst: Nicht vergessen, mich zu erwähnen, gell?«

Ich werfe das einzig Verfügbare nach ihm: meinen linken Kopfhörer. Er lacht und zieht schnell die Tür hinter sich wieder zu. Der Kopfhörer prallt an der geschlossenen Tür ab. Super, jetzt muss ich extra aufstehen.

Noch mal Marvin Gaye auf Anfang, während ich weiter durch *Instagram* scrolle. Ich stelle auf endlos Loop.

Man könnte den Song ja smooth am Anfang des Events einspielen. So im Hintergrund, als niederschwellige Botschaft, während alle VIPs und Influencer ihre Plätze einnehmen.

»And baaaaaaaaby«, singt Marvin wieder. Wie lang der immer die Vokale zieht!

Ich tippe »sexual healing« in die Suchmaske von *Instagram* ein. Ganz oben wird ein Bild vorgeschlagen, das so gar nicht zu meiner Suche zu passen scheint. Man sieht eine junge Frau, Typ: sympathische Studentin mit Pferdeschwanz von nebenan.

Es dürfte ein Urlaubsfoto sein, die Studentin sitzt irgendwo in Italien oder so an einem verschnörkelten Kaffeehaustisch und lacht in die Kamera. Es ist so ein niedliches Foto aus der Kategorie Hundewelpen. Nur eben ohne Hunde.

Verstörend ist nur der fette schwarze Balken über ihrem Kopf, auf dem steht »SOCIAL MEDIA IS FAKE!!!«

Ein billiger Trick, um Aufmerksamkeit zu erregen. Hat tadellos funktioniert bei mir, weil ich schon neugierig das Kleingedruckte unter ihrem Posting lese: »Hi guys, here are three real things from my porn recovery journey.«

Porn recovery???? Was ist das??

20 Minuten später habe ich noch immer nichts an dem Konzept weitergearbeitet. Dafür weiß ich jetzt alles über eine Gruppe von jungen amerikanischen Frauen, die sich mit Gottes Hilfe davon befreien, Pornos zu konsumieren. Zur weiteren Hilfestellung gibt es eigene Social-Media-Seiten, wo man heilende Sprüche dazu finden kann: »Your future marriage and sex life will not be ruined because you have watched porn. Amen!«, oder »Satan will not prevail over us.«

Marvin Gaye singt aus meinem rechten Kopfhörer (der linke liegt noch am Boden vor der Tür) ungefähr schon zum zehnten Mal: »Sexual healin' …«

Ich denke, das wird heute nichts mehr mit dem Konzept. Ich schließe *Instagram* und stelle mir den Wecker morgen früh statt um 7 Uhr bereits um 6 Uhr. Dann eben Frühschicht.

Jetzt kommen wir aber zum feierlichen Teil! Geschenke auspacken!!!

Ich setze mich ganz gerade auf meinem Bett hin und öffne mein Mailprogramm. Die beiden Mails vom Verlag!

»Nächstes Buch«, lautet der Betreff des ersten Mails von der Programmchefin.

Ich habe ja bereits ein zweiseitiges Kurzkonzept zum nächsten Buch verfasst. Das wurde auch sofort angenommen. Seitdem habe ich noch nicht wirklich daran gearbeitet, aber es wird ja erst nächstes Jahr erscheinen, also insofern habe ich eh noch genug Zeit. No pressure.

Das zweite Mail ist von einer Mitarbeiterin aus dem Marketing. »Leipzig«, steht im Betreff. Und bestimmt wird sie mir meine Lesungstermine durchschicken und die Daten vom Hotel. Wenn man von der Buchmesse zu einer offiziellen Lesung eingeladen ist, dann kümmert sich der Verlag um alles drumherum. Anreise, Hotel, wir sind dann alle gemeinsam einquartiert. Martina hat ihre Daten schon vor zwei Wochen bekommen. Sie wurde auch von einer Tiroler Buchhandlungskette für eine Lesung in einem historischen Keller in Leipzig gebucht.

Ich wollte ohnehin schon beim Verlag nachfragen, was mit meinem Termin ist. Aber vielleicht ist das bei einem Debüt noch mal anders. Österreich ist diesmal auch Gastgeberland. Vielleicht gab es auch von dieser Seite eine zusätzliche Anfrage nach einer Lesung von mir. Bestimmt sogar! Das passt ja auch gut. Immerhin schreibe ich über die Buchbranche, und was passt da besser als eine Lesung von mir auf der berühmten Leipziger Buchmesse? Eben! Wahrscheinlich gab es mehrere Anfragen, und das mussten sie erst koordinieren, damit sich da nichts überschneidet. Deswegen hat es bestimmt bei mir länger gedauert.

Ich öffne das erste Mail der Programmchefin:

»*Liebe Susanne, wir hoffen, es geht dir gut. Dein Buch ist ja richtig super angelaufen, was uns sehr freut! Nachdem die Zeit ja schneller voranschreitet, als man manchmal denkt, wollten wir auch kurz das Timing für das nächste Buch mit dir abstimmen. Du weißt, die Zeit vergeht dann ja oft schneller, als man denkt. Die erste Version würden wir, wie besprochen, für das Lektorat in vier Monaten benötigen. Damit wir uns schon mal einstimmen und vorbereiten können, wollte ich dich bitten, ob du uns einen ersten kleinen Einblick in dein Projekt jetzt schon mal vorab durchschicken kannst. Ein kleiner Teil reicht, vielleicht 50 oder 60 Seiten. Mehr muss es wirklich nicht sein. Wir freuen uns schon sehr darauf! Ganz liebe Grüße«*

WAS HEISST IN VIER MONATEN?? Und was heißt wie besprochen?!?!?!

Panisch suche ich alle Mails zu dem Thema aus meinem Archiv. Zum Glück speichere ich alles. Bestimmt wird sich das rasch aufklären.

Tatsächlich finde ich das Mail mit der begeisterten Zusage zu meinem Konzept. Ich kann mich auch noch ganz genau an die ersten Zeilen erinnern. Wo alles gelobt wurde, die Idee, mein Stil ... auf Wolken schwebt man da!

Offenbar kann man nur von der Wolke das, was dann weiter unten steht, nicht mehr so gut lesen. Da steht nämlich tatsächlich das genaue Timing. Abgabe in zehn Monaten! Da steht es schwarz auf weiß! Das Mail ist jetzt sechs Monate her ... bleiben also nur noch ...

Vier Monate ...

Was lernt man im Projektmanagement? Wenn es eng wird, analytisch denken. Step by step vorgehen. Einen Schritt vor den anderen setzen.

Daher, nächster Schritt: jetzt erst mal das Leipzig-Mail lesen. Parallel öffne ich gleich meinen privaten Kalender am Handy, um die Termine notieren zu können.

»Liebe Susanne, wir haben jetzt noch mal wegen deiner Lesung bei der Buchmesse nachgefragt. Es tut mir sehr leid, aber offenbar gab es da einen Irrtum oder einen Fehler von der Messe. Du bist leider doch nicht eingeplant, auf der Messe zu lesen. Schade! Herzliche Grüße!«

Liebe Susi, kann ich Buchhändler mit Geschenken bestechen, damit sie mein Buch besser platzieren? Matthias

Lieber Schelm, auch wenn die Idee kreativ klingt, würde ich da vorsichtig sein. Eine gute Beziehung aufzubauen, ist sehr wichtig, aber im Vordergrund sollte immer dein Buch stehen. Wenn das großartig ist und stark nachgefragt wird, dann ist das das schönste »Geschenk«, auch für alle Buchhandlungen.

DIE KÜHLTASCHE VON DER FRAU KOVAC

»Du siehst fertig aus!« Joe schiebt eine uralte orange Kühlbox auf die Eckbank aus Holz neben mich und rutscht nach.

»Danke, sehr lieb!«, entgegne ich. »Und du bist viel zu spät!«

Seit einer Stunde sitze ich hier wie bestellt und nicht abgeholt in einem ranzigen Gasthaus inmitten einer fetten Wiener Hochhaussiedlung. In dieser Stunde ist mir schon allerhand angeboten worden: ein Cola-Rot, ein Zimmer in einer Gemeindebauwohnung hier auf der Fünfer-Stiege (gegen geringfügige Mithilfe im Haushalt) und ewige Liebe. Offenbar schau ich wirklich fertig und/oder bedürftig aus.

Herr Franz, ein pensionierter Taxler vom Nebentisch, hat mir diese Trilogie meiner Träume angeboten. Ich habe vorerst dankend abgelehnt. Argwöhnisch mustert er jetzt den Joe und seine Kühlbox.

»Es tut mir leid, aber ich wurde noch aufgehalten. Dienstlich sozusagen.« Joe klappt den weißen Henkel der Kühlbox um und stützt seinen Arm darauf ab.

»Bitte, was ist das für ein altes Ding? Hast du das vom Sperrmüll?«

»Nein, die hat mir die Frau Kovac von der Einser-Stiege geborgt. Ich hab ihr bei einer kleinen Verstopfung geholfen.«

Ich verziehe angeekelt das Gesicht.

»Na, nicht so eine Verstopfung! Der Abfluss in ihrer Küche war verstopft. Und bevor wir da jetzt den teuren

Installateur rufen und er dann wieder ...« Joe will schon ausholen zu einer langatmigen Erzählung, aber ich unterbreche ihn gleich.

»Was heißt geborgt? Ist die noch in Betrieb???«

»Wer – die Frau Kovac?«

»Sag einmal, was hast du schon getrunken? Die Box meine ich natürlich!«

»Ja und wie die noch in Betrieb ist!« Joes Mundwinkel gehen spitzbübisch nach oben, während er den Deckel ein kleines Stück öffnet. Ein modrig-kalter Geruch lässt mich zurückweichen. Viel sehe ich nicht, was da drinnen ist, nur diese alten blauen Kühlakkus ganz oben aufliegen. Genauso schmuddelig und fleckig wie die Box selbst.

»Du kannst gern reingreifen, ist eiskalt! Funktioniert tipptopp!« Er kippt die Öffnung in meine Richtung.

Herr Fritz vom Nebentisch, der die ganze Zeit unser Gespräch neugierig belauscht, beugt sich jetzt in unsere Richtung, um vielleicht auch einen Blick auf den Inhalt zu erhaschen.

»Sicher greif ich da nicht rein, das riecht ja schon komisch. Was ist das?«

»Das, meine Liebe, das erzähle ich dir umgehend!« Er atmet lange ein, um dann theatralisch und ausladend nach dem Wirt zu winken. Offensichtlich genießt er den feierlichen Moment, bevor er mit irgendeiner Sensationsgeschichte um die Ecke kommt.

»Das Übliche?«, ruft der Wirt von der Schank aus.

Joe streckt den Daumen nach oben.

Wie oft ist der bitte hier, dass die sich schon fast wortlos verstehen?

»Und für die Gnädigste noch ein drittes Cola-Rot?«, ruft der Wirt in meine Richtung.

»Danke, lieber einen Verlängerten.« Meine Stimme überschlägt sich beim Wort »Verlängerten«, ich hasse das, wenn ich wo so laut durch den Raum schreien muss.

»Cola-Rot?«, sagt Joe und schüttelt dabei pseudo-besorgt den Kopf.

»Es war ein Tag aus der Hölle! Das war jetzt notwendig.«

»Ja, aber Cola-Rot??«

»Lambrusco war aus.« Ich sag das aus reiner Provokation. Damit er nicht wieder anfängt mit seiner Wein-Klugscheißerei. Er macht alle wahnsinnig damit, seit er diesen Online-Sommelier-Kurs gemacht hat. In der Arbeitszeit, versteht sich, wie er selbst immer wieder betont.

»Was ist dir denn passiert heute?«, fragt Joe, und seine Stimme und der Gesichtsausdruck wechseln ins väterlich Besorgte, obwohl wir ja fast gleich alt sind. Joe ist eine seltsame Mischung. Er kann stundenlang und ausufernd über sich selbst reden, gleichzeitig gibt es aber auch Momente, wo er ein ausgezeichneter Zuhörer sein kann.

Wenn man davon absieht, dass er dabei manchmal auch sein Notizbuch zückt und Dinge mitschreibt, die man ihm gerade erzählt. »Weil das echte Leben die Geschichten schreibt«, sagt er dann immer. Ob das die eigenen oder die Geschichten anderer Menschen sind, das scheint keinen großen Unterschied zu machen.

»Ich war beim Zahnspangenarzt mit dem Kind. Und obwohl die privat und sauteuer ist, hat sie uns zwei Stunden warten lassen!«

»Frechheit! Hast dich nicht aufgeregt?«

»Nein, in dem Alter bist du als Mama eh schon peinlich genug, wenn du geradeaus schaust ...«

»Bitte schön, meine Damen- und Herrschaften!« Der Wirt stellt uns die zwei Kaffee auf den Tisch.

»Fehlt da nicht was?«, fragt ihn der Joe.
»Ah jössas! Bin gleich wieder da!«

»Wenigstens haben die beim Wartezimmer einen Extraraum mit einem Tisch gehabt, da hab ich dann einfach meinen Laptop aufgebaut, ich habe ja auch arbeiten müssen. Allerdings war das ein kurzes Vergnügen, denn zu Mittag sind die Zahnspangen-Assistentinnen gekommen und haben neben mir zum Jausnen angefangen. Da war Schluss mit Arbeit.«
»Bitte, wie lang warst du dort?«
»Drei Stunden hat die Prozedur gedauert, bis die Zahnspange drin war!«
»Das arme Kind!«
»Kannst laut sagen! Die war fertig! Wollte nur mehr heim. Und was glaubst, ist passiert, als wir nach einer halben Stunde Autofahrt endlich wieder daheim ankommen?«
Joe zuckt mit den Schultern.
»Die Zahnspange ist wieder locker geworden. Nicht g'scheit angepickt!«
»Kann man da nicht mit einem Superkleber …?«
»Hansi!!!«, rufe ich empört. Man merkt, dass er keine Kinder hat.
»Joe, bitte«, korrigiert er mich. »Was weiß denn ich. Wir hatten nie Geld für eine Zahnspange. Und meine Mama hat sich später die dritten Zähne mit ihrem Lebensgefährten geteilt. Wir waren sparsam und praktisch veranlagt.«
Ich verziehe wieder das Gesicht.

»Und dann hatten wir noch eine Verfolgungsjagd und waren auf der Polizei!«
»Was? Erzähl!« Joe greift mit der Hand in die Tasche von seinem schwarzen Ledermantel. Ich wette, er sucht schon sein Notizbuch.

»Als wir wieder zur Zahnspangenärztin zurückgefahren sind, ist uns eine Mopedfahrerin entgegengekommen, die hat ihre Brille verloren beim Fahren, hat nichts gemerkt und ist weitergefahren. Mitten auf der Straße ist die gelegen. Das nächste Auto wäre drübergefahren. Also habe ich die Brille todesmutig von der Fahrbahn gerettet, wieder umgedreht und versucht, die Frau mit dem Auto einzuholen.«

»Die wird sich aber gefreut haben!«

»Keine Ahnung. Wir haben sie nicht mehr gefunden. Also sind wir zuerst wieder zur Zahnärztin und dann zur Polizei, die Brille abgeben. Dazwischen hab ich aus dem Auto auch noch einen Online-Call machen müssen.«

»Schau, da lob ich mir die Öffentliche Hand als Arbeitgeber. Da gibt es so einen Online-Blödsinn nicht. Bei uns wird noch persönlich geredet! Von Mensch zu Mensch!«

»So, und jetzt aber die Geheimzutat, Herr Sektionschef.« Der Wirt stellt zwei Gläser Eierlikör direkt vor Joe ab.

»Danke, Bester!«, sagt Joe und kippt den Eierlikör in seinen Kaffee.

»Kennst das nicht?«, fragt Joe.

Ich schüttle den Kopf.

»Alabonör«, sagt er, schürzt dabei die Lippen und küsst seine zusammengedrückten Daumen und Zeigefinger.

»*Sonnengruß* heißt diese Kaffeevariation bei uns im Büro.« Er zwinkert mir zu und kippt den zweiten Eierlikör in meinen Kaffee.

»Was ist jetzt mit der versprochenen Influencerin?«, frage ich. »Wollten wir nicht zu ihr gehen? Oder kommt sie her?«

»Sie kann heute leider doch nicht. Lässt dich aber sehr herzlich grüßen, ich soll dir mal ihre *Instagram*-Seite zeigen, und du kannst ihr dann gerne schreiben, was du brauchst.«

Ich bin mir nicht sicher, ob das die Art von Zuverlässigkeit ist, die ich für eine Firmenkooperation brauche. Zum Glück hatte ich auch noch andere Influencer angefragt, und da haben mir schon drei geantwortet, sogar mit Preisliste und Anforderungskatalog. Ich bin erstaunt, wie professionell die sind!

»Schau, also das ist die Mandy.« Joe wischt auf seinem Handy vor mir über die *Instagram*-Seite einer gewissen »Mucki-Mandy«. Man sieht Mandy in verschiedenen Posen. An der Hantelbank. An der Poledance-Stange. Klimmzüge machen.

»Respekt«, sage ich, als ich die gespannten Muskeln von Mandy sehe. »Die sieht ja aus wie eine Bodybuilderin!«

Der Herr Franz neben uns zieht jetzt eine Brille aus seiner Hemdtasche, setzt sie auf und lugt neugierig in Richtung Handydisplay.

»Sie macht auch Wrestling!«, sagt Joe und grinst mich verschwörerisch dabei an. »Das willst du nicht, dass sie sich auf dich drauflegt!«

Herr Franz wirkt so, als würde ihn das nicht stören.

Es folgen weitere Fotos von Mucki-Mandy in knappen, zumeist pinken sexy Hotpants und winzigen Oberteilen, die sich über ihre tiefbraune Haut spannen.

Aber was mich wirklich beeindruckt, ist die Zahl oben links. »320.000 Follower! Wow!« Ich koste zaghaft meinen *Sonnengruß*-Kaffee. Die Süße vom Eierlikör ist ein guter Kontrast zum Kaffee. »Woher kennst du sie?«

»Über ihren Freund, und das bringt mich jetzt zum spannenden Teil des Abends!«

Ich überhöre beleidigt, dass meine Geschichten bisher wohl nicht der spannende Teil des Abends waren ...

»Wir lüften jetzt das Geheimnis dieser Box.«

Jetzt spricht er schon im Majestätsplural.

»Ich habe hier exklusive Door Opener drinnen!«

Ich nehme noch einen Schluck vom Kaffee. Je weiter man den Kaffee austrinkt, desto stärker kommt der Eierlikör zur Geltung.

»Was für ein Door Opener?«

»Für die Buchhandlungen natürlich!« Er öffnet die Box einen Spalt und greift hinein.

Dann zieht er etwas heraus und hält es nach oben.

»Ist das eine ... Wurst???«

»Nicht irgendeine Wurst! Ein Burenheidl ist das!« Er wedelt mit dem Stück tiefgefrorener Wurst vor meinen Augen herum. »Super, oder?«

»Aber was willst du ...?«

»Ich habe ein brillantes Konzept entwickelt«, unterbricht er mich gleich. »Ich werde eine Buchhandlungstour machen und ein kleines Geschenk anbieten, wenn sie mein Buch, die *Burenheidl Beichte*, in den Verkauf aufnehmen. Bei einer Mindestabnahme von 30 Stück pro Buchhandlung gibt es ein Original Burenheidl gratis von mir gleich vor Ort dazu. Ist das nicht genial???«

»Jetzt bitte doch noch ein Cola-Rot«, sage ich dem Wirt, der wie gerufen im richtigen Moment an unseren Tisch gekommen ist. Das gibt mir ein paar zusätzliche Momente, um zu überlegen, was ich auf diesen Schwachsinn von Joe jetzt antworten könnte.

»Na, was sagst du?« Er starrt mich mit hochgezogenen Augenbrauen erwartungsvoll an.

»Hm, ich weiß nicht. Soll ich vielleicht mal bei der Petra, meiner Buchhandlungsfreundin, nachfragen, wie sie das findet?«

»Geh, wie wird sie das finden? Super natürlich! Das hat es bestimmt noch nie gegeben!«

Möglicherweise aus berechtigten Gründen. Eine Buchhandlung ist ja kein Würstelstand.

»Und bei meiner Buchpräsentation in Leipzig werde ich auch gut sichtbar auftreten, lass dich überraschen!«

Beim Wort Leipzig zieht es kurz in der Magengegend. Die Leipziger Buchmesse. Wo ich ausgeladen wurde.

»Also ich weiß nicht, also ob das so üblich ist, dass die Autoren selbst in die Buchhandlungen …«, stottere ich herum. Ich denke dabei an meine verzweifelten Versuche beim ersten Buch. Als ich mit meiner Plastikpalme im Regen vor einer Buchhandlung gestanden bin und kein Mensch gekommen ist.

»Es gibt ja ur viele, die kannst du auch nicht alle selber besuchen«, versuche ich noch als Argument zu bringen.

»Klar kann ich! Ich hab sogar schon eine Routenplanung.« Er öffnet *Google Maps* auf seinem Handy. Eine Landkarte mit vielen roten Stecknadelpunkten ist zu sehen.

»Joe Ferrari geht auf Tour!«

Liebe Susi, bald erscheint mein erstes Buch, ich bin schon sehr aufgeregt! Was denkst du, wie oft verkauft sich so ein neues Buch im Schnitt? Ich habe ja allein schon eine riesige Familie und viele Freunde! Deine Anita

Liebe Anita, gratuliere zum ersten Buch! Im Durchschnitt landen viele Bücher bei etwa 500 bis 2.000 verkauften Exemplaren über ihre gesamte Lebensdauer. Eine große Familie und viele Freunde können ein großer Multiplikator sein. Wenn sie dein Buch mögen ... ☺ Also bitte sie ruhig, es zu teilen! Alles Gute!

AUSGELADEN

WhatsApp-Chat:
Martina: Hast du schon geschrieben heute?
Susanne: Nein! Es war ein Tag aus der Hölle! 😱 💩
Martina: Was war?
Susanne: Alles! Arbeit, Meetings, Zahnspangentrauma … jetzt war ich noch mit Hansi was trinken. Bin grad am Heimweg in der U-Bahn … 🥴 🥴 🥴
Martina: Mit wem?
Susanne: Ah so, du kennst ihn ja nur unter seinem Pseudonym Joe … Der von der Premierenlesung. Wo wir mit den Knotzers was trinken waren.
Martina: Ah, der mit den Wien-Krimis im Self-Publishing-Verlag?
Susanne: Ja, genau.
Martina: Sag ihm schöne Grüße!
Susanne: Lieber nicht. Sonst will er gleich eine Kooperation mit dir machen, eine gemeinsame Lesung, oder er möchte ein Zitat von dir auf der Rückseite seiner Bücher.

Sofort habe ich ein schlechtes Gewissen, wenn ich so über ihn ablästere. Immerhin hilft er mir jetzt auch mit dem Kontakt zu Mucki-Mandy.

Martina: Aber wenn du gleich daheim bist, kannst du ja heute noch schreiben! Der Schreibmuskel muss trainiert werden!
Susanne: Ich glaub, ich bin zu betrunken dafür …

Martina: Okay – aber morgen wird geschrieben! So viel Zeit ist nicht mehr bis zu deiner Abgabe!
Martina: Was ist übrigens mit Leipzig??? Hast du jetzt schon endlich deine Termine?
Susanne: Ich bin wieder ausgeladen …

Kaum habe ich den Satz fertig getippt, läutet mein Handy. Martina ruft an.

Susanne: Ich kann nicht teln. U-Bahn
Martina: Aber was heißt AUSGELADEN??????????
Susanne: Der Verlag hat nachgefragt, wann jetzt mein Lesungstermin genau ist.
Martina: Und?????
Susanne: Dann haben sie (Messe? Keine Ahnung, wer das überhaupt entscheidet? Bürgermeister von Leipzig? Egal …) geschrieben, dass es wohl ein Irrtum war. Ich bin nicht eingeplant.
Martina: Oh nein!! Du musst nach Leipzig mit! 🎦 🎦
Susanne: Ja, mitfahren kann ich eh. Ich habe ja kein Betretungsverbot. Nur lesen darf ich nicht.
Martina: Egal, dann liest du eben bei mir mit!
Susanne: Das ist ur lieb von dir, aber das geht wirklich nicht.
Susanne: Du kannst ja nicht einfach jemanden mitbringen zur Lesung … außerdem ist das deine Show! Ich werde im Publikum ganz vorne sitzen und dir zujubeln!
Martina: Das sind Trottel. Ärgere dich nicht.
Susanne: 📷
Martina: Mir ist grad was eingefallen.
Martina: Spitzen Idee! Ich habe ja nicht nur die offizielle Lesung auf der Messe, sondern bin auch noch von der Tyrolia Buchhandlung zu einer speziellen Lesung eingeladen.
Susanne: ?

Martina: Ich frag einfach die Tyrolia *Menschen, ob die uns auch zu zweit wollen!*
Susanne: Und was ist eine »spezielle« Lesung?
Martina: Eine Lesung vor einer Busreisegruppe!!

Gerade als ich fragen will, was eine Lesung vor einer Busreisegruppe sein soll, geht mein Akku aus. Verdammt. Ist das so was wie eine Heizdeckenfahrt von Tirol zur Lesebühne, wo man danach in das Hinterzimmer von einem Gasthaus eingesperrt wird und bei einem sehr schlechten Schnitzel gezwungen wird, Bücher zu kaufen? Oder ist man da wie so ein Reiseleiter die ganze Busfahrt hindurch dabei?

Ich will »Lesung Busreisegruppe« googeln, aber mein Akku ist ja aus. Nicht mal zehn Sekunden konnte ich mir das merken. Es wird irgendwie immer schlimmer mit meinem Hirn.

Blöd ist auch, dass ich Conni eigentlich ja noch mal anrufen wollte, ob das eh klargeht, dass ich mir den Laptop aus ihrer Wohnung hole. Sie hat bisher nicht auf meine Nachrichten und Anrufe reagiert. Also bleibt mir wohl nix anderes übrig, als ohne ihr Wissen in ihre Wohnung zu gehen.

Es ist gar nicht so einfach, die Haustür von Connis Haus zu öffnen. Es ist stockdunkel, und ich habe einen leichten Damenspitz. Ein paar Eierlikör weniger hätten es auch getan, und der Marillenschnaps am Ende wäre auch entbehrlich gewesen. Auf drei Stunden lustiges Vergnügen werden drei Tage Reue mit Kopfweh und latenter Übelkeit folgen.
Endlich geht die schwere Tür auf, und ich stehe im Eingangsbereich von einem typischen Wiener Gründerzeithaus. Ich hatte nur vergessen oder verdrängt, wie schmuddelig das Haus ist. Überall bröckelt der Putz von den Wänden und bleibt lieblos und unaufgeräumt einfach am Boden liegen. Es ist kalt, modrig und staubig wie auf einer Abrissbaustelle. Die Brief-

kästen gleich beim Eingang sind zur Hälfte verbogen oder beschmiert. Auf der Wand daneben ist noch ein kleines Stück einer ehemaligen Marmorvertäfelung zu sehen. Der Lack ist hier schon sehr lang ab. Ein typisches Haus, wo die Eigentümer vor Jahren aufgehört haben zu investieren und angefangen haben, darauf zu warten, bis die letzten Mieter endlich mehr oder weniger freiwillig aus dem Haus ausziehen.

Am Weg zu Connis Wohnung in den vierten Stock versuche ich, nicht am völlig staubigen Geländer anzukommen. Bis zum zweiten Stock gelingt mir das gut, dann muss ich mich doch schnaufend daran abstützen. Im dritten Stocke muss ich überhaupt kurz pausieren. Meine Kondition ist völlig im Arsch. Ich drehe an dem historischen Wasserhahn, um mich zu erfrischen, aber es kommt kein Wasser. Die zweite Option wäre, mich zu übergeben, die Kombi Cola-Rot, Kaffee, Eierlikör und Schnaps war wirklich die dümmste Idee ever.

»Suchen Sie hier jemand Bestimmten?« Die strenge Stimme einer älteren Dame lässt mich hochschrecken, beinahe hätte ich mir den Kopf am Wasserhahn angeschlagen dabei. Die Frau streckt ihren Kopf neugierig aus einer Wohnungstür.

»Nein, vielen Dank, ich komme zu meiner Freundin Conni in den vierten Stock«, keuche ich.

»Ah, zur Frau Professor geht es also. Ist ja ein reges Kommen und Gehen da oben.«

Ich ignoriere, dass sie ihr einen Titel verliehen hat, so ist das wohl, wenn man die Tochter von einem ehemaligen Professor ist. Und ich frage auch nicht, was sie mit »Kommen und Gehen« meint.

Connis Eingangstür ist eine typische Gründerzeit-Wohnungstür, dunkelbraunes abgesplittertes Holz und daneben ein vergittertes »Fenster« mit geriffeltem Glas in den ersten Raum. Diese Wohnungen haben in der Regel nur zwei Räume, wenn sie noch nicht renoviert sind.

Nachdem ich endlich drinnen bin, sperre ich die Tür sicherheitshalber gleich von innen ab und taste nach dem Lichtschalter. Sofort wird die kleine Wohnung in warmes, weiches Licht gehüllt. Es gibt kein Vorzimmer, man steht gleich in der Küche, die zugleich Badezimmer ist. Meinen Schlüsselbund lege ich auf die Abtropftasse vom Küchenwaschbecken, die Jacke hänge ich über die Wäschespinne. Überall sind Dinge. Töpfe, Häferl, Decken. Alles ist alt und war ganz bestimmt auch nicht teuer. Aber es ist liebevoll und höchst gemütlich zusammengestellt. Vielleicht liegt es auch an den vielen Büchern überall. Die alte Küchenkredenz, die Conni selbst cremeweiß gestrichen hat, ist voll mit Büchern und geblümten Oma Häferln.

Im Wohnzimmer, das zugleich Schlafzimmer ist, ist es erstaunlich unordentlich für Connis Verhältnisse. Kleidung hängt über dem Stuhl, Socken liegen vorm Bett. Die Tagesdecke ist nur halb übergeschlagen. Auf dem kleinen Glastisch steht ein Wasserglas – ohne Untersetzer! Der Firmenlaptop ist auf den ersten Blick nicht am Schreibtisch zu sehen, deswegen öffne ich die erste Lade von dem braunen Holzsekretär. Ein Stapel dicht beschriebener Blätter liegt drinnen. Ich kann darunter den gesuchten Laptop spüren. Als ich ihn aus der Lade rausziehe, fallen einige der beschriebenen Blätter auf den Boden und rutschen unter den Schreibtisch. Ich bücke mich, um die Zettel aufzuheben, und spüre, wie mir bei der Abwärtsbewegung massiv schlecht wird. Bitte nicht kotzen! Sicherheitshalber bleibe ich noch kurz am Boden hocken. Dann beginne ich zu lesen, was auf dem Blatt Papier steht.

»*Juliette parkte ihren glänzenden Sportwagen etwas abseits des Müllplatzes, um nicht gesehen zu werden. Ihr Herz klopfte heftig, als sie den Kiesweg entlangging, der zwischen hohen Müllcontainern hindurchführte. Da stand er, Alex, mit bloßen, muskulösen Armen, die gerade eine schwere Tonne entleerten. Er war das genaue Gegenteil der Männer, die sie kannte: rau, kraftvoll und ungeschliffen.*

Er bemerkte sie, und sein staubiges Gesicht hellte sich mit einem schiefen Lächeln auf. »Du bist wirklich gekommen«, sagte er, seine Stimme rau vor Überraschung.

Juliette spürte, wie ihr Blut heißer durch ihre Adern floss. »Ich konnte nicht fernbleiben«, erwiderte sie leise und trat näher. Alex wischte sich mit dem Rücken seiner Hand über die Stirn, ließ dabei einen Streifen sauberer Haut in der Schicht des Staubs zurück.«

Das hat Conni geschrieben??? Was soll das sein?

Ich greife mir ein weiteres halb beschriebenes Blatt und lese weiter.

»Ohne ein weiteres Wort ergriff er ihre Hand und zog sie hinter einen großen Container, wo sie vor den Blicken der Welt verborgen waren. »Hier sind wir ungestört«, raunte er, während seine Hände behutsam über ihren Rücken strichen, das feine Material ihrer Bluse zwischen seinen rauen Fingern.

Juliette lehnte sich gegen die kühle Metallwand des Containers, die Luft um sie herum erfüllt von dem Geruch von Metall und Erde. »Lass uns das Beste aus unserer Zeit machen«, flüsterte sie, und im nächsten Moment waren ihre Lippen auf seinen, verzweifelt und fordernd.«

Das kann unmöglich Conni geschrieben haben. Sie lehnt alles Triviale ab. Ich ziehe mein Handy aus der Hosentasche, um sie anzurufen.

Es ist schwarz. Verdammt, Akku ist ja leer.

Auch auf ihrem Schreibtisch sind keine weiteren Hinweise zu finden, was das für Texte sein sollen. Ich starre auf das

Foto an der Wand hinter der Schreibmaschine, verblasst, in einem altmodischen Rahmen. Zwei Männer und ein kleines Mädchen. Conni, ihr Vater, der Herr Literaturprofessor, und Thomas Bernhard.
Es ist das einzige Foto in der ganzen Wohnung.

Auf einmal höre ich, wie jemand einen Schlüssel ins Schloss steckt. Conni kann es nicht sein, Lindenhof ist locker sechs Stunden entfernt.

Blitzartig ist jeglicher Alkohol verflogen, und ich bin hellwach und im Alarmzustand! Verdammt! Ich habe zwar von innen abgesperrt, aber den Schlüssel nicht stecken lassen. Es gibt auch keinen Balkon oder Ähnliches als Fluchtweg. Wir sind im vierten Stock!
Der Schlüssel dreht sich im Schloss. Mir fällt nichts Besseres ein, als mich unter dem Schreibtisch zu verstecken.
Also rutsche ich unter dem alten Sekretär ganz nach hinten und ziehe den Stuhl zum Schutz näher an mich heran. In dem Moment geht die Tür auf.
Ich höre Schritte. Die Wasserleitung in der Küche. Schluckgeräusche. Dann kugeln weiße Sneakers an mir vorbei. Sehr große weiße Sneakers. Was für Einbrecher trinken zuerst Wasser und ziehen sich dann noch die Schuhe aus?????
Dann quietscht das Bett, ein Körper lässt sich daraufallen.

Und jetzt? Was soll ich tun? Ich überlege, ob ich etwas eingesteckt habe, was ich als Lösegeld anbieten könnte. Die Visitenkarte von Herrn Franz, Postamtsdirektor im Ruhestand. Na toll. Sonst habe ich nix. Wie lange wird es dauern, bis meine Abwesenheit daheim auffällt? Morgen ist Schule. Also spätestens um 7 Uhr, wenn alle aufstehen, wird man mich vermissen und die Polizei rufen.

Wird man????? Hoffentlich!

Noch mal quietscht das Bett. Der Einbrecher steht auf, die Schritte kommen näher. Ich kann einen Schatten am Boden erkennen. Dann wird ruckartig der Sessel nach hinten gerissen und ein männliches Gesicht erscheint wenige Zentimeter vor meinem und starrt mich mit weit aufgerissenen Augen an.

»Und wer bist du jetzt??????«, fragt er mich.

Liebe Susi, warum sollte ich nicht alle meine Bücher online bei großen Versandhändlern bestellen? Braucht man lokale Buchhandlungen überhaupt noch? Katrin

Liebe Katrin, das ist eine berechtigte und vor allem sehr wichtige Frage. Vielen Dank dafür! Ich liebe es, in Buchhandlungen zu stöbern, allein der Geruch dort! Dann werden mir oft Bücher angeboten, auf die ich nie gekommen wäre! Das kann kein Algorithmus so gut. Viele Buchhandlungen veranstalten außerdem tolle Events als Treffpunkt für Schreibende und Buchbegeisterte.

ICH SEHE ZEICHEN

Erster Schritt: Milchschaum im Schäumer machen. Hafermilch, ausschließlich in Barista-Qualität und unbedingt kühlschrankgekühlt!

Zweiter Schritt: Häferl mit dem Milchschaum unter die Kaffeemaschine stellen, Kapsel rein und abdrücken. Streng genommen wäre die korrekte Formulierung: Kaffeetasse auf den Tassenabstellrost platzieren, die Kapsel in den Kapselschacht geben und die Kaffeebezugstaste drücken. Ich weiß das so genau, wie das richtig heißt, weil ich den Kaffeekunden in der Agentur betreue.

Es ist 06:30 Uhr und mein Kopf tut weh wie Hölle. Ich werde nie wieder so viel Zeug durcheinandertrinken! Auch wenn ich nach der Begegnung mit dem vermeintlichen Einbrecher in Connis Wohnung gestern schlagartig nüchtern war.

Der Typ hat sich als Konrad vorgestellt, und angeblich hat er die Wohnung von Conni über eine Plattform für ein paar Tage gemietet. Zum Beweis hat er mir Mails gezeigt, die er mit ihr ausgetauscht hat. Ich wollte zwar von ihr selber hören, ob das stimmt, aber sie war gestern nicht erreichbar. Also habe ich mir den Laptop geschnappt und bin wieder heim. Dieser Konrad war auch gar nicht so unsympathisch, er wollte mich sogar auf ein Dosenbier einladen. Aber mir war schon schlecht genug.

Dritter Schritt: Während der Kaffee auf meinen Milchschaum trifft, wird die Tasse dabei langsam gedreht. So ergibt sich ein kleiner brauner Kaffeekreis auf dem Milchschaum, der sich langsam zu einer Form ausdehnt, die immer unterschiedlich ist. Milchschaum ist wie Badeschaum, verändert sich ständig.

Ich starre auf den braunen Kreis, dessen Form vor meinen Augen mutiert. Es zeigen sich Ausreißer nach oben links und unten rechts.

Ganz eindeutig ein bösartiges Melanom!

In zwei Stunden habe ich einen Notfalltermin eingeschoben bekommen beim Hautarzt von der Martina.

»Dieses Muttermal da hinten, das sollten Sie sich mal anschauen lassen«, hat meine Ärztin vor zwei Wochen bei der regulären Gesundenuntersuchung gesagt.

Für mich, die bei medizinischen Belangen durchaus zu erhöhter Aufmerksamkeit neigt, hat sich das nach einer Nahtoderfahrung angehört.

»Bitte geh zu meinem Hautarzt, er ist der beste weltweit!«, hat dann die Martina gesagt, nachdem ich vorsichtig vorfühlen wollte, ob sie vielleicht auch im Fall des Falles mein aktuelles Buch, das ich dem Verlag versprochen hatte, vollenden könnte.

»Außerdem hat der Arzt die nettesten Mitarbeiterinnen überhaupt. Die sind alles Vielleserinnen und mögen meine Gartenkrimis! Sag also gerne, du kommst von mir!«

»No, die Frau Parker, die mocht uns a Freud!«, hat eine der nettesten Mitarbeiterinnen von überhaupt dann am Telefon zu mir gesagt.

Und ich habe geantwortet: »Das liegt vielleicht daran, dass ich sterben könnte!«

»Na, wir schauen schon, dass wir ein gutes Platzerl für Sie finden.«

Das hat mich noch nicht ganz entspannt, weil, »ein gutes Platzerl« könnte auch eine schattige Parzelle am Wiener Zentralfriedhof sein.

Aber wir wollen den Teufel mal nicht an die Wand malen. Die Martina bringt zwar in ihren Büchern viele Menschen um, aber in meinem Fall haben sie jetzt auch mal geholfen, einen schnellen Arzttermin zu bekommen. Die Literatur bringt allen was!

Ich versuche, mich auf andere Gedanken zu bringen, damit ich bis zum Termin nicht ganz die Fassung verliere. Also mache ich das, was man als gebildeter, belesener Mensch morgens beim Frühstück so machen sollte.
Auf die Couch knallen und Frühstücksfernsehen einschalten.
Sollte man natürlich nicht.
Aber ich mache es trotzdem. Das Kind ist jetzt alt genug. Jahrelang habe ich so getan, als wäre Fernschauen zum Frühstück voll asozial, und bin pädagogisch wertvoll am Esstisch gesessen. Jetzt kommt die Wahrheit ans Licht.
Wie ich das immer geliebt habe früher, die Musiktipps vom Musikexperten Armin Doppelbauer im *Cafe Puls* Frühstücksfernsehen oder die Buchtipps von Rotraut Schöberl, einer Wiener Buchhändlerin.
Ich zappe durch die Kanäle. Auf *ORF 2* zeigen die Panoramakameras Schneefälle in Ischgl. Und das Ende April. Sofort denke ich wieder an mein Muttermal. Schneefall im April ist ein schlechtes Zeichen.
Ich zappe weiter. *Café Puls*. Die Couch im Sendungsstudio ist immer noch die gleiche wie vor 13 Jahren. Halbrund und sonnengelb. Sonne! Ein Symbol des Lebens.
Und da ist auch wieder Frau Schöberl! Sie ist auch noch da! Ein super Zeichen!!!!
Am Bildschirmrand unten steht, dass heute *Welttag des Buches* ist. Ein doppelt gutes Zeichen. Autorinnen bekommen keine schrecklichen Diagnosen am *Welttag des Buches*.

Jetzt überreicht der Moderator Frau Schöberl einen Blumenstrauß und bedankt sich für 18 Jahre Zusammenarbeit. Frau Schöberl hört auf! OMG. Ein sehr schlechtes Zeichen!

Dann kommen zwei junge Frauen ins Studio, die neuen Buchhändlerinnen, die künftig die Tipps geben werden. Mir fällt auf, dass beide tätowierte Arme haben. Ich habe einen tätowierten Rücken. Und genau dort ist auch das verdächtige Muttermal. Gleich neben dem tätowierten Jesuskind, das am Schoß der heiligen Maria sitzt.

An sich sollte ein Muttermal neben dem Jesuskind keinen Grund zur Sorge auslösen, aber wer weiß. Wann war ich das letzte Mal in der Kirche?

Und wann habe ich das letzte Mal Sport gemacht? Wie wäre es mit gesunder Ernährung ... mehr Schlaf ... immer nur mit hohem Lichtschutzfaktor in die Sonne ... jährlich zur ärztlichen Kontrolle.

Nichts davon mache ich regelmäßig und konsequent.

Ich habe ja nicht mal die entfernteste Ahnung, wann ich eventuell zum letzten Mal zum Muttermal-Check war. Dabei bin ich mit meinem hellen Hauttyp Risikogruppe Nummer eins!

»Machst du dir immer noch Sorgen wegen Connis Untermieter?« Der Gatte taumelt schlaftrunken ins Wohnzimmer. Er war noch wach, als ich gestern heimgekommen bin, und ich habe ihm alles erzählt.

»Nein, das wird schon stimmen, was der sagt. Er hat mir ja auch alle Nachrichten gezeigt, die er mit ihr ausgetauscht hat.«

»Wieso bist du dann so früh schon wach?«

»Ich habe gleich den Hautarzttermin, wegen dem verdächtigen Muttermal. Und ich ärgere mich, dass ich es immer erst so weit kommen lasse. Ich könnte ja auch generell gesünder leben. Aber ich fange immer nur alles an und bringe nichts zu …« Ich stoppe den Satz abrupt. »Etwas zu Ende bringen« ist heute eine schlechte Metapher.

»Aber das stimmt doch nicht«, sagt der Gatte und schlurft weiter in Richtung Toilette. »Du bist doch eh mal eine Zeit lang alles nur zu Fuß gegangen.« Er schließt die Tür hinter sich.

»Das waren vielleicht zwei oder drei Tage, mehr sicher nicht«, rufe ich ihm hinterher.

»Keine Ahnung, aber du hast es sicher fünfmal gepostet«, ruft er aus dem Klo zurück.

Ich greife zu meinem Handy und öffne *Instagram*. Warum sind da auf einmal so viele Beiträge von Menschen, die vor einem Bücherregal stehen und etwas in die Kamera sprechen? Auch Martina hat ein Video vor einem Bücherregal geteilt. Und fast alle sagen den gleichen Text: »Ich liebe Bücher. Ich liebe es, in Buchhandlungen zu stöbern und mich beraten zu lassen. Darum kaufe ich auch alle meine Bücher in Buchhandlungen. Wenn du willst, dass es auch in zwei Jahren noch echte Buchhandlungen gibt, musst auch du deine Bücher dort kaufen.« #weilwowichtigist. Dann fällt es mir wieder ein, dass heute *Tag des Buches* ist und Petra Hartlieb diese virtuelle Aktion ins Leben gerufen hat. Wie recht sie hat.

Wenn man etwas will, muss man rechtzeitig etwas dafür tun. Und nicht später jammern, wenn es vorbei ist.

Wie bei der Hautkrebsvorsorge.

Joe Ferrari: Wo ist dein Aktionstagvideo??? Ich habe meines schon gepostet!

Joe Ferrari: Das ist so wichtig, dass wir da alle mitmachen!

Joe Ferrari: Der Buchhandel tut so viel für uns, wir müssen da jetzt einen Schulterschuss machen!

Offenbar hat seine Autokorrektur ein »l« vergessen. Schulterschluss, nicht -schuss! Mein Muttermal ist auf der Schulter. Ein sehr schlechtes Zeichen also. Ich drücke die Nachrichten sofort weg.

Joe Ferrari: Soll ich dir mein Video als Vorlage schicken?
Susanne: sry. call.

Seit zehn Minuten fahre ich in der engen Wohnstraße dem orangen Lkw hinterher, der alle paar Meter wieder stehen bleibt. Männer in oranger Arbeitskleidung kommen aus dem Hauseingang und ziehen schwere Mülltonnen hinter sich her. Einer hat die Ärmel hochgekrempelt, obwohl es saukalt ist. Man sieht die angespannten Muskeln.

Hinter mir beginnen die ersten Autofahrer zu hupen. Volltrottel. Sollen sie lieber froh sein, dass jemand ihren Dreck wegräumt!

Ich versuche, extra viel Abstand zum Müllauto zu halten, damit die Männer von der Müllabfuhr merken, dass ich nicht so eine Dränglerin bin. Ich bin eine, die ihre Arbeit wertschätzt.

Dann merke ich erst, dass die wegen mir hupen, weil das Müllauto längst um die Ecke ist. Ich klappe die Sonnenblende wieder nach oben und fahre weiter.

Fast unmittelbar vor der Hautarzt-Ordination ist ein Parkplatz frei! Was an sich ein wirklich großartiges Zeichen ist! Obwohl die Lücke zwischen den Autos sehr eng ist, schaffe ich es problemlos mit meinem kleinen Auto hinein. Ich schließe die Tür ab und betrachte noch mal stolz, wie gut ich eingeparkt habe.

Dann sehe ich erst die Werbeaufschrift auf der Seite des schwarzen Wagens: »Bestattung Moser«.

Mir wird schlecht.

»Grüß Gott, mein Name ist Kristek, ich habe um 11:30 Uhr einen Termin hier.« Ich weiß nicht so recht, bei welcher der beiden Damen, die hinter der Glasscheibe beim Empfang sitzen, ich mich anmelden muss. Das dürften dann wohl die beiden Gartenkrimi-Freundinnen sein. Kurz überlege ich, ob ich erwähnen soll, dass ich von Martina Parker komme. Außerdem habe ich ja noch etwas in meiner Tasche für die beiden Damen. Aber das Wartezimmer ist bis auf den letzten Platz voll mit wartenden Patienten, und alle schauen neugierig in meine Richtung, weil es sonst in einem Arztwartezimmer auch nicht viel zu tun gibt. Also lasse ich meine Tasche zu und erwähne auch nicht, dass ich diejenige bin, die von Martina Parker kommt, weil ich nicht den Unmut der anderen Wartenden auf mich ziehen will. Es wäre ja allen sofort klar, warum ich so etwas sagen würde: um mir einen Vorteil in der Reihung zu verschaffen.

Also nehme ich stumm und devot nickend das folierte Formular entgegen, das mir die Gartenkrimi-Freundin Nummer 1 überreicht. »Bitte ausfüllen«, sagt sie und greift gleich wieder zum Telefonhörer. Gartenkrimi-Freundin Nummer 2 telefoniert auch.

Mit einem wegwischbaren Stift kann man auf dem Formular seine Daten eintragen. Gute Idee! Ressourcenschonend!

Mit einem Wisch ist alles wieder weg ... Bestattung Moser ... Ich muss sofort aufhören, diese Gedanken zu haben.

Ich stelle mich in eine Ecke und zähle die Menschen in dem Raum. 14 sitzen, drei weitere stehen. Ununterbrochen läutet das Telefon der Ordination, und im Stakkato fallen die immer gleichen Sätze: »Leider ist der Herr Doktor krank geworden, also müssen wir entweder den Termin verschieben oder Sie kommen zu unserer lieben Frau Doktor.«

Oh nein! Der beste Arzt der Welt ist offenbar gar nicht da! Wenn ich aber auf die Genesung von ihm warte, geht meine Panik weiter, und ich habe Lesungen, muss ins Büro und sollte an meinem Buch schreiben, statt Todesgedanken zu haben. Auch die Senkgrube wäre da noch zu suchen.

Wobei Erdgruben gerade ein sensibles Thema sind.

»Ich weiß leider nicht, wann der Herr Doktor wieder gesund ist«, sagt die Gartenkrimi-Freundin Nummer 2 zu jemandem am Telefon.

»Hustet er denn stark?«, brüllt jemand am anderen Ende der Leitung ins Telefon. Stellt der Patient jetzt eine Diagnose für den Arzt????

»Das weiß ich leider nicht. Ich kann Ihnen nur sagen, dass er krankgemeldet ist.« Die Gartenkrimi-Freundin bleibt weiterhin professionell und freundlich.

»Die liebe Frau Doktor arbeitet gerade für zwei. Wir können es versuchen, dass Sie später vorbeikommen, aber versprechen können wir nichts.«

Sofort bekomme ich ein schlechtes Gewissen, als ich höre, dass die Frau Doktor für zwei arbeitet, und schaue mich im Raum um. Ich will nicht jemandem den Platz wegnehmen, der dringender medizinische Hilfe brauchen könnte als ich. Wer von den vielen Menschen hier könnte noch schlimmer dran sein als ich? Alle starren wieder nach unten auf ihre Handys.

»Weiße Linien?« Die Vertretungs-Hautärztin steht hinter mir und begutachtet mit einer Lupe das Muttermal. Ich vergesse fast zu atmen und stehe starr da.

»Nicht zu sehen«, sagt die Ärztin.

»Unebenheiten?«, fährt sie weiter fort und beendet den Satz ebenfalls mit »nicht zu sehen«.

So geht das noch mit ein paar anderen Faktoren aus ihrer medizinischen Checkliste.

Dann zeige ich ihr auch noch ein mitgebrachtes Urlaubsfoto aus Kroatien vom letzten Jahr. Nicht wegen dem schönen Sonnenuntergang, sondern weil man darauf meinen Rücken sehen kann. Neben dem Jesuskind habe ich mit rotem Stift einen Kreis rund um das Muttermal gezeichnet, damit sie vergleichen kann, ob sich eventuell etwas im letzten Jahr verändert hat. Sie schaut mehrmals zwischen dem Foto und meinem Rücken hin und her, und endlich fällt der erlösende Satz: »Es schaut gut aus. Es wird reichen, wenn wir uns in einem halben Jahr zur Kontrolle wiedersehen.«

Es. Schaut. Gut. Aus.
Der schönste Satz ever.

Die beiden Gartenkrimi-Freundinnen telefonieren noch immer. Ich stelle mich vor die Glasscheibe und warte, bis eine von ihnen fertig ist.

»Kann ich Ihnen noch helfen?«, fragt mich Nummer 2, ihr Telefon läutet schon wieder.

»Ich hätte noch was für Sie mitgebracht«, versuche ich so leise wie möglich zu sagen, um nicht viel Aufmerksamkeit im Wartezimmer zu erregen.

»Bitte?«, fragt sie.

Nummer 1 telefoniert noch. Also muss ich wohl lauter sprechen.

»Ich wollte Ihnen nur noch etwas geben«, sage ich deutlich lauter. Die Köpfe der Wartenden gehen wieder hoch von den Handys. Mir ist das unangenehm, und ich schiebe mein Buch mit dem Cover nach unten durch die schmale Durchreiche der Glasscheibe.

»Jö, ein Buch! Das ist aber eine Freude!«, sagt jetzt Nummer 1, die gerade aufgelegt hat.

Beide Lesefreundinnen stecken die Köpfe zusammen, drehen mein Buch um und betrachten das Cover. Dann lachen sie laut auf, und Gartenkrimi-Freundin Nummer 2 liest laut den Titel meines Buches vor: »Die nächste Depperte!«

»Das ist genau das, was wir nach dem Tag heute gut gebrauchen können. Den Humor darf man nämlich nie verlieren!«

Als ich wieder zum Auto komme, ist das schwarze Auto der Bestattung weg. Jetzt erst fällt mir auf, dass auf der anderen Straßenseite eine alte Telefonzelle steht, die zu einem offenen Bücherschrank umfunktioniert wurde. Da kommt mir eine Idee. Ich verriegle mein Auto wieder mit der Fernbedienung und gehe über die Straße.

»Liebe Enkelkinder. Wir schreiben das Jahr 2054. Eure Oma ist jetzt 80 Jahre alt. Ich befinde mich hier in einem Relikt aus der Vergangenheit. ›Büchertauschzelle‹ wurde so etwas genannt. Früher gab es auch noch echte Buchhandlungen, das waren Geschäfte, wo man hineingehen konnte und von begeisterten Buchhändlerinnen und Buchhändlern beraten wurde.«

Cut.

Neue Szene. Diesmal ohne den düsteren Filter. Ich positioniere mein Handy erneut im Selfie-Video-Modus.

»Wenn wir in 30 Jahren nicht in so einer Dystopie leben wollen, dann müssen wir jetzt etwas tun! Kaufen wir unsere Bücher weiterhin beim stationären Buchhandel und nicht online. Buchhandlungen dürfen nicht sterben!«

Am Ende hinterlege ich noch Musik, lade das Video auf *Facebook* und *Instagram* hoch und verlasse die Büchertauschzelle.

Nachdem die Chancen aktuell wieder gut stehen, dass ich 2054 noch hier sein werde, möchte ich schließlich auch dazu beitragen, dass es dann noch Buchhandlungen gibt.

Martina wird dann den 34. Band ihrer Gartenkrimi-Erfolgsreihe präsentieren: *Aufgsessn*. Die Mitglieder des Gartenklubs sind inzwischen auch schon etwas älter, und in diesem Band geht es um einen Mord beim »Sitzgärtnern«!

Und die beiden Arzthelferinnen haben nach wie vor ihren Humor nicht verloren!

Liebe Susi, so unter uns gesagt, wie läuft das so zwischen den Autoren? Die sind sich doch sicher alle spinnefeind und tun doch nur in den Medien so lieb miteinander, oder? Cindy

Liebe Cindy, das ist eine spannende Frage. Ich denke, das ist wie in vielen anderen Bereichen auch. Es gibt solche und solche. Manche sind vom Typ her auch lieber Einzelgänger, andere vernetzen sich. Ich persönlich mag den Austausch mit anderen Autoren, weil man sich gegenseitig Tipps geben kann, weiterhelfen oder einfach nur mal ablästern, wenn es gerade notwendig ist. 😊 Ich finde es toll, andere zu treffen, die genauso »verrückt« sind wie man selber. Und ein Buch ist ja nicht wie ein Ehepartner. Wo man nur einen haben sollte ... Also vielleicht mögen die Leser der Bücher deiner Autorenfreunde ja dann auch dein Buch!

VERSTECKST DU STRAFTÄTER?

»Ist etwas passiert?«, fragt Conni. Endlich ruft sie zurück.

Ich werfe meinen Mantel auf die Garderobe und streife mir die Schuhe ab.

»Wo warst du???? Ich hab dich tausendmal angerufen gestern!«

»Eh da! Also in Lindenhof halt. Aber ich hatte gestern einen Termin am Abend mit ein paar Leuten von der Kulturabteilung. Da hatte ich mein Handy ausgeschalten. Hättest du was gebraucht?«

»WER IST DER TYP IN DEINER WOHNUNG?«

»Was meinst du? Warst du bei mir daheim?«, fragt Conni hörbar irritiert.

»Ja, wir brauchen dringend den Agenturlaptop, den ich dir geborgt habe. Deswegen habe ich dich dauernd angerufen, und weil ich dich nicht erreicht habe, bin ich einfach zu dir nach Hause gefahren.«

»Sicher, du kannst jederzeit zu mir, deswegen hast du ja den Schlüssel!«

»Das weiß ich! Sonst würde ich das ja nie machen. Nur als ich dann dort war, kam da dieser Typ! Ich bin fast gestorben vor Angst!«

»Oh.« Conni macht eine kurze Sprechpause. »Das hab ich ganz vergessen, der Konrad.«

»WER ist Konrad bitte?«

»Mein ... äh ... Untermieter.«

»Das hat er auch behauptet! Und mir irgendwelche *WhatsApp*-Nachrichten zwischen euch gezeigt. Aber ich habe ihn gefragt, ob er noch ganz dicht ist, was soll ein Untermieter in einer Einzimmerwohnung?? Und dass du das niemals machen würdest.«

Stille. Wieso sagt sie nichts?

»Aber warum diese Geschichte? Warum sagst du nicht, dass du jemanden kennengelernt hast? Ich würde mich doch freuen, wenn du endlich einen …«

Das Wort »endlich« hätte ich jetzt lieber weglassen sollen.

»Nein! So ist das nicht. Es ist kompliziert.«

»Was soll da kompliziert sein. Ist er illegal im Land? Wird er polizeilich gesucht? Versteckst du Straftäter????«

»Er ist wirklich ein Untermieter! Ich habe meine Wohnung online vermietet, wenn ich nicht da bin.«

»Wie?«

»Na ja, bevor die leer steht, kann ich sie doch auch vermieten und ein bisschen Geld damit verdienen. Aber ich wollte das nicht an die große Glocke hängen, wegen Steuer und so.«

»Aber wieso sagst du mir nicht, wenn du Geld brauchst? Du kannst doch jederzeit bei uns auch mehr Jobs nebenbei machen! Das weißt du doch!«

»Natürlich weiß ich das. Und ich bin dir auch sehr dankbar dafür, dass ich immer wieder bei euch arbeiten kann. Aber ich muss mich wirklich mehr auf mein Schreiben konzentrieren.«

»Aber …«

»Du, sorry«, unterbricht mich Conni, »ich muss aufhören, bei mir ruft grad die Redakteurin der Stadtzeitung an, vielleicht haben die noch eine Frage. Danke für alles und mach dir keine Sorgen!«

Sie hat aufgelegt.

Dabei wollte ich sie eigentlich auch noch nach diesen seltsamen Texten fragen.

Ich gehe zum Kühlschrank und nehme mir ein Blatt Toastschinken aus der Packung, um es sofort zu essen. Dann noch eine Scheibe Gouda Käse. Und weil ich zu faul bin, mir sonst etwas zu machen, aber der Hunger schon sehr groß ist, nehme ich mir schlussendlich die ganze Packung und lasse mich damit auf die Couch fallen.

Die guten Vorsätze starten morgen.

Heute feiern wir, dass alles gut ist! Ich werde nicht an Hautkrebs sterben, und Conni beherbergt keine Kriminellen.

Tag des Buches ist ja außerdem auch noch, wie ich auf *Facebook* und *Instagram* gleich wieder durch die vielen Postings erinnert werde. Die Aktion von Petra Hartlieb ist richtig viral gegangen. Viele Autoren und Autorinnen haben teilgenommen, aber auch Schauspieler und fast alle Buchhändler, denen ich folge. Ich wische über zahlreiche *Instagram*-Storys, und fast in jeder sieht man den Aufruf #weilwowichtigist.

Joe hat ein Reel direkt aus einer Buchhandlung geteilt. Er hat alle Angestellten der Buchhandlung eingebunden. Jede und jeder hält ein Buch eines berühmten Autors in die Kamera, und im Abspann hat Joe gefühlt jeden Autor und jede Autorin des Landes mit dem Namen markiert. Er hofft wohl darauf, dass die das wiederum teilen und er in all den Storys dieser Menschen erwähnt werden wird. Ein Joe-Trojaner.

Zwei Stunden später ist der Toastschinken aufgegessen, auch die Packung Gouda liegt jetzt leer neben mir, und die ganze Couch ist bröselig von den zwei Scheiben Toastbrot. Weil sonst kein Brot daheim ist, habe ich Supersandwich-Scheiben ungetoastet dazu gegessen. Da hätte ich mir auch gleich einen richtigen Schinken-Käse-Toast machen können. Und nicht so eine traurige Trennkostvariante davon. Dafür kenne ich jetzt auch einige neue *Instagram*-Seiten von Einrichtungsbloggern und die aktuellsten Designtrends bei Badezimmern.

Ich habe gefühlt 50 Bilder von schönen Badezimmer-Deko-Inspirationen gespeichert.

Dabei haben wir noch nicht mal eine Idee, wohin die Scheiße läuft, wenn man die Spülung drückt. Denn das Thema wollte ich eigentlich auch heute angehen. Recherchieren, wie man herausfinden könnte, wo sich die Senkgrube befinden könnte. Und mindestens ein Kapitel schreiben. Nichts davon ist passiert, und jetzt ist es zu spät. Ich muss los, das Kind vom Sport abholen.

Ich habe drei Stunden komplett sinnlos am Handy verbracht!

Vielleicht ist die wahre Bedrohung für die Buchhandlungen und eigentlich die gesamte Buchbranche nicht der große Onlinehändler, sondern schlicht und einfach das Handy.

Gerade als ich das Handy endlich weglegen will, poppt eine Nachricht von Conni mit einem Link zu einem Zeitungsartikel auf. »Literarische Nachwuchshoffnung wird neue Stadtschreiberin«, steht als Headline. Ich muss den Artikel noch schnell lesen, bevor ich fahre.

»In der lebendigen literarischen Landschaft taucht ein neuer Stern am Himmel auf, der das Potenzial hat, die Sphären der deutschsprachigen Literatur neu zu definieren. Mit einer beeindruckenden Fähigkeit, Worte zu weben und tiefgreifende menschliche Erfahrungen zu destillieren, hat sich Cornelia Sternberg schnell als eine literarische Kraft erwiesen, die nicht ignoriert werden kann. Die Stadt Lindenhof, bekannt für ihre Pflege und Förderung künstlerischer Talente, hat die Ehre, Cornelia Sternberg als die neue Stadtschreiberin zu begrüßen. Sie wird einen Monat lang das historische Turmwächterzimmer bewohnen, ein Ort, der bereits vielen bedeutenden Schriftstellern als Inspiration diente. Dort, hoch über den Dächern

Lindenhofs, wird Sternberg an ihrem nächsten großen Werk arbeiten, das zweifellos die literarische Welt verzaubern wird. Das Feuilleton blickt mit großer Vorfreude auf die Früchte dieses kreativen Aufenthalts, sicher, dass Sternberg nicht nur die Traditionen des Stadtschreibertums würdig fortführen, sondern diese mit neuem Leben und neuer Relevanz erfüllen wird.«

Ich freue mich riesig für Conni! Ich weiß, wie viel ihr das bedeutet. Morgen werde ich den Text für sie ausdrucken, sie möchte ihn sicher gerne bei ihrem Schreibtisch aufhängen. Gleich neben dem Bild von ihrem Literaturprofessor-Vater und dem Thomas Bernhard.

Und auch gleich neben dem fremden Mann, den sie in ihrem Bett schlafen lassen muss, damit sie sich diese ganze Literatursache überhaupt noch leisten kann.

Liebe Susi, ich habe Angst vor Bewertungen, die oft so gemein formuliert sind. Wie gehe ich damit um, wenn ich mein Buch veröffentlichen will?

Lieber mutiger Schriftsteller oder Schriftstellerin! Klar, das lässt niemanden kalt! Versuche, es nicht persönlich zu nehmen, nicht alle müssen dein Buch lieben. Und das ist in Ordnung so. Manche Kritik kann dir vielleicht auch weiterhelfen. Konzentriere dich auf die positiven Rückmeldungen. Druck sie dir aus, häng sie über den Schreibtisch. Das erinnert dich daran, warum du schreibst und für wen! Ein Buch zu veröffentlichen ist immer auch ein mutiger Schritt. Sei stolz auf dich, dass du es so weit geschafft hast. Das gehört gefeiert! Du machst das großartig!!

HÖR AUF, DAS ZU LESEN!

WhatsApp-Chat:

Martina: Diese negativen Rezensionen machen mich noch fertig!

Martina: Zu wenig Krimihandlung, kein typischer Krimi, langweilige Garten- und Burgenlandpassagen, zu viel Menschenbeschreibungen, zu viel Roman, zu wenig Blut.

Martina: Was, wenn sie recht haben?

Susanne: Hör auf damit! Man kann es nie allen recht machen. Unmöglich! 99,5 % lieben es genauso!

Susanne: Selbst die Beatles haben Leute, die sie nicht so super finden. Mich!

Martina: Ich liebe dich für diesen Sager!

Susanne: Gerne, stets zu Diensten!

Martina: Ich werde aufhören, Rezensionen zu lesen …

Susanne: … oder dabei immer an die Beatles denken und wie ich ›Obladioblada‹ höre und in den Weinberg speibe.

Liebe Susi, ich bin noch frisch und knackig in der Buchwelt. Was bedeutet eigentlich »Auflage« genau?

Lieber Frischling, mit »Auflage« ist die Anzahl der Bücher gemeint, die bei einem Druckvorgang produziert werden. Der Verlag schätzt am Anfang, wie oft sich ein Buch in etwa verkaufen könnte. Oft liegt die Erstauflage zwischen 1.000 und 5.000 Exemplaren.

HEUTE IST MEIN BESTER TAG

»*HEUTE ist mein bester Tag*«, steht in großer goldener Schrift auf dem Buch.

Die ganze Regalwand in der Buchhandlung ist zugepflastert mit nur diesem einen Buch. Wie kommt man zu so viel Regalplatz bitte???

Ich bin im Einkaufszentrum *Q19* in Wien und sollte eigentlich die Einkäufe im Supermarkt erledigen, während das Kind sein Sporttraining hat und ich sie wieder abhole. Zweimal in der Woche läuft das so. Wenn es die Zeit zulässt, schaue ich auch immer in der Buchhandlung vorbei. Zur Entspannung. Andere kiffen. Ich gehe in Buchhandlungen.

»Weltbestseller in der 35. Auflage«, steht in der Beschreibung des Buches, das hier unverschämt viel Regalplatz für sich beansprucht. »1,4 Millionen Mal verkauft«. Sofort überschlage ich, wie viel das mit meinem Autorenhonorar wäre.

Der Weltbestseller verspricht »Denkgesetze, um lebensfroher, gelassener, erfolgreicher und gesünder zu leben«.

Heute ist mein bester Tag, dass ich nicht lache! Das Buch hat keine Ahnung von meinem bisherigen Tag.

In der Früh am Weg ins Büro kippt ein Motorradfahrer auf mein Auto. Einfach so! Ich stehe an der roten Ampel, und auf einmal wackelt das ganze Auto. Im Rückspiegel sehe ich, wie ein Motorradfahrer seine Maschine von meinem Auto weghebt. Ich spring aus dem Wagen und frag, ob es ihm eh gut geht. Vielleicht hat er einen Herzinfarkt oder was weiß ich was. Sofort muss ich panisch an meinen letzten Erste-Hilfe-

Kurs denken. Da war doch irgendwas mit den Helmen, aber was war das noch mal? Entweder soll man die Helme von Unfallopfern oben lassen oder runternehmen? Oder seitlich legen? Visier aufmachen? Verdammt, wieso kann man sich das nicht merken!!

»Jaja, es ist alles okay«, sagt er. »Ich bin nur auf den Schienen ausgerutscht. Es tut mir wirklich sehr leid.«

Na gut, also den Helm werde ich offensichtlich nicht abnehmen müssen, wenn er noch stehen und reden kann. Also widme ich meine Aufmerksamkeit dem zweiten Unfallopfer: meinem Auto.

»Ist eh nix passiert«, sagt er, während die ersten Autos hinter uns zu hupen beginnen. Außerdem nähert sich auch eine Straßenbahn. Mir ist das alles egal. Unfall ist Unfall. Da darf man sich nicht stressen lassen. Kritisch begutachte ich den hinteren Kotflügel.

»Es ist wirklich nichts!« Seine Stimme wird hektischer. Sicher nicht mit mir! Druck erzeugt Gegendruck. Vielleicht ist er ein Bankräuber auf der Flucht! Ich schau, ob er irgendwo Beute haben könnte. Aber er hat nicht mal einen Rucksack oder eine Sporttasche, das internationale Erkennungsmerkmal für Bankräuber.

»Ich muss jetzt nämlich wirklich dringend in die Arbeit!«

»Na, denken Sie, ich nicht?«, antworte ich. »Ich fahr auch nicht auf die Beautyfarm!«

Er sieht mich verwirrt durch sein hochgeklapptes Visier an. Ich glaub, er kennt das Wort nicht und hält mich für eine Landwirtin.

Auf den ersten Blick ist wirklich kein Schaden zu sehen. Ich bin eh froh, weil, auf Unfallbericht und Polizeieinsatz hab ich jetzt keine Lust. Schon wieder hupen die nächsten Autos hinter uns. Als ob man das nicht sehen würde, dass wir da einen Unfall abwickeln! Ich will schon Scheibenwischer vor der Stirn nach hinten machen, aber ich kann es nur mit einem Gegner gleichzeitig aufnehmen.

»Okay, sieht wirklich nach nix aus. Da haben wir Glück gehabt. Schönen Tag noch!«

Da fällt mir ein, falls doch ein Schaden erst später wo sichtbar ist – weil, so genau hab ich jetzt auch nicht geschaut –, dann wär es vielleicht hilfreich, irgendwas in der Hand zu haben. Ich spreche da aus Erfahrung! Bin mal hinten einem reingefahren vor vielen Jahren, ich schwöre, da war nix an dem Auto zu sehen, mit dem ich gefahren bin. Kein Kratzer, keine Delle, nix. Eine Woche später hat der Kollege, von dem ich mir das Auto eigentlich nur kurz ausgeborgt hatte, gesagt, dass der gesamte Motorraum um zehn Zentimeter nach hinten verschoben wäre!

»Moment«, rufe ich, »sicherheitshalber mache ich noch ein Foto!« Hektisch aktiviere ich meine Handykamera, schalte vom Selfiemodus mit Beauty-Filter auf normal um und fotografiere das Motorrad aus verschiedenen Winkeln. Jetzt hupt auch schon die Straßenbahn! »Ja, ich bin eh schon fertig!«

Bei der nächsten roten Ampel scrolle ich noch mal durch meine Fotos. Zwei sind komplett verschwommen, eines zeigt mein Gesicht nicht sehr vorteilhaft mit der Frontkamera fotografiert, und auf dem vierten ist eine Person mit Lederjacke und Vollvisierhelm in Nahaufnahme zu sehen. Kein Kennzeichen abgebildet, und das Motorrad kann man auf den verschwommenen Bildern auch nur sehr schemenhaft erkennen. Also damit werde ich ihn weder aufspüren können, falls doch noch ein Schaden sichtbar wird, noch werde ich dazu beitragen können, einen möglichen Bankräuber zu überführen ...

Im Büro brauch ich dann erst mal eine große Tasse Kaffee mit Hafermilch (vegan!). Gestern haben sie in so einer Fernsehdoku gesagt, dass die Telomere der Zellen nach der Zellteilung länger bleiben, wenn man vegan isst. Ich habe zwar keine Ahnung, was das bedeuten soll, aber die *Google*-Suche hat ausgespuckt, dass Telomere der Schlüssel ewiger Jugend sind. Mehr muss ich nicht wissen. Ab sofort bin ich vegan!

Ich wüsste jetzt auch nichts, was dagegen spricht.

Und genau wie ich mein Häferl hochheben will, fällt mir alles aus der Hand und landet am Fußboden. Der vegane Kaffee verteilt sich großflächig zwischen den Scherben auf dem Fußboden.

Es ist noch nicht mal 10 Uhr am Vormittag, ich hatte schon einen Verkehrsunfall, und jetzt rutsche ich am Boden unserer Büroküche herum, um diese Sauerei mit Küchenrolle wegzumachen.

Wer jetzt denkt, das sei der Tiefpunkt: falsch! Es geht noch weiter runter!

Kurz danach hat sich nämlich auf der Toilette das Klopapier an der WC-Stein-Halterung verheddert und ist dort hängen geblieben. Ich drücke die Spülung wie eine Depperte, einmal, zweimal, dreimal, aber das Papier bleibt picken und bewegt sich keinen Millimeter. Im Gegenteil, je öfter ich spüle, desto mehr wird es nass und umschließt diese gelb-blauen Kugeln wie so ein Strudelteig. Also versuche ich, dieses inzwischen hauchdünne nasse Papier mit dem dicken, fetten Klobesen runterzuwursteln. Was in etwa so effektiv ist, wie wenn du versuchst, dir mit Pommes die Zahnzwischenräume zu reinigen. Dann aber tut sich endlich was! Bewegung kommt in die Sache!

Allerdings zu viel Bewegung … denn auf einmal löst sich das ganze Klostein-Ding vom Rand, gleitet hinab und verschwindet fast zur Gänze im Klo. Nur ein kleines weißes Plastikstück schielt noch heraus.

Ich will eigentlich nur mehr weinen und heim ins Bett. Ich starre auf den blöden Zettel, den irgendwer mit Tixo auf die

Klowand gepickt hat. »Bitte verlasse das WC so, wie du es gerne wieder vorfinden möchtest.« (Auf einer Almhütte hab ich übrigens mal einen wirklich lustigen Klospruch gelesen: »Piss nicht daneben, du altes Schwein, der Nächste könnte barfuß sein.«)

Aber natürlich kann ich das nicht so hinterlassen, also tut eine verantwortungsvolle Chefin das, was eine verantwortungsvolle Chefin eben zu tun hat: Verantwortung übernehmen! Ärmel hochkrempeln. Gesicht angeekelt verziehen. Immer daran denken, dass es sich ja eigentlich nur um Wasser handelt, und dann tief hineingreifen.

Und als ich nach dem ganzen Debakel ENDLICH zu meinem Schreibtisch komme und nur mehr stumm hinter meinem Computer verschwinden will für die nächsten Stunden, biegt der Max energisch um die Ecke. Schon an seinem Schritt kann ich erkennen, dass es irgendwo brennt.

»Wo warst du denn?« Offenbar ist das nicht als Frage gemeint, er redet nämlich gleich ohne Pause weiter. »Frau Doktor Knaus von der Beckentrainerfirma hat angerufen.«

»Becken*boden*trainer!«, korrigiere ich.

»Ja, ist ja egal jetzt. Hör zu!« Er zieht sich meinen Besucherstuhl heran und setzt sich direkt vor meinen Tisch.

»Sie hat gesagt, sie erreicht dich den ganzen Vormittag schon nicht, und hat sich dann zu mir durchstellen lassen. Die haben vielleicht wirklich vor, uns einen sehr großen Deal für drei Jahre zu geben. Aber zuerst muss jetzt dieses Kick-off-Event tipptopp laufen! Sozusagen als Probe der Zusammenarbeit. Das Konzept, das du ihr geschickt hast, ist allerdings noch weit entfernt davon, hat sie gesagt. Vor allem budgetär! Du hast das viel zu teuer angeboten.«

Ich höre genau, dass da ein Vorwurf mitschwingt, und verschränke beleidigt die Arme.

»Im Briefing stand: exklusive Location, hochwertiges Catering und eine reichweitenstarke Influencerin als Moderatorin. Das hat alles seinen Preis.«

»Ja, aber sie haben auch ein Angebot von einer anderen Agentur. Das kostet nur ein Drittel von deinem! Wir müssen da hinkommen, egal wie! Sonst sind wir raus!«

»*HEUTE ist mein bester Tag*«, meint also dieses Buch hier. Ich schlage wahllos eine Seite auf.

»*Erfolg macht Spaß. Du bist geboren, um Erfolg zu haben. Niemand kann dich davon abhalten, außer du selbst!*« Sehr lustig. Ich klappe das Buch wieder zu.

Mein Handy vibriert, eine neue Nachricht:
Martina: Wann bekomme ich wieder ein Kapitel von dir? Die Zeit drängt! So lange ist es nicht mehr.
Martina: Hast du schon Coverentwürfe? Die solltest du auch schon einholen.

Ich drücke die Nachricht weg und gehe mit dem Buch unterm Arm zur Kassa.
Aktuell kann ich jede Hilfe brauchen.

Auf der Rolltreppe in Richtung Supermarkt schlage ich wieder wahllos eine Seite auf.

»*Sehnst du dich nach Anerkennung, dann beginne heute, die anderen Menschen zu loben und ihnen Anerkennung zu zeigen.*«

»Gnädigste, wie warads mit Weitergehen?« Eine tiefe Stimme hinter mir reißt mich wieder raus. Ich habe bereits das Ende der Rolltreppe erreicht und blockiere alles.

»Es tut mir sehr leid«, entschuldige ich mich umständlich und springe gleich übereifrig zur Seite.

»Immer depperter wern's«, sagt der Mann zu sich selber, aber laut genug, dass ich es noch gut hören kann. »Überall haben sie dieses Scheißkastl Handy, und jetzt liest die auch noch ein Biachl mitten im Gehen!« Er biegt ab Richtung Supermarkt.

Ich verzichte darauf, ihm meine Anerkennung zu zeigen, und warte stattdessen, bis er im Supermarkt nicht mehr zu sehen ist, obwohl ich mich eigentlich schon beeilen müsste, denn als ich meine Einkaufsliste am Handy öffne, fällt mir erst auf, wie spät es schon ist. Ich habe maximal noch 15 Minuten, sonst komme ich zu spät zum Abholen.

Wahllos werfe ich alle veganen Ersatzprodukte in meinen Einkaufswagen, die mir auf die Schnelle unterkommen. Wenigstens das soll heute klappen. Die Einhaltung der guten, nämlich veganen Ernährungsvorsätze.

Also nehme ich veganen Pizzakäse, der wie Mozzarella aussieht, ein Packerl Schnittkäse, der wie Gouda aussieht, einen veganen Schafskäse, der genau wie normaler Schafskäse aussieht, und eine Hühnerbrust aus rein pflanzlichen Zutaten, die aber exakt einer normalen Hühnerbrust nachempfunden ist. Und dann noch das Highlight: ein veganes Ei, das genauso aussieht wie ein echtes Ei!

Zufrieden rolle ich mit dem Wagerl zur Kassa. Es spricht ja wirklich nichts gegen vegane Ernährung, man muss sich ja nicht mal groß umstellen, wenn man alle Produkte fast genauso bekommt!

Als ich zahlen muss, erkenne ich allerdings, dass doch etwas gegen vegane Ernährung spricht: der Preis!

Es wäre vermutlich billiger und gesünder gewesen, ich hätte nur Obst und Gemüse gekauft. Das wäre nämlich auch vegan.

Ich bremse mich so stark vor der Sporthalle ein, dass das Einkaufssackerl am Rücksitz umkippt. Irgendwas ist jetzt unter den Sitz gerollt. Ich habe eine Ampel bei Dunkelgrün und eine bei Halborange geschnupft. Trotzdem bin ich zu spät. Das Training hat vor fünf Minuten geendet. Weit und breit sind hier keine Mädchen mit Sporttaschen, Zöpfen und verschwitzten Köpfen zu sehen. Auch keine anderen Abholeltern.

Sofort denke ich an Kindesentführung und Organspendemafia und checke mein Handy hysterisch nach eingehenden Nachrichten.

Keine Nachricht vom Kind. Nur drei neue Nachrichten von Martina.

Martina: Let's go Leipzig!!!!! 🚀 🚀 🚀 🚀
Martina: Du hast jetzt wieder eine Lesung!
Martina: Ich bin ja von der Buchhandlung Tyrolia *eingeladen, vor einer Busreisegruppe zu lesen. Soeben habe ich mit den Verantwortlichen telefoniert. Sie würden sich sehr freuen, wenn du auch dabei bist und mit mir liest!* 🚌

In dem Moment geht auch die Tür der Sporthalle auf und eine Gruppe Mädchen in Sporthosen drängt heraus. Mitten drinnen erkenne ich die Zöpfe, die ich in der Früh noch geflochten hatte. Während sie sich noch lachend umarmen und verabschieden, tippe ich die Antwort an Martina.

Susanne: Du bist ein Wahnsinn!!! 😍 😍 😍
Susanne: Was auch immer eine Tiroler Busreisegruppe mit der Leipziger Buchmesse zu tun hat ... 😅

Dann schicke ich ihr das Foto von dem Buchcover. Heute ist mein bester Tag.

Liebe Susi, mein Buch ist das Beste! Wie kann ich damit zum Bachmannpreis kommen? Klaus PS: Ich war schon mal in der Vorauswahl für das Reality Format »Forsthaus Rampensau«. Die haben auch gesagt, ich wäre ein guter Reality-Typ! Anyway, ich bring echt alles mit! Inklusive 1.268 Follower auf Insta! #ichbineinstarbringtmichdortrein

Lieber Literaturpreisträger in spe! Also der Bachmannpreis wäre schon eine wahrhaft große Nummer! Leider gibt es kein Casting, wo man sich bewerben kann. Man muss von einem Jurymitglied vorgeschlagen werden. Also: Mach auf dich aufmerksam und halte dein Werk auf höchstem Niveau! Dann klappt es vielleicht auch mit dem Literatur-Dschungel-Camp!

OHNE EINSCHLEIMEN

»Du kannst dann schon die Couch zusammenklappen, das Essen ist gleich fertig!«

Obwohl die Distanz im burgenländischen Wochenendtraum von meiner Position in der Küche zu ihrer Position im Wohn- und zugleich Schlafzimmer maximal drei Meter beträgt, zeigt sie keine sichtbaren Reaktionen. Sie hat die Kopfhörer auf und starrt gebannt in ihr Handy. Nur der Zeigefinger bewegt sich hektisch am Handydisplay auf und ab. Sie liegt noch gemütlich im Pyjama auf der kleinen Chaiselongue, die wir interimistisch mit einem Hocker zum Bett verlängert haben. Gleich daneben steht das Schlafsofa vom Gatten und mir. Wie bei den Dauercampern. Nur bei uns ist es ja nicht von Dauer, weil, irgendwann wird von dort, wo ich grade Dosenravioli in den Topf leere, eine Stiege nach oben gehen, in eine neue Ebene mit richtigem Schlafzimmer.

Von draußen ist abwechselnd rhythmisches Klopfen, Stöhnen und Fluchen zu hören. Durch das Küchenfenster sehe ich den Gatten, wie er sich immer wieder bückt und danach mit dem Ärmel über seine verschwitzte Stirn wischt. Eine Szene wie aus einem Erotikfilm mit Bauarbeitern. Nur in dem Fall ist das nicht sehr erotisch, er sucht nämlich gerade die Senkgrube. Ich muss trotzdem an die seltsamen Texte von Conni denken und dass ich sie dringend später anrufen und danach fragen muss. »Conni Porno?«, kritzle ich auf den Küchennotizblock. Wenn ich nicht alles aufschreibe, ist es in der Sekunde wieder weg. Das wird immer ärger. Vielleicht liegt es aber auch am Schlafmangel.

Mehr als vier Stunden waren das letzte Nacht sicher nicht.
Zuerst ist es heiß, dann schnarcht der Gatte, dann muss ich die *Ohropax* suchen gehen, und als ich endlich irgendwann nach Mitternacht kurz vorm Einschlafen bin, sehe ich einen dunklen Schatten an der Decke. Eine kleine Spinne, die ich zwar schnell lokalisiere, aber außer Blickkontakt zu keiner weiteren Maßnahme in der Lage bin, weil ich der größte Spinnenschisser bin. Also wecke ich auch noch den Mann auf und bitte um Hilfe, dann ist wenigstens das Schnarchen kurz eingestellt. Sicherheitshalber muss dann auch noch hinter alle Möbel und Kästen geschaut werden. Bis alle wieder schlafen, ist es 2 Uhr früh. Gegen 6 Uhr früh trifft ein Sonnenstrahl durch das Fenster genau auf mein linkes Auge. Wie so eine Vogelmutter im Nest genieße ich die Wärme der Sonne, die Ruhe des Morgens und die tiefen rhythmischen Atemzüge meiner Familie. Bis irgendwelche Vögel oder Krähen vor dem Fenster komplett durchdrehen. Gefolgt von Traktorengeräuschen. Ich kapituliere, schleiche in die Küche und öffne meinen Laptop.

Eine Stunde später habe ich erst fünf Sätze geschrieben, einer davon ist die Überschrift. Stattdessen starre ich aus dem Fenster und beobachte meditativ, wie der Traktor am Nachbargrundstück auf und ab fährt. Links. Wende. Rechts. Wende. Links. Wende ...

»Brennt da was an, Mama?« Die Stimme vom Kind reißt mich aus meinen Gedanken an die letzte Nacht. Tatsächlich! Rauch steigt aus dem Topf mit den Ravioli auf. Ich ziehe ihn von der Herdplatte und beginne hektisch mit dem Holzkochlöffel umzurühren.

»Danke!«, antworte ich.

»Fahren wir jetzt, äh ... nach Hause?« Sie schiebt ihre Kopfhörer ein paar Zentimeter zur Seite und schaut mich erwartungsvoll an. Mir ist die kurze Pause mitten im Satz nicht entgangen. In letzter Sekunde hat sie das Wort »endlich« noch verschluckt.

»Nein, aber du kannst schon das Bettzeug wegräumen und die Couch einklappen, damit wir Platz zum Essen haben.«

»Muss das sein?«

»Ja, das muss sein!« Der kleine Esstisch schließt direkt an unsere Schlafplätze an. Natürlich könnte man auch gleich auf den Betten sitzen bleiben und vom Tisch essen. Aber das wäre dann so hoch, dass wir wie Katzen direkt aus den Tellern schlecken könnten.

»Aber der Papa ist ja noch gar nicht da.« Sie schiebt die Kopfhörer wieder an die Ausgangsposition zurück und steht langsam auf.

»Den geh ich jetzt auch holen!«

»Warum liegt das alles hier?« Ich stehe in der Eingangstür und beobachte das seltsame Szenario vor mir. Auf den rund 30 Waschbetonplatten, die hier verlegt sind, liegt jeweils ein Gegenstand. Ein Hammer, eine Zange, eine Fahrradpumpe, Schrauben, ein Kabel?

»Damit ich weiß, wo ich überall schon nachgeschaut habe«, sagt der Gatte und hebt die nächste Waschbetonplatte hoch, um sie zur Seite zu schieben. Ein Gemisch aus Erde und Sand kommt darunter zum Vorschein. Dann nimmt er so ein großes Schraubenzieherding oder was das sein soll, und bohrt damit hinein. Der Schraubenzieher verschwindet zur Hälfte in der Erde.

»Wieder nix, so eine Scheiße.« Er wischt sich mit dem Ärmel über die Stirn.

Ich zähle die herumliegenden Gegenstände. 20 Stück. Es sind nur mehr vier Platten ohne Ding drauf.

»Aber war die Senkgrube auf den Plänen nicht da hinten im Eck eingezeichnet?« Er schaut mich an, als würde er mir gleich den Schraubenzieher übergeben, damit ich selber weitermachen kann.

»Da habe ich natürlich als Erstes geschaut, aber es war nix.« Er bückt sich und schiebt die aktuelle Platte wieder zurück an ihren Platz. Ich verzichte lieber darauf, das Thema Bandscheiben und richtiges Heben von schweren Gegenständen zu thematisieren.

»Aber ich habe noch eine Idee«, sagt er und keucht. »Geh einfach ins Bad und hör ins Klo!«

»Wie bitte?«

»Geh einfach, und wenn du etwas hörst, gib Bescheid.«

Kurz danach stehe ich im Badezimmer, starre in die Klomuschel und warte auf unbekannte Geräusche. Habe ich die Ravioli eh abgedreht? Im Eck hinten krabbelt ein kleiner Weberknecht vorbei.

»Und??«, seine verschwitzte Stirn taucht kurz vor dem Badezimmerfenster auf.

»Nix gehört«, brülle ich.

Die Szene wiederholt sich noch dreimal. Dann liegen zwar auf allen Platten Gegenstände, aber wir haben noch immer keine Grube gefunden.

Gerade als ich den letzten Ravioliteller aus der Küche holen will, poppt eine neue Nachricht von Martina auf meinem Handy auf. Sie schickt mir ein Bild, wo sie ihren Fernseher abfotografiert hat. Es zeigt die Sendung *Guten Morgen Österreich*. Johannes Kößler von der *Buchhandlung Seeseiten* in Wien sitzt der Moderatorin gegenüber und hält mein Buch in der Hand.

»Mein Buch ist im Fernsehen!« Ich gehe zurück zum Esstisch und präsentiere den beiden stolz das Handyfoto.

»Das ist ja cool, hast du das gewusst?«, fragt der Gatte und lächelt mich stolz an.

»Nein, ich kenne den Buchhändler ja nicht mal persönlich. Darum freut mich das doppelt!«

»Gratuliere, Mama! Zum ersten Mal ohne Einschleimen was geschafft!«

Ich lege den Kopf schief und starre sie mit geweiteten Augen an. Sie geben so viel zurück.

Aber als Erziehungsberechtigter darf man sich da nicht aus der Ruhe bringen lassen. Man muss kühlen Kopf bewahren und stets Antworten parat haben.

»Schatz, was du meinst, das nennt man nicht ›Einschleimen‹, das ist Marketing, oder besser gesagt Lobbying. Das machen sogar Politiker!«

»Aber sagst du nicht immer, dass die meisten Politiker Verbrecher sind?«

»Esst lieber, bevor es kalt wird«, sage ich.

Nach dem Essen spüle ich die Teller. Der Gatte steht mit einem rot-weiß karierten Geschirrtuch neben mir und trocknet ab. »Ich suche dann draußen noch etwas weiter. Passt es, wenn wir in drei Stunden oder so heimfahren?«

»Ja, ich muss eh noch schreiben am Nachmittag. Das passt gut.«

»Komm ich vor?«, fragt er erwartungsvoll. Ich zucke nur mit den Schultern. Als er das Geschirrtuch wieder auf den Haken hängt, fällt sein Blick auf den Küchennotizblock neben meinem Laptop.

»Offensichtlich kommt diesmal wer anderer vor«, sagt er und zwinkert mir zu.

Es ist der Notizblock, wo ich mir »Conni Porno?« notiert habe.

Kurz danach ist jeder wieder bei seiner gewohnten Beschäftigung. Der Zeigefinger vom Kind wischt wieder auf und ab, von draußen hört man wieder Klopfen und Fluchen, und ich starre wieder auf inzwischen nur mehr drei Sätze auf meinem Bildschirm. Die letzten zwei Sätze waren scheiße. Wieder gestrichen.

Auf dem Handy neben dem Laptop poppt eine neue Nachricht auf. Dankbar für die Abwechslung, greife ich sofort danach.

Conni: Gratuliere!!
 Susanne: Wozu?
 Conni: Dein Buch wurde im Fernsehen empfohlen!
 Susanne: Danke!! Aber woher weißt du das, dachte, du schaust nie fern?
 Conni: Eh nicht, aber der Joe hat es auf Facebook *und* Instagram *geteilt.*

Sofort öffne ich die *Facebook*-Applikation auf meinem Laptop. Tatsächlich. Eine neue Benachrichtigung. Joe hat mich in seinen Kommentaren erwähnt.

»Mit großem Stolz darf ich verkünden, dass das wunderbare Buch meiner liebsten Autorenkollegin Susanne Kristek heute von dem weltberühmten Buchhändler Johannes Kößler im Frühstücksfernsehen empfohlen wurde! Großer Dank an das Team von *Guten Morgen Österreich*! You rock! #liveyourdreams #autorslife #femaleempowerment.«

Neben mir hat er noch einige andere Leute in dem Beitrag markiert. Den Buchhändler, die Moderatorin, die Martina und noch ein paar Menschen, die ich nicht kenne. Es dürften aber Mitarbeiter der Fernsehproduktion sein.

Susanne: Wie lieb, hab's grad gesehen!
 Conni: Es klingt, als wäre er dein Manager 😈
 Susanne: 😊

Conni: Warum schreibt er eigentlich femaleempowerment?
Susanne: Gute Frage. Keine Ahnung. Aber sag, wie geht es dir?
Conni: Ja, geht eh. Am Anfang gab es Probleme bei der Unterkunft. Aber das hat sich zum Glück gelöst.
Susanne: Nämlich? Dachte, du bist da super schön untergebracht?
Conni: Na ja, geht so. Es ist ein Co-Living mit lauter Studenten. Shared Bath Konzept und so. Mein Zimmer hat nur 7 Quadratmeter und man kann es nicht absperren.
Susanne: Im Ernst????
Conni: Und als ich hingekommen bin, hat da noch einer gewohnt.
Susanne: In deinem Zimmer?
Conni: Ja, also er war eh nicht da, aber sein Zeug ist überall noch herumgelegen.
Susanne: Aber hast du dich nicht sofort beschwert?????
Conni: Nein, es passt schon. Es ist sauber und der Typ ist ja jetzt weg. Bissi laut ist es nur wegen der Studenten. Und warm, weil die Container schlecht gedämmt sind.
Susanne: Du wohnst in einem Container?????
Conni: Nein, nicht wirklich, also nur die Bauweise, keine Ahnung. Es ist sauber. Die Menschen von der Kulturabteilung sind auch voll lieb hier.
Susanne: Du musst dich beschweren! Nur weil die lieb sind. Ich dachte, das ist ein offizielles Kulturstipendium von der Stadt.
Conni: Ist es ja auch. Es passt wirklich für mich. Ich freu mich ur, so eine Chance zu haben!
Susanne: Was macht dein Mitbewohner inzwischen in Wien? 😊 *Soll ich mal nach ihm sehen?*
Susanne: Da fällt mir ein, was sind das für Sex-Texte in deiner Wohnung????
Keine Antwort.

Susanne: Bei deinem Schreibtisch lagen so Zettel mit so seltsamen Geschichten drauf.

Keine Antwort.

Susanne: Oder schreibt dein Mitbewohner auch?

Noch immer keine Antwort. Ich checke meinen Verbindungsstatus auf *WhatsApp*. Alles in Ordnung. Neben Connis Profilbild steht »online«. Dann wechselt es lange zu »schreibt …« Es kommt aber keine Antwort.

Susanne: Hallo????

Meine Nachrichten haben alle den doppelten blauen Haken. Das heißt, sie hat alles gelesen.

Conni: Sorry, war kurz offline.

Conni: Das ist kompliziert, erklär ich dir, wenn ich wieder in Wien bin. Das ist Teil eines feministischen Textes, an dem ich für den Bachmannpreis arbeite. Es geht um die weibliche Darstellung in der Trivialliteratur.

Liebe Susi, checkt der Verlag automatisch alle meine Lesungen oder muss ich da auch selber aktiv werden? Jennifer

Liebe Jennifer, super, dass du es schon so weit geschafft hast! Ob ein Verlag deine Lesungen organisiert, hängt meistens von der Größe des Verlages und von deinem Vertrag ab. Wie beim Dating lautet auch hier die erste Regel: reden, reden, reden und vor allem Fragen stellen! Dann klappt es auch mit der (Bücher-)Kiste!

LASS DICH NICHT AUFHALTEN

Ich sitze im Büro und bereite eine Präsentation für das Beckenbodentrainer-Event vor. Es sieht gut aus, dass wir aktuell vielleicht doch noch den Zuschlag bekommen. Ohne den Joe wäre das eigentlich so gar nicht möglich gewesen, denn nur mit seiner Hilfe konnte ich die Cateringkosten, die einen wesentlichen Teil im Budget ausmachen, schon mal stark reduzieren.

Ich hatte Angebote von mehreren bekannten Cateringfirmen. Es sollte ja laut Briefing was Innovatives und Gesundes sein, damit das mit der Positionierung vom Beckenbodentrainer matcht. Der Joe hat mir dann erzählt, dass sein Würstelstand-Freund, der Fredi aus dem Gemeindebau, jetzt auf ganz innovative vegane Würste setzt. Das hat er bei der Recherche für die *Burenheidl-Beichte* herausgefunden. Verschiedene beliebte Wurstsorten gibt es jetzt vegan. Angeblich sollen die aber komplett gleich schmecken. Ein Verkostungstermin mit dem Joe und mir ist geplant. Der Würstelstand-Fredi hat mir sogar extra schicke Fotos geschickt, wo die veganen Würstel extrem *Instagram*-tauglich auf diesen eckigen weißen Würstelstand-Papptellern liegen. Der Hintergrund war hell und weichgezeichnet im Sonnenschein. Die Kundin war sehr begeistert davon, weil »es genau die Mischung aus Innovation und Bodenständigkeit abbildet, die sie sich vorgestellt hat«.

Und deutlich billiger war es auch noch. »Inklusive An- und Ablieferung von Herrn Fredi mit Team« laut seinem Angebot. Wobei das Angebot eigentlich nur eine *WhatsApp*-Nachricht war. Egal.

Kunde glücklich. Max glücklich. Ich glücklich.

Jetzt muss ich sie mit der Präsentation, die ich gerade ausarbeite, nur noch von Mucki-Mandy überzeugen. Der Preis wird auf jeden Fall ein entscheidendes Argument sein. Die anderen Influencerinnen waren alle doppelt so teuer.

»Das masch isch nur für den Joe«, hat mir Mandy am Telefon gesagt. Ich habe mich kaum auf den Inhalt konzentrieren können, weil sie immer überall ein »sch« eingebaut hat. Daran werden wir für die Moderation vielleicht noch arbeiten müssen.

»Weischt du, der Joe, der hat ausch schon so viel Gutesch für misch getan oder misch aus der Scheiße herausgegraben.« So genau wollte ich das dann gar nicht wissen.

Ich suche die besten Fotos aus Mandys *Instagram*-Account. Die, wo sie noch halbwegs bekleidet ist, und schreibe meine Pro-Mandy-Begründung dazu in Stichworten dazu:

Hohe Reichweite: Ihre hohe Reichweite in den sozialen Medien hilft uns, Ihr Produkt auch einem breiten Publikum zugänglich zu machen. Ihre Popularität ist sowohl Zeugnis ihres Charismas und auch ihrer Fähigkeit, Menschen zu motivieren!

Unkonventioneller Background: Ihr Hintergrund im Wrestling mag auf den ersten Blick unkonventionell erscheinen, jedoch bringt es uns genau das perfekte Maß an Energie und Durchsetzungsvermögen. Beckenbodenprobleme sind oft mit Unsicherheit und Verlegenheit behaftet. Ihre selbstbewusste Art kann diese Tabus brechen und Frauen auf erfrischende Weise empowern!

Erfahrung vor Kamera: Sie weiß durch das Wrestling, wie man eine Show leitet und ein Livepublikum führt. Sie kann das Event auflockern und die Informationsübermittlung somit effektiver gestalten.

Authentizität: Mandy bringt echte, greifbare Qualität mit, die alle Menschen anspricht. Somit können wir das Bewusstsein und die Akzeptanz für Beckenbodengesundheit über alle

Gesellschaftsschichten hinaus stärken. Sie repräsentiert Stärke und Selbstbewusstsein und die Botschaft, dass körperliches Wohlbefinden für jeden zugänglich ist. Genau das, was unsere Marke auch vermitteln möchte.

Es klingt, als wäre ich ihr Wahlkampfhelfer. Aber egal. Hauptsache, wir bekommen den Auftrag.

Kurz bevor ich den Computer herunterfahren will, sehe ich, dass noch ein Mail auf meiner privaten E-Mail-Adresse gekommen ist. Von den Leipziger Verkehrsbetrieben? Warum schicken die mir was?

Liebe Frau Kristek,
im Rahmen der Buchmesse möchten wir gern für unsere Bestandskunden eine besondere Veranstaltung anbieten: eine exklusive Lesung in einer Straßenbahn. Der Veranstaltungsrahmen wird ein geschlossenes Format sein wie eine Stadtrundfahrt, sodass sich Interessierte vorab anmelden müssen und dann gesammelt an einem Ort zusteigen. Unsere Kunden können im Rahmen eines Gewinnspieles Karten für diese spezielle Sonderfahrt gewinnen.

Durch die Kooperation mit dem HVB bin ich auf Ihr Buch Die nächste Depperte *aufmerksam geworden. Ihre Aufarbeitung in Romanform, wie Sie Autorin geworden sind, zahlt sehr auf unsere Mission und damit unseren Claim »Lass dich nicht aufhalten« ein und hat mich sehr neugierig gemacht. Daher möchte ich mit diesem E-Mail bei Ihnen anfragen, ob Sie Interesse und auch Zeit haben, während einer Stadtrundfahrt aus Ihrem Buch zu lesen?*

Ich freue mich sehr über eine hoffentlich positive Rückmeldung.
Viele Grüße aus Leipzig
Leipziger Verkehrsbetriebe

Liebe Susi, sind dir schon mal die Ideen ausgegangen? Was macht man dann? Drogen nehmen?

Natürlich kennt das jeder! Die Blockaden meine ich, nicht die Drogen! Davon würde ich ehrlich gesagt die Finger lassen. Langfristig gibt es da keine Role Models, die das erfolgreich vorgelebt hätten. Das Wichtigste ist, dich nicht unter Druck zu setzen. Kreativität ist wie eine Katze in einem Haus mit Katzenklappe. Die kommt und geht, wie es ihr passt. Also lass dich bloß nicht frustrieren. Schreib einfach weiter. Notfalls auch das schlechteste Buch der Welt. Du kannst es ja immer noch überarbeiten und besser machen!

DER MANN IST DOCH PRIVAT DA

Eigentlich will ich nur kurz, noch im Pyjama, einen Kaffee aus dem Frühstücksraum holen und das Manuskript von Martinas neuem Buch im Bett weiterlesen. Sie hat gerade einen akuten Anfall von Selbstzweifel und ist sich sicher, dass Kritiker und Leser das Buch in der Luft zerreißen werden. Ich weiß, dass es nicht so ist, und will ihr noch mal die Gründe dafür zusammenfassen.

Die anderen schlafen noch. Wir sind in einem Hotel in Hamburg, ein gemeinsames Familienwochenende.

Der Gatte träumt von historischen Erkundungen, zum Beispiel in einem Museum.

Das Kind träumt von kommerziellen Erkundungen, zum Beispiel auf Shoppingstraßen.

Martina ist nicht dabei, aber sie träumt davon, dass ich viel schreibe, zum Beispiel jeden Tag ein Kapitel.

Ich träume vom Lesen und Schlafen.

Wie ich auf meinen Kaffee warte, geht, wie so eine Erscheinung aus meinen Autorinnenträumen, mein größtes deutsches Schriftsteller Vorbild hinten beim Buffet vorbei. Ich liebe seine Bücher, vor allem wegen der Sprache, dem Stil und dem sensationellen Humor. Auch wegen der Ehrlichkeit, er scheut nicht davor zurück, offen über sehr schwierige persönliche Themen zu schreiben.

Zunächst tippe ich auf eine Halluzination, vielleicht wird das ganze Thema Bücher plus Schreiben langsam zu viel für mich. Wer weiß, was als Nächstes passiert. Später erscheint mir eine der berühmtesten deutschen Literaturkritikerinnen noch als hilfsbereite Mitarbeiterin im *Sephora Eye Brow Styling Corner*.

»Wissen Sie was«, sage ich zu der Check-in-Mitarbeiterin beim Frühstück, »ich trinke den Kaffee doch gleich hier.« Ich bin zwar noch im Pyjama, aber he, eine pinke Flanellhose und ein verwaschenes Barbie-T-Shirt – die Frauen in den *RTL2*-Sendungen am Nachmittag gehen oft in schlimmeren Outfits außer Haus.

»Ja klar, gerne«, sagt sie und stellt den Pappbecher wieder zurück ins Regal, um dann nach einer normalen Tasse zu greifen.

Ich fixiere über ihre Schulter hinweg, wie die Autorenerscheinung etwas vom Buffet nimmt und auf den Teller legt. Er ist es wirklich.

»Setzen Sie sich gerne hin, wir bringen Ihnen den Kaffee dann zum Tisch.«

Er geht jetzt vom Buffet wieder weg in Richtung Tische. Wo wird er sich hinsetzen? Fast alle Tische hier sind noch frei. Sowohl die normalen Esstische mit Sesseln, die in der Mitte des Raumes gruppiert sind, als auch die Loungemöbel, wo man etwas tiefergelegt essen kann, am Rande des Raumes.

»Danke, ich warte lieber gleich.« Ich lasse ihn nicht aus den Augen. Zuerst muss ich wissen, wo er sitzt.

Soll ich ihn überhaupt ansprechen? Es ist schon noch sehr zeitig in der Früh, und es ist auch kein öffentlicher Auftritt von ihm, wo man im Anschluss mit Fankontakten rechnen müsste. Ich denke an die Podcast-Folgen mit Stars, wo sie dann darüber reden, wie schwierig das ist, immer und überall wahrgenommen und fotografiert zu werden. An Martina, wie sie erzählt, dass sie in der Öffentlichkeit auch zunehmend erkannt wird. Dass sich die Menschen nach ihr umdrehen und dann die Köpfe zusammenstecken. An den Rapper Apache207, wie er in einer Doku erzählt hat, dass er mit blonder Perücke in den Zoo ging und trotzdem erkannt wurde. Und an den Fußballtrainer Jürgen Klopp, der im Podcast *Hotel Matze* von seinem britischen Anwesen erzählt hat, in der Zeit, als er bei Liverpool war. Viel zu groß für ihn und seine Frau, aber nachdem es schwierig ist, mit Gästen in öffentliche Lokale zu gehen, wegen der Fankontakte, sind eben alle Besucher in das große Landhaus zu ihm nach Hause gekommen.

»Bitte schön, Ihr Latte macchiato.«

Andererseits, so eine Chance kommt sicher kein zweites Mal im Leben. Ich muss an das Mail von den Leipziger Verkehrsbetrieben denken. Und an ihren Slogan: »Lass dich nicht aufhalten.« Und dass sie mich ja gerade deswegen ausgesucht haben.

Jetzt hat er sich hingesetzt. Loungemöbel links.

Ich klemme mir das Martina-Manuskript unter den Arm, nehme meinen Becher und steuere auf ihn zu.

Er sitzt auf diesem Couchdings da, den Kopf tief über seinen Teller gebeugt. Ein paar Zentimeter noch weiter runter und er könnte mit der Nasenspitze den Boden berühren.

Ich gehe direkt ...

... an ihm vorbei.

Vielleicht doch lieber nicht ansprechen. Ich könnte ihn auch einfach wirklich nur in Ruhe lassen. Bestimmt wäre er mir sehr dankbar dafür. Wobei, wenn er mich nicht mal kennt, wie soll er dann dankbar sein, dass ich ihn NICHT anspreche.

»Keine zweite Chance!!!!«, ruft dann auch noch mein innerer Trainer.

Inzwischen habe ich das Ende des Frühstücksraumes erreicht. Dort drehe ich wieder um wie so eine olympische Weitsprung-Teilnehmerin, die zum Anlauf ansetzt.

15 Minuten später. Die anderen schlafen noch immer. Ich habe mich still wieder ins Zimmer zurückgeschlichen, ins Bett gelegt und tippe wie irre Nachrichten an Martina ins Handy. Ich explodiere, wenn ich das nicht sofort mit jemandem teilen kann.

Susanne: Bist du schon wach?????? 🙈
Keine Reaktion. Ich klicke auf ihren Status. Zum letzten Mal online um 01:05 Uhr.
Susanne: Ich sterbe!! Ich habe gerade mein größtes Autorenvorbild getroffen. 😍😍😍😍😍
Susanne: Bitte sei munter!
Martina: Guten Morgen! Was ist passiert? Wen hast du getroffen?
Susanne: Mein größtes deutsches Schriftsteller Vorbild!
Ich mache im Internet Screenshots seiner berühmtesten Buchtitel und schicke sie ihr durch.
Martina: Kenne ich nicht.
Oh Gott. Sie kennt ihn nicht. Eine schwere Prüfung für unsere Freundschaft.
Susanne: Wie kann man IHN nicht kennen?
Martina: Ah, der! Kenne ich doch.
Jetzt hat sie sicher gegoogelt inzwischen.
Martina: Wo hast du ihn getroffen?
Susanne: Im Frühstücksraum von unserem Hotel! Ich bin zu ihm hin und hab gesagt, dass das jetzt voll peinlich ist, aber ich müsse es einfach tun. Weil ich so ein Fan seiner Bücher sei. Und dass die mich so inspiriert haben.
Martina: Hast du ihm gesagt, dass du auch schreibst?
Susanne: Ja!!! 🙈
Susanne: Ich wollte ja, dass er weiß, dass ich kein irrer Fan, sondern eine gleichwertige Branchenkollegin bin.
Susanne: Das hat auch sehr authentisch gewirkt, ich hatte

dein Manuskript unterm Arm. Mit den vielen Post-It-Markierungen!! 🌀

Susanne: Ich hatte gehofft, er fragt vielleicht, ob das mein aktuelles Projekt sei …

Susanne: und dass er sich freut, hier auf Kolleginnen zu treffen …

Martina: Und?

Susanne: Nichts. Er hat nur gelächelt. Höflich, aber stumm. 🙄 🙄 🙄

Susanne: Ich wollte aber unbedingt, dass er weiß, dass ich auch eine von den coolen Kids bin. Und nicht so eine Selfpublishing-Maus.

Susanne: Also habe ich ihm gesagt, dass sein letztes Buch zeitgleich mit meinem erschienen ist. Quasi die Augenhöhe klargestellt.

Susanne: Und ihm den Titel meines Buches aufgedrängt. 🌀

Martina: 🙄 Wie hast du das gemacht?

Susanne: Na ja, ich habe gesagt, falls ihm mein Buch vielleicht schon wo aufgefallen wäre, es ist eher lila, ich bin gezeichnet am Cover, und der Titel lautet »Die nächste Depperte«.

Martina: Und was hat er dazu gesagt?

Susanne: Da hat er kurz angebissen, und ich glaube, sogar kurz so was wie »cooler Titel« gesagt.

Susanne: Ich weiß es aber nicht mehr genau, ich war so nervös. Ich habe zu schwitzen begonnen, außerdem war ich noch im Pyjama und hatte Angst, dass ich stinke, weil ich noch nicht duschen war.

Martina: Du warst im Pyjama?????? 😲 😲 😲

Susanne: Ja … und dann hab ich einfach weitergeredet, von der Lesebühne zum Mitsingen erzählt. Dass ich die erfunden habe und so weiter.

Martina: Hat er was gesagt dazu?

Susanne: Nix. Mir ist leider zu spät eingefallen, dass es in Berlin eine Trilliarde Lesebühnen gibt.

Susanne: Also habe ich ihm alle meine bisherigen Promigäste aufgezählt, um zu zeigen, dass das nicht IRGENDEINE Lesebühne ist. Michael Schottenberg, Joesi Prokopetz, Reinhard Nowak, Manuel Rubey ...

Susanne: Er hat dabei weiterhin nur freundlich genickt und keine Rückfragen gestellt.

Susanne: Bis mir eingefallen ist, dass meine Promis in Deutschland vielleicht gar nicht so bekannt sind.

Susanne: Also habe ich umständlich erklärt, wer wer ist: ehemaliger Theaterdirektor. Dann ein berühmter Schauspieler, der Manuel, Falco-Darsteller.

Susanne: Ich bin mir nicht sicher, ob er alles richtig verstanden hat oder denkt, ich hätte den echten Falco bei einer Lesebühne gehabt.

Susanne: Was mich natürlich dramatisch viel älter gemacht hätte! Falco ist 1998 verstorben!!!

Susanne: Dann wurde alles noch schlimmer.

Martina: Hast du noch immer nicht aufgehört zu reden?

Susanne: Nein 🙀 Was er jetzt gerade macht, habe ich gefragt. Dabei hat er seinen Teller kurz angeschaut. Viel war da eh nicht drauf, sag ich dir, Hummus oder so.

Susanne: Also bin ich konkreter geworden, ob er wieder an etwas schreibe und ob er schon eine Deadline habe.

Susanne: Dann bin ich mir plötzlich vorgekommen wie der eine Herr bei unserer letzten Lesung, der mir seine Aquarelle gezeigt hat.

Martina: Wer??

Susanne: Ein Besucher, während ich ihm mein Buch signiert habe, hat er sich bedankt, dass ich vorher davon geredet habe, dass man seine Träume nie aufgeben soll. Und dann hat er sein Handy gezückt und mir seine Träume gezeigt. Unge-

fähr 50 Aquarellbilder. Und ob ich Kontakte zu einem Buchverlag für ihn hätte. Wegen Illustrationen und so ...

Martina: Dein größtes deutsches Autorenvorbild wird sich vielleicht grad genauso gefühlt haben wie du dich damals.

Susanne: Ich habe ihm dann auch noch den Inhalt meines Buches aufgedrängt!!!!! 😳 😳 😳

Martina: Ich sterbe! Hast du nicht?!?!

Susanne: Doch, ich habe gesagt, es geht um den harten Aufstieg bis zur gewünschten Bestsellerkarriere.

Susanne: Er war übrigens noch immer stumm dabei. Wird sich gedacht haben, was für ein Bestseller soll das sein??? Never heard!

Susanne: Aber wenigstens hat er dabei immer höflich zu mir heraufgelächelt von seinem Loungemöbel aus.

Susanne: Dabei hat mir langsam schon das Kreuz wehgetan, weil ich mich so hab runterbeugen müssen zu ihm, wie zu so einem Kind ...

Susanne: Ich glaube, seine größte Angst war, dass ich mich hinsetzen will. Er war ja allein am Tisch.

Susanne: Kurz hab ich eh überlegt, ob ich mich setzen soll oder ob ich in die Hocke gehen soll vor ihm???

Susanne: Aber das wäre vielleicht auch eine problematische Position gewesen ... 😊 😊 😊 😊

Martina: Hahahahaha

Susanne: Also bin ich in der gebeugten Position nach unten geblieben, obwohl das auch maximal unvorteilhaft ist. Also für mein Gesicht, meine ich.

Susanne: Erst letzte Woche ist mir bewusst geworden, was für ein Segen eine kleine Körpergröße ist. Wenn du immer zu allen nach oben schauen musst beim Reden, das ist schon wie ein halbes Lifting!

Martina: Du bist so blöd!! 😊

Susanne: Am Ende habe ich ihm auch noch den Inhalt meines nächsten Buches aufgedrängt. Dass ich jetzt vom Abstieg schreibe. Also zuerst der Aufstieg zur Bestsellerautorin. Und jetzt der Abstieg.

Martina: Hast du ihm angeboten, ein signiertes Exemplar zu schicken?

Susanne: Hätte ich gerne! Kurz habe ich auch überlegt, ihm meine Website zu zeigen.

Susanne: Aber ich habe dann einfach nur mehr gefragt, wohin ich die Lesungsanfrage für die Lesebühne schicken darf.

Susanne: Ich habe gehofft, ich bekomme so was wie seine private E-Mail-Adresse.

Susanne: Aber er hat Website gesagt. Website! Na ja, egal.

Susanne: Ich wusste dann, es ist Zeit zu gehen. Er hat mich auch nicht eingeladen, einen Kaffee mit ihm zu trinken.

Susanne: Genau genommen war das alles ein sehr langer Monolog von mir. Ich glaube, er hatte überhaupt nur zwei Wörter gesagt. »Cool«, wegen meinem Titel. Und »Website«, wegen dem Kontakt.

Martina: Und hast du ein Selfie mit ihm gemacht?

Susanne: Bist du verrückt? Ich bin doch nicht so aufdringlich! Der Mann war ja schließlich privat da!

Liebe Susi, ich träume von einer schicken Fernsehwerbung für mein Buch. Ist das etwas, was mein Verlag arrangieren wird? Vielleicht sonntags vor dem Tatort, da schauen doch immer viele Menschen zu!

Lieber Tatort-Fan, Fernsehwerbung für Bücher ist eher unüblich. Weil das nämlich richtig viel Geld kostet. Aber wenn dein Buch das Potenzial zum Bestseller hat – und ich glaube an dich! –, dann überleg dir, was du sonst an Werbemaßnahmen machen könntest, zum Beispiel auf Social Media! Mach dich bereit für eine kunterbunte Werbewunderwelt!

EINE NICHT MEHR GANZ SO JUNGE NACHWUCHSHOFFNUNG

Ich glaube, diese ganzen Skikurse und Sportwochen in den Schulen sind so was wie die umgekehrte Eingewöhnungsphase vom Kindergarten. Sozusagen eine Ausgewöhnungsphase. In der Eingewöhnungsphase im Kindergarten können sich die Kinder stufenweise an die Abwesenheit der Eltern gewöhnen. Du hockst als Elternteil in der Garderobe, und nach ein paar Minuten oder ein paar Stunden (je nach Kind) geht die Tür auf, und dein Kind läuft dir wieder glücklich in die Arme.

In der Ausgewöhnungsphase mittels Schulsportwoche kann man sich als Elternteil schon mal stufenweise an die Abwesenheit der Kinder gewöhnen. Und beim Abholen hockst du bestenfalls mit dem Auto um die Ecke, damit dich keiner sieht.

Meine Ausgewöhnungsphase endet heute! Ich habe extra Kaiserschmarrn von so einem super gehypten Geschäft gekauft, um den Eintritt ins Elternuniversum zu erleichtern. Ich habe eine Fotocollage, die sie auf ihren Social-Media-Storys von der Sportwoche geteilt hat, im Büro auf A3 ausgedruckt und zwischen zwei anderen A3 Papieren, als Schutz, eingerollt. Ich habe mein am wenigsten peinliches Outfit angezogen (nix mit Farben) und mir die Haare mit dem Lockenstab in leichte Wellen gelegt. So ähnlich wie Claire, die coole Mum aus *Modern Family*. Wir mögen *Modern Family*. Und dazu sehr dezentes Make-up aufgelegt.

Am Heimweg vom Büro hat es so zu schütten begonnen, dass die Menschen unter dem Dach der U-Bahn-Station einfach stehen geblieben sind. Ich verstehe das Konzept nicht, weil, woher wissen die, wann es wieder aufhört zu regnen?

Also bin ich los. Ohne Schirm. Denn ich hatte eine Mission. Heimgehen. Auto holen. Kind holen! Nach 100 Metern waren die Haare im Arsch. Nach 300 Metern ist mir von einem Hausdach eine Riesenwasserfontäne direkt ins linke Aug. Nach 500 Metern ist mein Papiersackerl vom super gehypten Kaiserschmarrngeschäft gerissen, und der Schmarrn war am Boden. Und nach 600 Metern ist das zweite Sackerl gerissen, und die ausgedruckte Fotocollage ist am Boden gelandet und hat sich zu wellen begonnen. Nach 800 Metern war ich daheim vor der Haustür, und es hat zu regnen aufgehört. Danke für nix.

Jetzt sitze ich im Auto am Parkplatz in Ottakring, wo sie gleich ankommen. Weit und breit ist noch kein Bus in Sicht, also kippe ich den Fahrersitz in eine gemütlichere Position und greife nach der *Wiener*, einem der coolsten Magazine, die der sterbende Zeitschriftenmarkt noch hergibt.

Und das ist eine ganz besondere Ausgabe! Sie haben mein Buch nachbesprochen! Literaturtipps laut Inhaltsverzeichnis auf Seite 151. Also blättere ich hektisch zur Seite 151 und versuche, die Zeitschrift so weit weg von mir zu halten, dass meine nassen Haare nichts antropfen.

Und tatsächlich, da bin ich! Eine ganze Seite über mich! Auf der unteren Hälfte ist mein Buch und ein kurzer Text dazu, und auf der oberen Hälfte ist das Foto einer Frau, die aussieht, wie ich gerne aussehen würde. Laut Beschreibung bin ich es auch.

Laut Autorückspiegel hat die Person nichts mit mir zu tun. Die Wasserfontäne im linken Auge hat inzwischen meine komplette Wimperntusche verrinnen lassen. Ich sehe aus wie ein halbseitiger Alice Cooper und versuche, mir mit Spucke das Schlimmste wegzuwischen.

Martina hat darauf bestanden, dass ich professionelle Fotos machen lasse und nicht irgendein Urlaubsselfie als Autorinnenfoto verwende. »Wenn die Medien keine qualitativ hochwertigen Fotos haben, kannst du es mit der PR vergessen«, hat sie gesagt.

Und recht hat sie gehabt.

Bei meinem Foto haben sie auch meine Lieblingsblurb abgedruckt. »Blurbs«, das sind die Zitate, die in der Regel auf der Rückseite von den Büchern abgedruckt sind. Wo jemand etwas Positives über dein Buch sagt. Manchmal sind es auch Medien, die zitiert werden, oder berühmte Menschen.

Der Kulturmanager Günter Schütter sagt über mich: »Eine nicht mehr ganz so junge Nachwuchshoffnung. Aber für mich die lustigste Frau der Welt!«

Ich mache ein paar Fotos von »meiner« Seite und dem Cover, um es auf Social Media zu posten. Vorher bearbeite ich noch das Foto mit einem Filter, um die Farben besser zur Geltung kommen zu lassen. Ich filtere also ein Foto, das beim Fotografieren selbst schon perfekt ausgeleuchtet wurde, ich wurde von einem Profi geschminkt, danach wurde das Foto selbst bis zur Perfektion bearbeitet, und im Magazindruck muss man auch noch mal über die Farben gehen in der Bearbeitung.

Vielleicht sieht Heidi Klum in Wahrheit im Rückspiegel eh auch so aus wie ich gerade, wenn sie ihre Kinder abholt.

Ich schlage das Magazin um und lege es geöffnet auf den Nebensitz. Gut sichtbar für alle, die demnächst einsteigen. Der verzweifelte Versuch einer Mutter, noch irgendwie Coolness-Punkte zu sammeln. Wo sind die eigentlich? Weit und breit ist kein Reisebus zu sehen.

Als ich das Foto hochladen will, sehe ich in den Benachrichtigungen, dass ein neues Mail von Conni eingegangen ist. Neugierig öffne ich mein Postfach.

Liebe Joy,
 ich habe gerade im Internet gelesen, dass unsere neueste Reihe Dirty Men *auch in den USA extrem hohe Verkaufszahlen generieren konnte! Das freut mich und hat mich aber auch zum Nachdenken gebracht. Du hattest doch bei unserem ersten Gespräch angeboten, mich auch an einem eventuellen finanziellen Erfolg zu beteiligen. Ich bin mit Band 3 (*Dirty Biker*) schon fast fertig, wollte aber jetzt schon fragen, ob wir über mein Honorar von € 1.500,-- vielleicht noch mal sprechen können? Mir wäre wirklich sehr geholfen! Ich bin gerade nicht in Wien, aber ich habe gesehen, du bist auch in Leipzig auf der Buchmesse mit einer Lesung (gratuliere!), und bevor ich mit Band 4 beginne, würde ich das gerne mit dir persönlich besprechen. Können wir uns vielleicht in Leipzig treffen? Ich kann auch gerne zu dir ins Hotelzimmer kommen, damit es diskreter ist.*
 Ganz liebe Grüße
 Conni

WAS IST DAS????? Ich lese das Mail noch mal und noch mal und noch mal und komme auf keinen grünen Zweig. Die Absender-E-Mail-Adresse ist eindeutig die von Conni. Ich verwende die immer, wenn ich Jobs für sie habe. Andererseits werden die Betrüger-E-Mails immer gefinkelter. Vielleicht wurde ihr Mailaccount gehackt, und das ist eine Falle? Jemand schickt Mails mit völlig irren Inhalten an ihre Freunde, und wenn man dann auf Antworten geht, passiert irgendwas. Ich werde da nicht noch mal auf so was reinfallen! Ich bin letztes Jahr schon zweimal Opfer von so Angriffsversuchen geworden. Einmal war es eine SMS, wo mein Paket nicht zugestellt werden konnte. Danach musste ich meine Kreditkarten sperren lassen. Das zweite Mal war meine Website nachher weg. Okay, da war ich auch vielleicht eher selber schuld, ich dachte, das ist schon wieder ein Angriff von einer unbekannten E-Mail-Adresse, dabei war es mein Hosting oder Provider oder Namensanbieter oder was weiß ich, wie das heißt.

Gegen einen Hackerangriff spricht aber wiederum die Sache mit Leipzig. Woher sollen das Hacker wissen? Aber was soll das mit diesen *Dirty Bikers Men*? Und *Dirty Writers Men*???

Vielleicht ist es doch ein fehlgeleitetes Mail von Conni? Ich rufe sie sofort an, aber sie hebt nicht ab. Ich probiere es noch mal, um die Dringlichkeit zu unterstreichen. Wieder nichts. Ich schicke eine *WhatsApp*. Nicht zugestellt.

Gerade will ich ihr noch auf *Facebook*-Messenger eine Nachricht schicken, als mein Telefon läutet. Eine Festnetznummer aus Deutschland, das muss sie sein. Ich warte gar nicht, bis sie zu Wort kommt, sondern lege gleich los: »Gut, dass du gleich zurückrufst! Wer bitte ist Joy? Und wer sind die *Dirty Men* und die *Dirty Bikers*, und wen willst du da in Leipzig heimlich treffen?«

»Frau Kristek?« Verdammt, das ist nicht Connis Stimme!

»Ah, Entschuldigung, wer spricht bitte?«, stammle ich zögerlich ins Telefon. Rufen die Hacker an?

»Doktor Monika Knaus spricht hier. Vom *MeMe*-Trainer!«

Mir wird glühend heiß im Auto. Es ist die Kundin! »Natürlich, bitte entschuldigen Sie, grüß Gott!«

»Mir scheint, es ist gerade unpassend bei Ihnen?«

»Nein, nein, alles bestens«, stammle ich, »ich hatte nur gerade ... äh ... Textprobe mit meiner Theatergruppe!« Eine blödere Ausrede kann man auch nicht bringen.

»Nun gut. Dann kommen wir jetzt zum Geschäftlichen. Wir haben Ihre Präsentation erhalten, und ich habe ein paar Fragen dazu, die ich mit Ihnen abklären möchte, bevor ich das Konzept freigebe.«

Das klingt ja schon, als wären wir nah dran, den Auftrag zu bekommen!!

»Ich muss dann auch gleich zum Vorstand damit, daher können wir das schnell telefonisch erledigen.«

Genau in dem Moment reißt sie die Autotür auf. »Mama, da bist du ja«, sagt sie fröhlich und lacht mich an.

Und was mache ich zur Begrüßung nach einer Woche? Ich lege den Zeigefinger auf die Lippen und deute auf die Freisprecheinrichtung im Auto. Sie wirft ihre Reisetasche zwischen den beiden Vordersitzen nach hinten. Die Zeitschrift mit meinem aufgeschlagenen Foto fliegt achtlos hinterher.

»Gerne, Frau Doktor Knaus, ich bin jederzeit bereit für Ihre Fragen.«

Ich forme mit beiden Daumen und Zeigefingern ein stummes Herz in Richtung des Kindes und deute danach mit der flachen Hand auf meinem Mund einen Kuss an.

Sie nickt und beißt sich dabei auf die Unterlippe. Dann lässt sie sich tief in den Beifahrersitz fallen und beginnt, auf ihrem Handy zu wischen.

Liebe Susi, klingelt da meine Kassa auch, wenn ich auf Buchlesungen auftrete, oder ist das eine reine Werbe- und Verkaufsveranstaltung? Michael, Autor aus Leidenschaft.

Lieber Autor aus Leidenschaft, die Frage ist gar nicht so leicht zu beantworten. Es hängt davon ab, wer die Lesung veranstaltet und wie bekannt du schon bist. Kleinere Buchhandlungen oder auch Bibliotheken haben vielleicht nicht so ein großes Budget, dafür können sie dir aber eine Bühne bieten, um dich und dein Buch zu präsentieren. Und sie sind meistens auch mit der gleichen Leidenschaft bei der Sache wie du 😊

HEIMFAHRT AUS DER HÖLLE

Ein Raum kann dir die Party killen!
   Mach mal eine Party in einem gemütlichen Kellerlokal, mit schummrigem Licht, Stehtischen, DJ und gutem Sound. Alle sind ungezwungen in Bewegung, es wird geredet, getanzt und gelacht. Und dann mach das Gleiche in einem hell beleuchteten Raum, wo alle aufgefädelt an langen Tischen sitzen und es vielleicht so leise ist, dass sich auch keiner zu reden traut.

Martina und ich sind heute bei einer Lesung in einer Kunstgalerie, die erst kürzlich eröffnet wurde. Große, hell ausgeleuchtete Räume, es riecht noch nach frischem Verputz. An den Wänden hängen zwar schon Dinge, aber ich weiß nicht, ob das schon die Kunstwerke sind oder die Maler irgendwas vergessen haben. Aber ich bin wirklich die Letzte, die über bildnerische Kunst urteilen sollte. Ich kenne den *Kuss* vom Klimt, die *Sonnenblumen* vom Van Gogh und den *Hasen* vom Dürer. Den *Hasen* auch nur, weil er auf dem Malblock in der Schule drauf war.
   In einem dieser Räume mit hellem Licht und hohen Wänden sind in der Mitte die Sitzreihen aufgebaut für das Publikum. Schlichte Klappstühle mit unnatürlich großen Abständen zueinander. Wie damals nach den Lockdowns.
   Davor stehen zwei Glastische, ebenfalls mit großem Abstand dazwischen, mit jeweils einem Tischmikro, einer Karaffe mit Wasser und einem Glas. Alles ist so steril. Ist da wo ein Krankenhaus angeschlossen?
   Die Gäste kommen pünktlich und sind sehr elegant geklei-

det, mit einem erkennbaren Hauch Extravaganz. Ausgefallene Ohrringe wie vom Designmarkt, Seidenschals und asymmetrische Frisuren. Optisch ergibt das ein stimmiges Bild, das Publikum und die Galerie. So wie Lederhosenträger optisch ein stimmiges Bild mit einem großen Bierzelt ergeben. Das Einzige, was vielleicht hier nicht so ganz zu dem stimmigen Kulturbild passt, sind diese zwei lustigen Frauen, die gleich aus Unterhaltungsliteratur vorlesen. Martina und ich. Martina trägt ein ultrakurzes Glitzerminikleid, das zwar ihre 1-a-Beine erstklassig unterstreicht, gleichzeitig aber auch den ankommenden Männern hier schon ein paar Ellbogenhiebe eingebracht hat, wenn der Blick zu lange verweilt hat. Ich schaue auch nicht wirklich besonders kunstaffin aus mit meinem *Sex-Pistols-Band*-Shirt.

Die Veranstalterin ist eine Gräfin oder so was, die sehr um uns bemüht ist.

»Möchten die Damen vielleicht noch ein Gläschen Winzersekt, bevor es losgeht?«

Wir lehnen dankend und mit Verweis auf die Heimfahrt mit dem Auto ab.

Eine halbe Stunde später bereue ich das sehr! Ich hätte zur ganzen Flasche greifen sollen! Nachdem ich ohnehin mit dem Firmentransporter unterwegs bin, hätte ich danach auch einfach neben leeren Kartons im Laderaum schlafen können.

Wir starten die Lesung mit der Vorstellungsrunde. Normalerweise stehen wir dabei auf und gehen auf das Publikum zu, dann ist man sich auch schon mal körperlich näher. Das geht hier aber nicht, weil es nur Tischmikros gibt. Außerdem hat der Techniker vorher beim Soundcheck gesagt, dass wir uns fast nicht bewegen dürfen, weil die Anlage jetzt *genau* auf diese und *nur* auf diese Position eingestellt ist. Vielleicht stimmt das auch nicht und er wurde von ein paar Frauen bezahlt, damit die Martina nicht rumgeht.

Also bleiben wir artig an den Glastischen sitzen und halten die Füße parallel. Das heißt, meine baumeln wie so oft ein paar Millimeter über dem Boden, weil ich so klein bin.

Martina beginnt mit der ersten Lesestelle. Das Pensionistentreffen. Ich habe die Stelle schon so oft gehört, ich kann auswendig mitsprechen. Aber ich muss noch immer lachen dabei, über die resolute Oma Hilda und ihre Sprüche.

Es ist auch gut, dass ich dabei immer noch lachen muss. Der Rest vom Publikum tut es nämlich nicht. Bei jeder Stelle, wo normalerweise die Besucher halb am Boden liegen vor Lachen, ist hier nichts als Stille. Stille und Schweigen. Nur ein Herr in der ersten Reihe räuspert sich bemüht leise. Das könnte aber auch an den hohen Stiefeln von der Martina unterm Glastisch liegen, er sitzt nämlich unmittelbar davor. Die Akustik ist aber so arg in dem Raum, dass man das Räuspern bis ganz nach hinten hört. Als ob ein Verstärker eingebaut ist.

Martina wird immer schneller, weil sie merkt, dass das hier nicht wie sonst üblich funktioniert. Sie beginnt Wörter zu verschlucken oder Sätze ganz wegzulassen. Ihre Stimme hallt dabei ungewöhnlich laut über das Mikrofon im Saal. Manchmal überschlägt sich der Ton auch. Vielleicht liegt es auch an der Kunstinstallation, die genau über uns von der Decke hängt. Irgendetwas mit viel Metall oder Alu, wie so ein Auto aus der Schrottpresse.

Den Techniker können wir nicht um Hilfe bei dem Tonproblem bitten. Die Anweisung, sich nicht zu bewegen, dürfte nämlich nur für uns gegolten haben. Er ist heimgegangen!

Ihre Lesestelle ist zu Ende, das Publikum klatscht höflich. Aber niemand hat gelacht.

Jetzt bin ich dran. Mit zittrigen Händen blättere ich zu meiner ersten Textstelle.

»In meinem Buch geht es um die verzweifelten Versuche einer Frau, die unbedingt Autorin werden will«, erkläre ich einleitend. Man muss die Menschen ins Boot holen, um das Eis zu brechen. Eine gemeinsame Leidenschaft finden.

»Schreibt jemand von Ihnen vielleicht auch?«

Stille. Keine Reaktionen. Alle schauen mich erwartungsvoll an.

»Oder kennen Sie Leute, die Bücher schreiben wollen?«

Wieder keine Reaktion.

Außer von meiner eigenen Stimme, die sich wie so ein Echo unangenehm über den Lautsprecher verdoppelt.

»Können Sie mich gut hören?«, frage ich.

Vereinzelt Kopfnicken. Okay, sie leben noch.

Ich beginne zu lesen und bemühe mich, mein Echo auszublenden, aber es gelingt nur sehr schwer, die Pointen wie sonst zu setzen und Pausen an den richtigen Stellen zu machen.

Ich will nur mehr durch und zum Ende.

Martina lacht laut an den Stellen, wo sonst bei mir größte Heiterkeit im Publikum herrscht.

Nur sonst lacht niemand.

Hat man die armen Menschen vielleicht gezwungen herzukommen? Oder irgendwas verabreicht?

Auch ich beginne jetzt immer schneller und hastiger zu lesen. Mein ganzer Körper sendet Fluchtsignale. Ich muss sogar schon wieder aufs Klo, obwohl ich vor nicht mal 20 Minuten erst war. Ich vermisse den Joe, mit seiner aufdringlichen Art hätte er sich im Publikum bestimmt mit den Sitznachbarn angefreundet und diese zum Lachen animiert.

Während Martina noch ihr Abschlusskapitel liest, stelle ich mir die Sinnfrage. Warum mache ich das überhaupt? Ich könnte jetzt daheim sein. Bei meiner Familie. Vanilleeis mit Eierlikör essen und Serien schauen. Ich könnte mir die Nägel lackieren und die Vögel beobachten. Ich könnte ein Buch lesen oder weiter recherchieren, wie man eine Senkgrube sonst noch ausfindig machen könnte. Gestern hat mir die *Google*-Suche einen Link ausgespuckt, wo man irgendwelche Rauchbomben in die Toilette wirft, und dann muss man am Gelände rund ums Haus suchen, wo der Rauch aufsteigt. Die Idee finde ich nicht blöd, nur leider war der Anbieter aus Frankreich. Ich wollte weitersuchen, ob es das auch bei uns gibt.

Aber stattdessen sitze ich hier. Vor einem Publikum, das irgendwie nicht so begeistert auf uns anspringt. Und danach muss ich noch zwei Stunden mit dem Firmentransporter ins Burgenland fahren, wo ich übernachte. Denn zum Heimfahren nach Wien wäre es zu weit gewesen.

Warum tue ich mir das alles an???

Martina ist jetzt auch fertig mit ihrer Passage. Beim letzten Absatz gab es noch einen kleinen Lacherfolg im Publikum. Vielleicht war es aber auch nur die Erleichterung, dass es zu Ende ist. Ich verstehe es trotzdem nicht, denn die sind ja extra hergekommen wegen uns.

Das Publikum klatscht, während die Gräfin mit zwei großen Blumensträußen auf uns zukommt. »Im Namen des gesamten Kulturvereins möchte ich mich sehr herzlich heute bei den beiden Damen bedanken, dass sie uns so humorvoll durch das Vorprogramm geführt haben!«

Wir bedanken uns artig zurück. Die Gräfin schüttelt Martinas Hand dabei.

Moment, was heißt »Vorprogramm«???

Die Gräfin hält immer noch Martinas Hand und schaut dabei suchend ins Publikum.

»Ja, wo sind denn die Herrschaften von der Presse?«, ruft sie einer Dame zu, die bei der Eingangstür zum Saal steht. »Wollen die nicht Fotos machen?«

Die Angesprochene schüttelt den Kopf. »Die Künstler sind schon da, sie machen bereits ein Interview!«

Künstler? Welche Künstler?

»Oh, na gut«, sagt die Gräfin enttäuscht, lässt schlagartig Martinas Hand los und wendet sich wieder dem Publikum zu.

»Dann dürfen wir Sie inzwischen zu einer kurzen Winzersekt-Erfrischung einladen, bis wir zum künstlerischen Höhepunkt des Abends kommen.«

Offenbar waren wir das noch nicht.

»Bitte was war das für eine Veranstaltung?«, Martinas Stimme klingt aus meinem Handy. Ich habe es auf Lautsprecher gestellt, weil der Bus keine Freisprecheinrichtung hat. *Google Maps* zeigt mir zeitgleich den Weg ins Burgenland an.

»Ich weiß es nicht, aber es war die schlimmste Lesung ever«, sage ich.

»Keiner hat gelacht, und die Akustik war furchtbar!«

Ich konzentriere mich auf das Dunkel der Landstraße. Straßenlampen gibt es nicht.

»Bist du schon auf der Autobahn?«, fragt Martina.

»Nein, das Navi schickt mich über die Landstraßen wieder zurück.«

»Okay, ich muss jetzt den Erich anrufen und fragen, ob andere Autoren hier schon mal gelesen haben!«, sagt Martina.

»Um die Zeit???? Es ist 21:15 Uhr!«

»Ja, der ist eh sicher noch wach. Ich melde mich!« Aufgelegt.

Uhrzeiten, wann man jemanden geschäftlich anruft, sind für Martina in etwa so wie rote Ampeln für Italiener. Ein gut gemeinter Ratschlag, aber wenn die Dringlichkeit etwas anderes erfordert …

Mein Navi zeigt noch eine Stunde bis zum Ziel an. Die Straßen werden immer einsamer und dunkler. Ich bereue es, dass ich vorher nicht wenigstens beim *Mäci* am Kreisverkehr stehen geblieben bin. Wenn ich eines durch die Lesungen in den letzten Wochen gelernt habe, dann, dass es in Kleinstädten fast immer einen Kreisverkehr mit *McDonald's* gibt.

Wobei das mit der Ernährung »auf Tour« gar nicht so einfach ist. Vor den Lesungen ist es entweder zu früh zum Abendessen oder ich habe Angst, dass ich vom Essen müde werde. Nach den Lesungen gibt es zwar oft Brötchen, aber meistens signieren wir da unsere Bücher oder tratschen mit dem Publikum. Da will man sich auch nicht gleichzeitig ein Schinken-Ei-Brötchen reinstopfen. Heute allerdings wäre das theoretisch zwar gut möglich gewesen, denn niemand wollte ein Buch signiert haben oder mit uns reden, aber es gab kein Essen.

Bis man nach Lesungen daheim ist, ist es meistens viel zu spät. Ein optimaler Zeitpunkt, um zu essen, wäre eigentlich, während die Martina liest. Ich muss das mal mit ihr andiskutieren, was sie von der Idee hält. Vor allem beim Kapitel mit dem Pensionistenkränzchen und den burgenländischen Hochzeitsmehlspeisen. Mokkaschifferl, Weißer Traum ... ich sitze dann mit knurrendem Magen daneben und muss aufpassen, dass mir kein Speichel aus dem Mund läuft.

Im Endeffekt landen wir aber oft in irgendeinem Gasthaus bei unserem Lieblingsmenü: Schinken-Käse-Toast mit Ketchup und Mayonnaise. Nur heute sind wir getrennt angereist.

Die Landstraße ist an Monotonie nicht zu überbieten. Seit Ewigkeiten ist mir kein anderes Fahrzeug mehr begegnet. Es ist stockdunkel, und ich hoffe, dass ich wenigstens noch auf österreichischem Staatsgebiet bin. Die Grenze müsste hier schon sehr nah sein. Ich öffne das Fenster einen Spalt, damit mich die frische Luft wieder wacher macht, und schalte das Autoradio auf laut.

Ich singe laut mit STS mit, während ich aufmerksam den Straßenrand beobachte. Grad vorher habe ich ein Reh gesehen.

Da, schon wieder ein Augenpaar! Ich klemme mich immer weiter vorne ans Lenkrad und schaue mich nach weiteren Tieren um.

»Noch was zu tun befiehlt die Eitelkeit ...«

Obwohl ich das Lied schon tausendmal gehört und mitgesungen habe, begreife ich zum ersten Mal auf dieser einsamen Landstraße die Bedeutung der Textzeile. Mach ich das auch alles nur wegen der Eitelkeit? Meine Gedanken kreisen so meditativ um diese Textzeile, dass ich fast den Hasen übersehen hätte. Direkt vor mir auf der Straße! In letzter Sekunde steige ich voll in die Bremse. Mein Kopf schlägt leicht gegen die Windschutzscheibe, weil ich schon so nah dran war. Hinten im Laderaum donnern die Kartons nach vorne. Der Bus steht jetzt. Und was macht der Hase? Nichts. Er bleibt einfach sitzen und starrt mich blöd an! Gruselig.

Vielleicht ist das der Dürer-Hase von meinem Malblock!

Lebendig geworden und auf Rachefeldzug, weil der ganze bildnerische Kunstunterricht bei mir komplett für den Arsch war.

Vielleicht bin ich aber auch nur schon überspannt und habe surreale Wahnvorstellungen.

Erst als ich ihn anhupe, hüpft er weiter. Duell gewonnen.

Bitte kein Wildunfall auf den letzten Metern! Ich bin doch gleich im burgenländischen Häuschen! Es sind nur mehr zwei Dörfer, und da fällt mir eine Abkürzung ein, um das Ganze zu beschleunigen. Die kennt das Navi nicht, aber wir sind mit den Fahrrädern schon mal dort gefahren. Ich werfe den Blinker nach links, was sinnlos ist, weil noch immer kein anderer Verkehrsteilnehmer in Sicht ist, und biege auf eine kleinere Landstraße ab. Nachdem auch keine Wohnhäuser mehr zu sehen sind, aktiviere ich das Fernlicht, um mich besser zu orientieren. Es ist doch schon länger her mit dem Fahrrad. Aber ich bin auf dem richtigen Weg. Denke ich.

Als aus der kleinen Landstraße nur mehr ein geschotterter Feldweg wird, bin ich mir allerdings nicht mehr so sicher. Und als aus dem geschotterten Feldweg nur mehr ein Grünstreifen wird, weiß ich, dass ich definitiv falsch bin.

Mit dem Bus ist es auch gar nicht so leicht, den Überblick zu behalten. Es ist ein einfacher weißer Kastenwagen. So einer, wie man ihn manchmal im Fernsehen sieht. In eher ungünstigen Zusammenhängen allerdings. Entführungen oder Bandenkriege, so Zeug.

Und dann ist alles aus.

Sogar der Grünstreifen. Er endet unmittelbar vor einem Hochstand, dahinter ist nur mehr ein Feld. Es ist stockdunkel. Ich bin müde, muss aufs Klo und langsam kriege ich auch noch Angst.

Warum mache ich das alles?

Während ich in Miniaturschritten versuche, den Bus ohne Heckscheibe und hintere Seitenfenster zu wenden, sehe ich in weiterer Entfernung ein Licht. Kommt das näher?

Es wird immer größer und heller und bewegt sich ständig auf und ab.

Und da schießt mir ein Bild aus den Fernsehnachrichten ein: Suchscheinwerfer vom Bundesheer!

Liebe Susi, meine 11-jährige Nichte ist schon eine richtige TikTok-Queen. Kann sie nicht das Marketing für mein Buch übernehmen? Mir reicht ja schon Facebook …

Lieber TikTok-Neuling! Super, dass du jemanden in deiner Familie hast, der sich mit TikTok auskennt! Das kann eine tolle Plattform für dich um dein Buch sein. Wenn deine Nichte Zeit und Bock drauf hat, let's rock TikTok! Stell nur sicher, dass ihr beide eine klare Vorstellung habt, wie das Buch präsentiert werden soll.

LEG DICH NICHT MIT EINEM KRISTEK AN

Heute Familienskiausflug auf den Semmering. Endlich einmal nur wir drei.

Keine Arbeit. Kein Schreiben. Keine Lesungen. Und vor allem: kein schlechtes Gewissen, dass ich alle vernachlässige, eine schlechte Mutter bin, nur Schinken-Käse-Toast serviere und meinen Mann in die Computerspielsucht treibe. Heute erleben sie endlich wieder mal die beste und entspannteste Version von mir. Kurz überlege ich sogar, mein Handy daheim zu lassen, aber das wäre ja lächerlich. Man muss sich ja auch mal diesbezüglich zusammenreißen können.

Praktischerweise habe ich wieder den Firmenbus und somit viel Platz für das ganze Zeug. Und seit letzter Woche weiß ich ja auch, wie man damit auf kleinster Fläche und unter widrigsten Bedingungen wenden kann. Eine Stunde habe ich vor diesem blöden Hochstand gebraucht, um so lange zurückzuschieben, bis der Weg breiter wurde und ich wieder umdrehen konnte. Aber ich habe es geschafft! Hell, yeah!

Das Licht in der Entfernung ist auch irgendwann wieder kleiner geworden. Was auch immer das war. Vielleicht waren das gar nicht die Suchscheinwerfer vom Bundesheer. Vielleicht ist drüben in Ungarn auch nur eine Autorin von einer Lesung heimgefahren und hat den Weg nicht gefunden.

Das Skifahren ist großartig. Wir geben über 200 Euro aus für Skiverleih und Tagespass. Um den Preis kann man mit *Hofer Reisen* ein Wochenende nach Lignano fahren!

Und das Ganze für fünf Abfahrten. Weil, dann sitzen wir schon wieder in der Hütte beim Germknödel. Vielleicht wären wir eh noch eine sechste Abfahrt gefahren, aber es ist arschkalt und windig, und der Schnee ist grauslich feucht und patzig. Bei der Gondel muss man sich außerdem jedes Mal eine halbe Stunde anstellen, na danke. Es gibt zwar noch einen Sessellift. Aber das ist eine Todesfalle! Der ist so schnell eingestellt wie so ein Rollband auf *Ecstasy*! Bei der ersten Fahrt war der Gatte zu langsam beim Aussteigen, sodass ihn der Liftsessel von hinten angestoßen hat. Wie so ein Kö die Billardkugel. Er ist voll gegen eine Säule geprackt. Die war wenigstens ausgepolstert. Offenbar war er nicht der Erste. Aber auf die Idee, den Lift langsamer zu machen, ist noch keiner gekommen.

Bei der zweiten Fahrt war ich unten beim Einstieg zu langsam für diesen blöden Rollteppich, der dich an die richtige Einstiegsstelle vom Sessellift schiebt. Ich bin ausgerutscht und im Halbspagat auf dem Bauch liegen geblieben! Komm da mal wieder hoch, wenn du noch Ski angeschnallt hast. Entwürdigend!

Beim Mittagessen in der warmen Hütte versuche ich noch mal, Mitstreiter für eine vegane Testwoche in der Familie zu rekrutieren. Mein letzter Versuch war ja nicht so nachhaltig. Am zweiten Tag, nachdem ich das ganze überteuerte Zeug gekauft hatte, war es auch schon wieder vorbei mit meinen veganen Vorsätzen. Warum? Weil die Nachbarin angeläutet hat. Mit drei Cremeschnitten in der Hand.

Aber wenn wir das vielleicht als Familie machen würden, dann könnte man – also ich – das eher durchhalten. Ich brauche nur die richtigen Argumente, um sie zu überzeugen.

»Schatz, kannst du dich an die Zwillingsstudie erinnern, von der ich dir erzählt habe?«

Er schüttelt stumm den Kopf, seine Wangen sind noch ganz rot von der Kälte.

»Wo jeweils ein Zwilling acht Wochen lang vegan gegessen hat, während sich der andere normal ernährt hat.«

Noch mal Kopfschütteln und Blick geradeaus in die Speisekarte.

»Jetzt stell dir vor«, ich mache eine dramaturgische Pause, um dann argumentativ durchzustarten, »die Zellen von den Veganern, die altern nicht nur weniger schnell, die entwickeln sich sogar zurück! Man kann die Alterung sozusagen rückgängig machen! Wollen wir nicht auch mal so einen veganen Testlauf machen?«

»Ja, dann bin ich aber der andere Zwilling!«, sagt er und winkt die Kellnerin an unseren Tisch, um ein Germknödel mit Butter zu bestellen. Ich kapituliere und schließe mich der Bestellung an.

Später dann, als der Gatte und das Kind einen Teil der Ausrüstung zum Skiverleih zurückbringen, will ich die beiden damit überraschen, dass ich schon mal den Bus auspark und sie direkt vom Skiverleih abhole. Das erspart ihnen den langen Weg quer über den Parkplatz retour.

Also kurble ich (wirklich kurbeln!!) das Fenster hinunter und schreie: »Achtung« in alle Richtungen, bevor ich den Bus vorsichtig nach hinten schiebe.

Wie ich dann den engen Weg am Parkplatz nach vorn zum Skiverleih fahren will, kommt mir eine Frau in einem fetten SUV entgegen. Patt. Wir können nicht aneinander vorbeifahren. Die Straße ist zu eng. Sie gestikuliert wild in ihrem Auto herum. Ich versteh nix und deute, ob sie nicht in die Einkerbung rechts fahren kann, damit ich vorbeikomme. Da versteht sie jetzt wieder nix, also steige ich aus und gehe zu ihrem inzwischen geöffneten Fenster.

»Können Sie bitte kurz zur Seite fahren, weil, ich kann schwerer zurückschieben mit dem Bus. Ich habe hinten kein Fenster und umdrehen kann ich hier ja auch nicht.«

Wenn man nur umfassend und verständlich seine Lage erklärt, dabei auch noch freundlich bleibt, dann sind die Menschen immer kooperativ.

»Heans, das ist eine Einbahn!«, keift sie mich an.

Vielleicht nicht alle Menschen. Oder ich habe es nicht gut genug erklärt.

»Da war aber kein Einbahnschild«, sage ich und versuche, sie trotzdem freundlich für meine Idee zu begeistern, einfach kurz auf die Seite zu fahren.

»Sicher nicht, das ist ja gegen die Straßenverkehrsordnung!«

Wer ist sie bitte??? Die Parkplatzpolizei? Kann man vielleicht auch einmal Ordnung vor Recht ergehen lassen? Einfach nett und hilfreich sein? Aber nein, sie bewegt sich keinen Millimeter weg und bleibt stur mit ihrem dummen SUV mittig stehen. Kein Aneinandervorbeikommen möglich.

»Also gut«, sage ich.

Der Klügere gibt nach, der Dumme gibt an. Aber: Leg dich nicht mit einem Kristek an!

Ich gehe wieder zurück zum Bus und beginne das mühevolle Schiebemanöver rückwärts. Das zweite Mal in einer Woche langsames Zurückschieben fast ohne Sicht. Vielleicht ist das auch eine geheime Botschaft vom Leben an mich. Ich beginne den Faden weiterzuspinnen, während ich sehr langsam zurücksetze. Zuerst der Dürer-Hase, dann die Frau im SUV. Immer mitten im Weg. Was kann das bedeuten?

Eine laute Hupe reißt mich aus meinen Überlegungen. Die Frau fuchtelt hinter ihrer Windschutzscheibe herum. Ich bin ihr wohl zu langsam.

Andererseits, nachdem Mann und Kind ohnehin noch nicht vom Skiverleih zurück sind, pressiert es mir ja nicht. Im Gegensatz zu meiner Gegnerin. Also schiebe ich in winzig kleinen Mäuseschrittchen weiter nach hinten. Immer nur ein paar Zentimeter rückwärts, dann wieder links und rechts in den Rückspiegel schauen (Sicherheit geht vor!), dann wieder ein paar Mäuseschritte.

Die Lady wird langsam ungehalten und hupt schon wieder. Mir fällt dabei nur der Titel von irgend so einem heilsbringenden Buch ein. »Wenn du es eilig hast, gehe langsam.« Vielleicht bin ich jetzt einfach an der Stelle meines Lebens angelangt, wo die Gefahr besteht, ins Esoterische zu kippen? Gestern noch im *Sex-Pistols*-T-Shirt auf einer Bühne. Morgen vielleicht schon eine Aura-Lesung?

Rein aus Trotz werde ich jetzt noch langsamer. Der Bus kommt schon fast zum Stehen dabei. Ich bin das Gegenteil von dem Sessellift hier.

Als das Ende der Straße erreicht ist, dort, wo das angebliche Einbahnschild hätte stehen müssen, stoppe ich mitten am Weg, sodass sie noch immer nicht vorbeikommt. Ich schalte den Motor aus, springe fröhlich aus meiner Fahrerkabine und gehe sehr langsam rund um den Bus. Weit und breit ist hier kein Einbahnschild zu sehen. Also doch!

Dann erreicht mich eine Nachricht vom Gatten. Ich soll die beiden vom *Billa* auf der Hauptstraße abholen. Sie holen noch Proviant. Die Frau zuckt jetzt endgültig aus, nachdem ich neben dem Bus stehend auch noch am Handy lese, und hupt wie eine Verrückte im Dauerton.

Genau in dem Moment, als ich wieder hochgeklettert bin und den Zündschlüssel umdrehe, sehe ich den Polizisten. Wo ist der jetzt so schnell her, bitte? Hat sie den gerufen? Sie winkt ihn wie wild zu ihrem offenen Fenster.

Nach einem kurzen Gespräch mit ihr kommt er direkt auf

mich zu. Ich drehe den Zündschlüssel wieder zurück, der Bus macht einen kleinen Hüpfer, weil ich vergessen habe, die Kupplung zu treten. Dann ziehe ich die Handbremse, rutsche die Sitzbank hinüber und kurble das Seitenfenster hinunter.

»Entschuldigen Sie, ist das wirklich eine Einbahn?«, frage ich ihn freundlich. »Da war nämlich kein Schild.«

»Ja«, antwortet er sehr freundlich, »das ist wirklich eine Einbahn. Wir haben nur leider vergessen, das Schild aufzustellen.«

»Oh, das tut mir leid«, stammle ich, »ich bin gleich weg.«

»Sie können ja nix dafür. Alles gut.«

Siegessicher winke ich der Frau zum Abschied noch mal zu. Möglicherweise hat meine ausgestreckte Handfläche dabei auch meine Stirnpartie passiert. Das kann jetzt nicht ausgeschlossen werden. »Scheibenwischer« nennt man das in Wien. Aber Zeugen gibt es keine. Vielleicht habe ich ja wirklich nur gewinkt.

Zum Glück haben Mann und Kind nichts mitbekommen. Vielleicht war das ja nicht ganz die beste und entspannteste Version meiner selbst. Als ich die beiden dann vom *Billa* abholen will, sehe ich schon von Weitem, dass da kein Parkplatz frei ist und sonst auch keine Fläche, wo ich warten könnte. Da ist nix als ein großer Kreisverkehr vor dem Geschäft. Wer ahnt den Ausgang der Geschichte?

Richtig! Nach ungefähr 15 Runden im Kreisverkehr ist mir schon so schlecht, dass ich fast aus dem Bus speiben muss.

»Na, war dir schon fad im Bus?«, fragt der Gatte, nachdem er mich zur Seite geschoben und am Fahrersitz Platz genommen hat. Dann hält er mir das Jausensackerl mit drei gefüllten Semmeln hin.

»Kannst dir eine aussuchen. Leberkäse, Salami oder Extrawurst.«

»Ist das die milde Einleitung in die vegane Woche, oder was?«, frage ich.

»Na jo, man muss ja nichts überstürzen. Immer schön langsam.«

»Da hast du völlig recht«, sage ich und nehme mir die Semmel mit der Extrawurst. »Man darf wirklich nix überstürzen. Wenn du es eilig hast, gehe langsam!«

Er wirft mir einen komischen Seitenblick zu und startet den Motor.

Als wir Richtung Ortsausfahrt fahren, sehe ich noch mal meinen Polizistenfreund am Straßenrand stehen. Ich nicke ihm kurz aus dem Beifahrerfenster zu, er winkt zurück.

»Wieso winkt dir denn der Kiwara?«, fragt der Gatte mit vollem Leberkäsemund. »Hast schon wieder was angestellt?«

»Das war doch kein Winken«, sage ich beleidigt, weil, was soll der Kommentar mit dem »schon wieder«.

»Der regelt nur den Verkehr und achtet darauf, dass alle die Straßenverkehrsordnung einhalten«, sage ich und beiße ein großes Stück von der Extrawurstsemmel ab.

Liebe Susi, ich bin Lehrling in einer Buchhandlung und gestern habe ich einen Büchertisch bei einer Buchpräsentation von einem berühmten Schauspieler in einem Theater betreut. Das war ein richtiger Kackabend! Alle dort haben mich wie Luft behandelt, obwohl ich mir wirklich Mühe gegeben habe, viele Bücher zu verkaufen. Der Schauspieler wollte nicht mal ein Selfie mit mir machen! Aber die Krönung war dann ein Kunde, der hat sich ur lang von mir beraten lassen und dann hat er gesagt: »Ich will das jetzt aber nicht heimschleppen, ich bestelle das morgen beim großen Online-Versandhaus!« Geht's noch????

Lieber Lehrling des Jahres, dein Einsatz ist wirklich bewundernswert und es ist toll, dass du die Möglichkeit hast, so hinter die Kulissen zu blicken! Auch wenn ich deine Frustration in dem Fall natürlich nachvollziehen kann. Wenn ich Schauspielerin wäre und ein Buch geschrieben hätte, ich wäre dir definitiv sehr, sehr dankbar!! Lass dich nicht entmutigen! Und dem Kunden kannst du das nächste Mal ja auch euren eigenen Online-Shop anbieten!

SIE WILL DAS GELD ZURÜCK

WhatsApp-Chat:
Martina: Ich habe heute früh ein Feedback von einer Besucherin der letzten Lesung erhalten.
Martina: Die hat mich über Facebook angeschrieben.
Susanne: Wie lieb ist das!! Dass sich jemand auch noch die Mühe macht, extra zu schreiben!
Susanne: Dann war die Lesung wohl doch nicht so schlecht, wie wir dachten!
Martina: Na ja.
Martina: Sie hat unsere beiden Bücher gekauft, findet sie scheiße und will sie zurückbringen ...
Susanne: 😨 😨 😨
Martina: Und jetzt hat gerade der Buchhändler angerufen, der den Büchertisch dort organisiert hatte.
Martina: Die Dame hat unsere Bücher zurückgebracht und will nicht nur das Geld zurück, sondern auch den freiwilligen Eintritt, den sie bezahlt hat!

Liebe Susi, mein Buch ist so großartig, es wird bestimmt verfilmt! Wen soll ich da beim Fernsehen am besten anrufen? Den Generaldirektor? Ich könnte den auf Facebook anschreiben!

Lieber zukünftiger Drehbuchstar! Fantastisch, wie begeistert du von deinem Buch bist! Der Generaldirektor ist vielleicht nicht unbedingt die erste Ansprechperson. Probiere es vielleicht zuerst mal bei Literatur- oder Filmagenten oder Produktionsfirmen. Wenn du die von deinem Buch genauso begeistern kannst, dann hole ich schon mal die Popcorn raus! Alles Gute!

DIE GROSSE CHANCE

»Wo ist Joe?«, fragt Conni.

»Keine Ahnung, gerade war er noch da.« Ich schaue mich um, ungefähr 100 Menschen stehen hier schon dicht gedrängt vor der Eingangstür zum großen TV-Aufnahmestudio angestellt, Joe ist nicht zu sehen.

»Na ja, weit ist er sicher nicht weg, er wird ja seine große Chance nicht verpassen wollen«, sagt Conni trocken. Sie hat recht, es war ja schließlich seine Idee mit den Publikumskarten für die neue Fernseh-Castingshow. Damit wir »Bühnenpräsenz« lernen, hat er gesagt. Ich frag mich, wie das von den Zuschauerplätzen aus gehen soll, aber bitte.

»So, aber jetzt, wo wir alleine sind. Ich höre?« Ich schaue Conni erwartungsvoll an.

»Was?«

»Du weißt genau, wovon ich rede. Das Mail! Du hast gesagt, es ist kompliziert und wir müssen das persönlich besprechen. Jetzt wäre es so weit!«

»Ja, also, wie soll ich das erklären …« Sie stottert herum und schaut dabei unsicher auf den Boden.

»Huhu«, höre ich die bekannte Stimme laut rufen.

»Da ist er ja, ganz vorn!«, sagt Conni erleichtert.

Joe wedelt mit seiner Eintrittskarte direkt neben dem Einlassmann zu uns nach hinten. Offenbar hat er sich durch die Menschentraube hindurch vorgedrängt.

»Ich reserviere uns Plätze in der ersten Reihe ganz vorne,

okay?«, ruft er. Einige der anderen wartenden Publikumsgäste drehen sich zu uns um und mustern uns kritisch.

Die Türen öffnen sich, und die Joe-Hand, immer noch mit der erhobenen Eintrittskarte, verschwindet langsam im dunklen Gang. Von allen Seiten drängt das Publikum mit uns in den Saal.

Als wir im großen Studio ankommen, ist die Hälfte der Plätze schon besetzt. Dazwischen stehen Menschen, die darauf warten, von den Mitarbeitern platziert zu werden.

»Huhu!!!«

»Kann er bitte aufhören, immer so laut ›huhu‹ zu schreien«, flüstert mir Conni ins Ohr und zieht mich nach rechts. »Da vorn steht er.«

Und tatsächlich, Joe hat drei Plätze in der ersten Reihe, direkt hinter den Plätzen der Jury, belegt. Er hat seinen schwarzen Pulli ausgezogen und ihn mit den geöffneten Armen über zwei Stühle ausgebreitet. Wie bei der Kreuzigung.

Wir setzen uns hin, und er zieht den Pulli umständlich wieder an. »Das müsste kameratechnisch die beste Position sein, damit wir oft ins Bild kommen!«, brüllt er laut, während sein Kopf noch immer im Pulli steckt.

»Ich will aber überhaupt nicht im Bild sein«, sagt Conni und setzt sich in die zweite Reihe.

»So wird das nichts mit deiner Karriere. Die Ära der einsam schreibenden Wölfe ist längst vorbei. Wir sind im Zeitalter der Rampensau!«

Conni sitzt jetzt direkt neben einer sympathischen Pensionistin, und ich gehe sicherheitshalber noch mal aufs Klo. Es soll lange dauern, und man darf nicht aufs Klo gehen. Allein aus Angst muss ich da schon gehen.

Mitarbeiter mit Klemmerbrettern sind dabei, letzte Justierungen am Sitzplan vorzunehmen. Da und dort werden Menschen noch umgesetzt. Jüngere eher nach vorne.

Als ich zurückkomme, ist der Joe weg, laute Technomusik wummert im Saal, Conni massiert ihrer Nachbarin die Schultern, und ein junger Mann mit Funkmikro läuft aufgeregt vor dem Publikum hin und her und wedelt dabei mit den Armen. Was ist hier los? Haben die Drogen verteilt? Da sehe ich erst, dass alle ihre Sitznachbarn massieren und dazwischen mit den Armen wedeln. Vorne steht ein junger Typ und brüllt in sein Mikro: »Und jetzt alle hüpfen! Hopp hopp hopp hopp! Damit wir gut aufgewärmt sind.« Ich danke dem Herrn, dass ich mich heute für den BH entschieden habe.

»Und dabei die Hände nach oben, links, rechts, links rechts«, er rennt wieder vor uns auf und ab, »und lächeln!!! Lächeln nicht vergessen! Maximales Lächeln.«

Ich drehe mich noch mal nach hinten um. Alle springen, winken und lächeln. Wie schön das aussieht!

Nur einer steht starr mit beleidigtem Blick in der vorletzten Reihe. Joe.

Auf seinem Platz neben mir sitzt dafür jetzt eine sehr hübsche junge Frau.

Zehn Minuten später bin ich eigentlich bereit für eine Dusche. Wir haben eingehängt Sirtaki getanzt, YMCA performt und Klatschen in drei verschiedenen Heftigkeitsstufen eingeübt. Erschöpft lasse ich mich auf den Sessel fallen, während die Jury das Studio betritt.

Ein durchtrainierter Musiker, ein Schlagersänger und eine sexy Moderatorin in High Heels. Sie stellt ihre *Louis-Vuitton*-Kosmetiktasche für die Kameras unsichtbar unter ihren Jurytisch. Ich sehe, dass eine Packung Reiswaffeln rausragt.

»Von mir aus kennts scho losgehn!«, sagt Connis neue Freundin hinter mir in astreinem Waldviertler Dialekt zu ihr.

»Jo, von mia aus a«, sagt Conni, und ich wundere mich, woher sie den Dialekt kann. Dann vertreiben sie sich die

Wartezeit damit, die letzte Staffel von *Dancing Stars* nachzubesprechen. Die Waldviertlerin sagt immer »Tänzing Schdars«. Conni kennt erstaunlich viele Namen der Teilnehmer dafür, dass sie angeblich immer nur Kultursendungen schaut.

»Weißt du, die eine Gewinnerin vom vorletzten Jahr, die hat mir zuerst sehr gefallen«, sagt die Waldviertlerin. Conni hat sofort den Namen parat: »Die Linda?«

»Ja, genau die! Aber dann ist sie mir auf die Nerven gegangen. Die war omnipräsent. Zu jedem Bledsinn hods überall ihren Senf dazugeben müssen.«

Ich notiere im Kopf: Social-Media-Auftritt überdenken. Weniger ist mehr!

Dann geht die Show los, Startnummer eins, eine Band mit Posaunen und Trompeten, kommt auf die Bühne. Die jungen Menschen neben mir springen begeistert auf und klatschen mit. Ich würde lieber sitzen bleiben, ich bin schon so erschöpft vom Warm-up.

Gleich nach dem offiziellen Urteil der Jury flüstert die Waldviertlerin, inzwischen weiß ich auch schon, dass sie Irene heißt, der Conni ihr Urteil zu: »Die worn eh liab, owa vielleicht eher wos für a Zödfest.«

Es folgt eine kurze Umbaupause. Die Bühne ist so groß, wie der Turnsaal in meiner Schule war. Inwiefern wir da was von der »Bühnenperformance« der Künstler lernen können, weiß ich noch immer nicht. Die größte »Bühne«, auf der ich bisher gelesen habe, war der Trauungssaal vom Standesamt Mattersburg. Aber ja, man muss groß denken. Vielleicht nehm ich beim nächsten Mal eine Taschenlampe und ein paar Seidenpapierbögen mit und bau eine Lichtshow in die Lesungen ein. Oder eine Feuerzeugnummer.

Dann kommt eine junge, wunderhübsche Frau mit blonden Locken auf die Bühne und setzt sich an ein Klavier. Ungefähr so hab ich mir früher immer das Christkind vorgestellt. Das Christkind kommt aus Finnland und ist erst seit einem Jahr in Österreich, wegen der Liebe. Sie beginnt mit Gänsehautstimme zu singen, ein Raunen geht durch das Publikum. Ich muss schon wieder mein Taschentuch hervornesteln, nicht wegen der Stimme, sondern wegen der armen Eltern. Die jetzt einsam und ohne Kind im kalten Finnland sitzen. Der Warm-up-Mann wirft mir einen Blick von der Seite zu. Schuldbewusst setze ich mich auf mein feuchtes Taschentuch und setze ein begeistertes Lächeln auf. »Spaß«, hat er gesagt. »Das Publikum soll Spaß vermitteln!«

Auf einmal regnet goldenes Konfetti auf das Christkind herab. Einer aus der Jury hat den Buzzer gedrückt. Sie ist also fix im Finale, und die ganze Bühne ist in wenigen Sekunden flächendeckend mit kleinen goldenen Streifen überzogen.

Im Standesamt Mattersburg hätte man vielleicht weniger Freude mit so einem Showelement. Aber wieso nicht mal eine Konfettikanone andenken?

Nach dem Christkind-Auftritt wird eine kurze Pause durchgesagt. Wir sollen aber sitzen bleiben. Sieben Männer in schwarzer Kleidung kommen mit Staubsaugern und Besen auf die Bühne und kehren den Goldregen weg. Begleitet vom Johlen des Publikums und der Musik von *Ghostbusters*.

»Fia wos brauchen die so viel Leit?«, wundert sich die Frau Irene hinter mir. »Hom die kan Hochleistungsstaubsauger?«

Die nächste Nummer ist eine Tanzgruppe, die eine Choreo zu *It's Raining Men* performt. Die Stimmung ist sofort wieder am Höhepunkt. Das Publikum springt auf und brüllt begeistert »Halleluja« an passender Stelle mit. Der Warm-up-Mann streckt den Daumen seitlich nach oben.

»Des Tonzn, des ist eh super, owa wos mochst damit in Österreich?«, kommentiert die Frau Irene. »Weil, Göd verdienst mit so was ned.«

Ich will mich schon umdrehen und sagen, dass es beim Bücherschreiben auch so ist. Aber wir machen das, weil wir es lieben. Meistens.

Oft auch nicht.

Es dauert noch, bis die Bühne endlich wieder sauber ist. Ich drehe mich zur Conni um und will sie noch mal auf das fehlgeleitete Mail ansprechen. Geht aber nicht, weil, Frau Irene hat sie in Beschlag genommen. »Morgen ess ich Linsen«, sagt diese. »Owa heite muss ich noch einkaufen gehen!«

Ich träume auch schon vom Essen und hänge etwas erschöpft in meinem Sessel. Das läuft hier schon seit fast vier Stunden. Joe ganz hinten wirkt noch fitter, er unterhält sich angeregt mit einem Bühnenarbeiter, der seitlich von ihm bei einem Scheinwerfer steht. Wahrscheinlich verhandelt der Joe schon die Verfilmungsrechte von seinem nächsten Krimi mit ihm. Egal wer, Hauptsache vom Film.

Die Aufzeichnung endet nach fast fünf Stunden. Frau Irene winkt Conni noch zu und läuft Richtung Ausgang, während wir uns bei der Schlange vor dem Damenklo anstellen.

»Ich höre?« Ich ziehe die Augenbrauen nach oben und schaue Conni streng an.

»Schau, das war eine einmalige Chance, von daheim Geld zu verdienen. Und auch mit Schreiben.« Ihre Stimme wird immer leiser.

»Kannst du mir mal erklären, was das heißen soll?«

»Ich darf eigentlich nicht darüber reden, ich habe so eine Geheimhaltung unterzeichnet.«

»Von mir erfährt auch niemand was!«

Conni sieht sich nach allen Seiten um. Aber es ist laut hier, und die Frauen vor und hinter uns sind mit ihren Handys beschäftigt. »Ich arbeite als Ghostwriterin für eine Autorin.«

»Diese Joy?«

»Ja, wobei das auch nur ein Pseudonym ist. In echt heißt sie anders.«

»Und du schreibst Pornos für sie???«

Die ältere Dame vor uns in der Schlange dreht sich zu mir um und zieht eine Augenbraue hoch.

»Pssssscht«, flüstert mir Conni zu. »Nicht so laut.«

»Es sind Frauenromane. Das Geld war wirklich okay, und sie hat pünktlich bezahlt.«

»Bis du draufgekommen bist, dass sie viel mehr Bücher verkauft, als du dachtest. Und jetzt wird die ur reich mit deinen Büchern?«

»Ja, ich werde das eh in Leipzig mit ihr besprechen.«

»Hast du schon einen Termin mit ihr?« Nur mehr zwei Frauen sind vor mir, dann bin ich endlich an der Reihe.

»Nein, aber sie wird sich bestimmt noch melden.«

Nur mehr eine Frau vor mir.

»Aber was ich nicht verstehe, Conni, wenn die das unter einem Pseudonym veröffentlicht: Wieso machst du es nicht gleich selber unter einem Pseudonym?«

»Spinnst du! Ich veröffentliche nur Literatur.«

Ich bin dran.

Noch auf der Toilette lese ich die eingegangenen *WhatsApp*-Nachrichten. Aus allen Kabinen hört man zahlreiche Benachrichtigungstöne.

Joe Ferrari: Ihr braucht nicht auf mich warten! Ich geh noch mit dem Kurti was trinken! Der ist der Schwager vom Onkel des Aufnahmeleiters. Und er kann vielleicht was für mich tun. Stichwort: Verfilmung!!!!!!!!!!!!!!

Liebe Susi, in jeder Buchhandlung dieser großen Kette liegen die Bücher von diesem berühmten Thrillerautor massenhaft auf Tischen direkt im Eingangsbereich auf. Ich finde das höchst unfair! Den kennt man doch eh schon. Sollte man nicht auch mal jungen Talenten eine Chance geben?

Liebes Jungtalent! Natürlich setzen auch große Buchhandlungsketten auf bewährte Bestsellerautoren, weil das für sie ein sicherer Umsatz ist. Sie müssen auch Miete und Personal bezahlen. Oft investieren aber auch Verlage besonders viel in ihre Starautoren und »kaufen« Sonderplatzierungen für einen bestimmten Zeitraum. Das ist durchaus üblich. Aber wenn du weiter ehrgeizig dahinter bist, mit der richtigen Strategie und Durchhaltevermögen kann dir das auch gelingen. Du bist ja noch jung! 😊

DAS SCHLECHTESTE BUCH ALLER ZEITEN

Zufrieden klappe ich den Laptop zu. Wir haben den Auftrag vom *MeMe*-Trainer erhalten und dürfen das Event umsetzen. Die Location ist gebucht, ein Kino in der Vorstadt, Medienvertreter und VIP-Gäste sind eingeladen, als Catering gibt es vegane Burenwurst, und Mandy wird als Influencerin durch den Abend führen. Ich habe jetzt noch ein Briefing für sie geschrieben, wo ich ihr eigentlich die komplette Moderation vorgeschrieben habe. Man darf nichts dem Zufall überlassen. Das Event muss perfekt laufen, nur dann haben wir die Chance auf den großen Auftrag über mehrere Jahre! Max zählt auf mich. Ich zähle auf mich. Keine Ahnung, ob sonst noch wer auf mich zählt.

Jetzt aber ist erst mal Dienstschluss für heute und man kann zum angenehmen Teil des Abends übergehen.

Im burgenländischen Badezimmer hantiert ein fremder Mann und hängt irgendwelche Dinge in das Klo. Kabel, Schläuche, was auch immer das ist. Leider hat die Suche nach der Senkgrube noch immer keinen Treffer ergeben. Die Idee mit der Rauchbombe, die man ins Klo wirft, um den Standort der Senk mittels Rauch anzeigen zu lassen, habe ich dann wieder verworfen. Bei einer *Google*-Bewertung hat jemand von einer unschönen Explosion berichtet. Nein danke.

Dafür habe ich bei der Recherche im Internet einen spannenden neuen Trend entdeckt: Peecycling! Düngen mit menschlichem Urin! In Vermont, ganz im Norden der USA, gibt es diesbezüglich sogar eine eigene Forschungsstation. Die Bewohner werden hier aufgerufen, Urinspender zu werden. Vom »goldenen Beitrag« zum Lebensmittelkreislauf ist die Rede.

Und ich habe eine Entsorgungsfirma gefunden, die Senkgruben nicht nur auspumpen, sondern auch aufspüren kann! Und genau das macht der Mann in unserem Badezimmer gerade.

Ich strecke mich kurz durch und lausche den Klopfgeräuschen aus dem Badezimmer. So recht weiß ich auch nicht, was ich jetzt tun soll. Danebenstehen und ihm zuschauen ist irgendwie blöd, weil das Badezimmer sehr klein und eng ist. Ich will den Mann ja nicht unter Druck setzen. Zu weit kann ich mich aber auch nicht entfernen, weil, was, wenn er mich braucht?

Das Kaffeeangebot hat er ausgeschlagen. Verstehe ich auch irgendwie. Das ist keine Arbeit, wo man gerne sein Kaffeehäferl am Arbeitsplatz stehen hat.

Auf *Radio Burgenland* spielt es grad den böhmischen Traum von DJ Ötzi. Der Mann im Bad pfeift leise mit dabei. Ich klappe den Laptop wieder auf und beschließe, mich mit einer warmen Dusche zu belohnen. Für den Auftrag im Job und dafür, dass ich den Klomann gefunden habe. Das Konzept der warmen Dusche habe ich in der Volksschule vom Kind kennengelernt. Ein Kind durfte sich in die Mitte vom Sitzkreis setzen und hat von seinen Mitschülern ausschließlich Komplimente und nette Sachen gesagt bekommen.

Meine warme Dusche lautet: Nachrichten von Lesern und Leserinnen lesen. Ich sammle die in einem Ordner und gehe sie immer wieder durch. Wie zum Beispiel diese Nachricht von Verena H. aus Tirol:

Hallo und gratuliere zu dem Buch »Die nächste Depperte« – genau mein Stil und hab's mit Begeisterung und Lachen gelesen ... und auch schon weiterempfohlen ... und auch schon das erste Buch von dir bestellt. Danke für die unterhaltsamen Stunden und bitte weiterschreiben! Ich werde nach weiteren Büchern Ausschau halten!

Oder auch von Buchhändlern, wie zum Beispiel diese Nachricht von Roswitha L. aus Mistelbach, die eigentlich an Martina gerichtet war:

Liebe Martina! Deine Schreibschwester ist ein echt cooler Socken! »Die nächste Depperte« ist zum NIEDERKNIEN! Ich hab Tränen gelacht! Habe jetzt beim Verkauf eine Kombi-Strategie: Wer nach Deinen Büchern verlangt (oder von mir darauf hingewiesen wird), bekommt von mir Deine Bücher und »Die nächste Depperte« auch angeboten und umgekehrt— funktioniert fast immer! 😎

Dann werde ich übermütig und gehe auf die Seite, wo einen alle anderen Schriftsteller eindringlich davor gewarnt haben. Man soll dort nicht hin. Und man soll das schon gar nicht lesen. Am Anfang umschmeichelt es dich noch. Es zieht dich rein mit seinen lieblichen Sternen. Reaching for the stars. Fünf Sterne. Fünf Sterne. Vier Sterne. Aber dann, wenn du ganz nackt in deiner warmen Dusche stehst, eingeschäumt mit weichen Worten, genau dann reißt irgendwer das Fenster auf, und ein Eisregen prasselt auf dich nieder und sticht dir mit spitzen Haken direkt ins Herz.

Sie haben eine neue Bewertung.
1 Stern.
Titel: Das schlechteste Buch aller Zeiten
Inhalt:

Reiner Aktionismus. Kein Resümieren, kein Analysieren, den Fehler im System zu finden. Und mir fiel keine Stelle ins Auge, an der ich länger verweilen wollte. Gelangweilt von Oberflächlichkeit und dick aufgetragenem Humor, der doch eher peinlich daherkommt, habe ich das Buch mit einem dicken Seufzer geschlossen. Mit literarischer Kraft hätte sie mich packen können, mit einer Struktur, mit inhaltlicher Tiefe; aber so ... – nein, sie konnte mich nicht mal eine halbe Seite durchgehend fesseln.

Sofort klappe ich den Laptop wieder zu. Aber es ist zu spät. Es ist schon alles mitten in meinem Kopf drinnen und will jetzt irgendwie flüssig über meine Augen wieder heraus.

»Frau Kristek, können Sie kommen?«

Ich wische mir mit dem Ärmel schnell über das Gesicht, bevor ich aufstehe. Schwarze Spuren von der Wimperntusche bleiben auf dem vormals weißen Langarmshirt zurück.

»Ja, natürlich!«

Der Mann steht neben einem kleinen Rollwagen im Badezimmer. Er hat zwei Fächer, unten liegt irgendwelches Zeugs drinnen, oben ist ein Monitor. Es erinnert an so Überwachungsgeräte, die sie in den Ärzteserien immer schnell an die Krankenbetten schieben.

»Frau Kristek, schauen Sie jetzt, hier. Am besten, Sie machen ein Video, dann können Sie das später wieder anschauen.«

Ich fürchte, ich verstehe noch nicht ganz, was jetzt die Mission für mich ist. Trotzdem hole ich dienstbeflissen mein Handy aus der hinteren Hosentasche und gehe auf Videomodus.

»Hier, bitte filmen Sie den Monitor. Da werden wir gleich alles sehen!«

Kurz läuft ein Film vor meinem inneren Auge ab. Wir haben uns also ein klitzekleines Traumhäuschen im Burgenland herbeigewünscht und auch bekommen. Und jetzt stehe ich da vor der Toilette und soll mit dem Handy ein Video von einem Monitor machen, wo man gleich irgendwas sehen wird, was mit dem Innenleben des Klos zu tun hat.

Was für ein Genre ist dieser innere Film bitte?????? Satire? Realityshow? Einer wird gewinnen?

»Jetzt bitte Aufnahme drücken«, sagt der Mann im blauen Anzug, und dann lässt er ein dünnes Kabel in unser Klo gleiten. Von einer Kabeltrommel wird das abgerollt und scheint sehr lang zu sein. Gebannt starre ich über meinen Handymonitor den Bildschirm an.

»Wir gehen jetzt mit der Kamera hinein«, sagt der Mann aufgeregt. »Und schauen Sie, jetzt gleich sehen wir die Rohre.«

Ich bin unschlüssig, ob ich überhaupt etwas sehen will, und kneife die Augen zu angeekelten dünnen Schlitzen zusammen. Jetzt fällt mir ein, an was mich das erinnert. Endoskopie!!!!!!

»Schauen Sie, hier ist alles noch in Ordnung, aber da, gleich geht es um die Ecke!« Seine Stimme wird immer aufgeregter, fast wie von so einem Formel-1-Kommentator.

»Und da sehen Sie es jetzt, genau, können Sie es sehen?«

Ich löse die Schlitze etwas. Unklare trübe Sicht würde ich sagen.

»Da, ganz eindeutig kann man erkennen, die Rohre sind da schon sehr verengt, die sollte man irgendwann austauschen.«

DER Satz für alle Eigenheimliebhaber.

»Aber jetzt wird es gleich spannend.« Er kurbelt und kurbelt weiter das Kabel in unser Klo.

Noch spannender? Ich hätte eine Liveschaltung zum Gatten machen sollen.

»Hier!«, ruft er. »Wir sind in der Grube! Da ist sie!«

Soll ich jetzt applaudieren? Was wäre da angemessen?

Dann notiert er irgendwelche Koordinaten vom Monitor

auf einen Block und geht mit dem Block ins Freie. Ich folge ihm.

Wie so ein Schatzsucher schreitet er draußen den Vorplatz mit den Waschbetonplatten ab, beginnend von der Badezimmerrückwand.

»Drei Meter nach Westen«, sagt er und macht bedeutungsvoll drei große Schritte. »Und einen Meter nach Süden.« Noch ein Schritt. Und dann deutet er auf die Platten unter ihm.

»Genau da ist die Grube!«

Es ist genau die Stelle, die uns die Verkäufer eingezeichnet hatten. Die Stelle, an der der Gatte ursprünglich zu graben begonnen hat. Wir waren nur nicht tief genug.

Als ich das Video mit drei großen Herzsmileys an den Gatten schicke, sehe ich, dass eine neue Nachricht von Martina gekommen ist.

Martina: Hab mich heute mit Bianca, von der Floridsdorfer Buchhandlung am Spitz getroffen.

Martina: Sie liebt dein Buch! Sie hat es einer Krankenschwester verkauft und die hat dann im Nachtdienst so laut gelacht, dass eine Patientin wach geworden ist!

Martina: Und Nina, eine Literaturveranstalterin aus Vorarlberg, die auch einen Verlag hat, hat Seiten rauskopiert aus deinem Buch für ihre Autoren!

Martina: Solche Leute sind das Maß aller Dinge, nicht diese blöden Bewertungen.

Sehr geehrte Frau Susanne, verzeihen Sie mir die formelle Anrede, aber ich bin ein Mann mit guter Kinderstube. Ich erbitte Ihren Rat in folgender Angelegenheit: Mein Verlag rät zu Präsenz auf sozialen Medien. Mir widerstrebt diese Form der narzisstischen Selbstdarstellung jedoch weitestgehend. Ist das wirklich notwendig? Mit freundlichem Gruß Prof. Dr. H.K.

Sehr geehrter Herr Prof. Dr. H.K., erfreut darf ich Ihre Anfrage als Wertschätzung meiner Kompetenz einordnen und mich herzlich dafür bedanken. In der angefragten Causa kann ich nur an die Authentizität appellieren. Wenn Sie die Form der Kommunikation und des Austausches in sozialen Medien nicht begrüßen, dann würde ich diesen Weg auch nicht einschlagen. Auch wenn Sie dadurch vielleicht Chancen auf Leserbindung und Selbstpromotion vergeben könnten.

MAGIC SUPERBEAUTY

Martina: Gestern hat mir eine Freundin gesagt, wir wären auf Social Media zu omnipräsent.
   Susanne: Was meint sie?

Ich bin eine halbe Stunde zu früh und sitze im Wartebereich von *Magic Superbeauty*, als die Nachricht von Martina kommt. Ich bin hier zur Pediküre, damit ich mit Mandy die Details für ihre Moderation bei unserem *MeMe*-Trainer-Event besprechen kann. Ich fand die Idee zwar etwas seltsam, bei einer Fußpflege über Geschäftliches zu sprechen, aber Joe meinte, es wäre so schneller und einfacher, einen Termin mit ihr zu finden. Sie will den Job in dem Kosmetikstudio ohnehin bald kündigen, um sich nur mehr ihrer Karriere als Influencerin zu widmen.

»Wird nicht mehr lange dauern, bis Mandy bei Ihnen ist.« Die junge Dame beim Empfang nickt mir freundlich zu und senkt dann gleich wieder den Blick auf ihr Handy. Im Hintergrund läuft ein Rap-Song: »Vom Donnerstagssuff noch die Reste zwitschern, Make-up raufklatschen, bis die Fresse glitzert ...« Begleitet vom Geräusch künstlicher Nägel auf einem Handydisplay.

Martina: Zu viele Posts. Sie mag das alles schon nicht mehr lesen.
   Susanne: Wahrscheinlich hat sie recht ...
   Martina: Ich bin jetzt ur verunsichert.

Martina und ich sind selbst ernannte »Schreibschwestern« mit offizieller Aufgabenteilung. Sie schaut drauf, dass ich weiterschreibe und mich nicht zu billig verkaufe. Ohne sie würde ich vermutlich jede Lesung gratis machen, allein aus Dankbarkeit für die Möglichkeit. Aber das ist Blödsinn, sagt Martina, weil, eine Lesung ist auch Entertainment, und das ist etwas wert.

Mein Spezialgebiet in unserer Verbindung ist das Marketing. Immerhin habe ich schon Marketing für fast alles gemacht und inzwischen bin ich der Meinung, dass es keinen Unterschied macht, ob du Zahnpasta oder ein Buch verkaufen willst. Es geht immer um die Inszenierung und die Geschichte drumherum. Menschen kaufen Geschichten. Bei Büchern will man hinter die Kulissen blicken und das Gefühl haben, die Autoren persönlich kennenzulernen. Bei Lesungen oder eben auf Social-Media-Kanälen.

Nur, wann wird es zu viel? Und was ist der richtige Content?

Ich scrolle durch verschiedene *Instagram*-Profile von Künstlern, die mir spontan einfallen. Jazz Gitti sitzt am Küchentisch vor einem Kaffee, den Kopf in die Hände gestützt und sagt, dass sie sich in der Früh immer fühlt, als hätten sie Aliens in der Nacht gefoltert. Dieter Bohlen springt im Bademantel aus seinem Bett. Ildiko von Kürthy umarmt einen großen Stapel ihrer neuen Bücher. Heidi Klum stöckelt ohne BH und mit Netzstrümpfen und Stiefeln zu einer Techno Party.

Wann ist es zu viel? Was ist zu viel?

Ich stolpere über das Posting eines österreichischen Filmregisseurs: »Manchmal habe ich das Gefühl, dass ich nicht ganz mithalten kann. Ich sehe hier auf *Facebook*, wie andere ständig reisen, einkaufen und essen gehen. Bei mir klappt das alles nicht so. Es scheint, als würden alle um mich herum nur Erfolge feiern. Kein Posting eines Schauspielers oder Kabarettisten, das nicht einen Erfolg oder einen vollen Saal zeigt. Und jeder hat ständig neue Projekte. Nur ich nicht.«

Dann gehe ich auf das Profil von Mandy. Es zeigt Mandy in vielen Posen im Fitnessstudio oder beim Wrestling. Immer dabei der pinke Stringtanga, tiefe Bräune und dichte Fake-Wimpern. In einem Video springt sie beim Wrestling auf ihre Gegnerin. Die fliegt um und bleibt auf dem Rücken liegen. Mandy setzt sich verkehrt herum auf ihr Gesicht und drückt sie weiter auf den Boden. Ich bekomme schon Schmerzen vom Zuschauen! Die Gegnerin strampelt mit Armen und Beinen und greift nach Mandys Haaren. Sie zieht an den langen blonden Strähnen, bis sie eine davon in der Hand hat. Mandy schreit auf und rollt zur Seite. Wer macht so was Brutales freiwillig?

»Na? Wie findste die Show?« Mandy ist so leise aus der Tür hinter mir gekommen, dass ich sie gar nicht gehört habe.
 »Oh, hallo, freut mich, dass wir uns persönlich kennenlernen.« Ich strecke ihr die Hand zur Begrüßung hin.
 Sie zieht mich an der Hand zu sich und umarmt mich fest. »Joes Freunde sind auch meine Freunde!«
 »Also, Mandy, ich finde das toll, dass du bei dem Projekt dabei bist«, sage ich, nachdem ich etwas umständlich auf den Kosmetikstuhl geklettert bin. Er ist großflächig mit so einer Art XL-Küchenrolle ausgelegt.
 »Wie schon am Telefon besprochen, wollte ich einfach kurz den Ablauf mit dir durchgehen und dir ein paar Stichwörter mitgeben für deine kurze Moderation.«
 »Klassisch oder wild?«, fragt Mandy und rollt mit ihrem Hocker näher zu mir heran.
 »Also es sollte schon eher seriöser sein. Schließlich geht es um ein ernstes Thema für viele Frauen.«

»Nein, ich meine den Lack!«, sagt Mandy und hält mir ein paar Farbfächer zur Auswahl hin. Ich entscheide mich für ein klassisches Rot.

»Es werden auch wichtige Besucher dort sein, Pressevertreter, Stakeholder, so was.«

»Ich bin aber vegetarisch. Isch ess kein Steak mehr.«

»Nein, sorry, Stakeholder ist so ein blöder Begriff. Eigentümer und so von der Firma werden dort sein.«

Während der Pediküre gehe ich mit ihr meine Stichworte zu ihrer Moderation durch.

»Also zuerst die Begrüßung, du stellst dich als Wrestlerin vor, wir werden auch ein kurzes Video einblenden. Dann deine eigene Geschichte. Wie es dazu gekommen ist, dass du Wrestlerin wurdest.«

Mandy nickt aufmerksam bei meinen Schilderungen und kaut mit weit geöffnetem Mund Kaugummi. Dann beginnt sie damit, den roten Lack aufzutragen.

»Du kannst auch ruhig darüber sprechen, wo du deine eigene Stärke gefunden hast.«

»Na, im Gym, wo sonst?«

»Also nein, mehr symbolisch, wann du im Leben gemerkt hast, dass du stärker bist, als du gedacht hast.«

»Das habe ich sehr früh gelernt.« Sie stoppt kurz. Sowohl das Lackieren als auch das Kaugummikauen. Für einen Sekundenbruchteil starrt sie ins Leere, und ihre Stimme bekommt etwas Zerbrechliches: »Oder sagen wir so, früh lernen *müssen*.«

Dann lässt sie aber gleich wieder eine Kaugummiblase zerplatzen, die sie offenbar wieder aus ihren Erinnerungen zurückholt. »Und spätestens, als ich auf den Werner, meinen Ex, gesprungen bin, habe ich auch gewusst, dass ich stärker bin als er. Dieses Schwein!«

»Okay, vielleicht fällt uns noch ein anderes Beispiel ein«,

stottere ich und zweifle immer mehr an der Idee, das Event mit Mandy auszurichten.

»Dann brauchen wir eine langsame Überleitung zum Thema Beckenboden.«

»Wer den gut trainiert, pisst sich weniger an beim Springen!«

»Ja, das geht inhaltlich in die richtige Richtung, vielleicht nur die Formulierung ... also wenn du magst, schreib dir in deinen Worten einfach Stichwörter zusammen und schick sie mir, und dann können wir das noch mal abstimmen.«

»Klaro, verstanden.« Sie legt den Lack zur Seite.

»Jetzt muss das kurz trocknen, und ich geh mal eine rauchen inzwischen. Also mach es dir ruhig gemütlich, aber beweg dich nicht, damit nix verwischt!«

Als die Tür hinter ihr zufällt, will ich nach meinem Handy greifen, um mir Notizen zu machen. Das Handy liegt auf einem kleinen Hocker vor dem Stuhl, ich will nicht aufstehen und riskieren, dass ich die Arbeit von Mandy zerstöre. Also versuche ich einfach, mich möglichst weit von meiner Sitzposition aus nach vorne zu strecken, um an das Handy zu kommen. Irgendwie verliere ich mit dem Stuhl das Gleichgewicht und kippe vornüber! Ich krache mit den Knien auf den Boden, der gesamte Kosmetikstuhl landet wie so ein Schildkrötenpanzer auf meinem Rücken. Die XL-Küchenrolle umhüllt mich dabei großflächig.

Genau in dem Moment geht die Tür auf. Mandy schaut mich erschrocken an: »Oh mein Gott! Alles in Ordnung?«

»Sorry, ich wollte nur nach meinem Handy greifen und bin umgekippt.«

»Tja«, sagt sie und zieht mich wieder hoch, »zu viel im Internet ist auch nicht gesund, sage ich immer.«

Liebe Susi, ich bin frustriert! Mein Verlag hat mir gerade die Programmvorschau geschickt und ich bin auf Seite 50 (!!!!) platziert mit meinem Buch. Spinnen die????? Ich bin Debütant! Da muss ich doch ganz nach vorne, aufs Cover oder zumindest auf die ersten Seiten! Saftladen!

Lieber Debütant! Natürlich möchte man ganz vorne platziert sein, aber die Reihenfolge wird durch verschiedene Entscheidungen beeinflusst. Das hängt ab vom Verkaufspotenzial, von der Bekanntheit des Autors oder von thematischen Schwerpunkten. Aber he, du hast es in die Vorschau eines Verlages geschafft. Das allein ist schon ein Grund, die Korken knallen zu lassen! Und wenn sich dein Buch spitzenmäßig verkauft, bist du beim nächsten Mal sicher ein paar Plätze weiter vorne!

AUFGEBAHRT WIE DIE KAISERIN

»Warum liegst du da aufgebahrt wie die Kaiserin Elisabeth?« Der Gatte schaut mich verwundert an, als er ins Schlafzimmer kommt. »Soll ich dir die Vorhänge aufmachen, damit du freien Blick auf die Gloriette hast?«

»Sehr witzig«, antworte ich. »Erstens bin ich nicht aufgebahrt, das sind nur Stützen. Und zweitens müsste ich illegal auf das Dach steigen, um noch auf die Gloriette sehen zu können.«

Ich liege auf dem Bett, links und rechts habe ich mir die Seitenkissen von der Couch eng an meinen Körper drapiert. Ein Stillkissen wäre auch gegangen, hat es geheißen, aber wer hat schon noch ein Stillkissen daheim.

»Wieso musst du gestützt werden? Besteht die Gefahr, dass du aus dem Bett fällst beim Handyschauen?« Er bückt sich und schaut unters Bett.

»Ich schau nicht am Handy!«, protestiere ich. »Ich arbeite hier an meiner Schriftstellerkarriere. Und die Stützen sind für später beim Schlafen, damit ich am Rücken liegen bleibe und mich nicht dauernd umdrehe. Was suchst du da unten überhaupt?«

»Meine Fußballschuhe, hast du die wo gesehen?«

»Die werden ja hoffentlich nicht unter dem Bett sein, oder?«

»Nein, sind eh nicht da. Aber das habe ich gefunden.« Er richtet sich wieder auf und hält die orthopädische Schiene in der Hand, die ich nach meiner Knieoperation vor ein paar Jahren tragen musste.

»Na ja«, sage ich, »vielleicht ist das ein Hinweis, Fußball in eurem Alter ist eh schon ein Hochrisikosport.«

»Sagt die, die Angst hat, sich im Bett umzudrehen?« Er gibt mir einen Kuss auf die Stirn. Kurz bevor er wieder aus dem Zimmer verschwindet, dreht er sich noch mal zu mir um. »Warum eigentlich?«

»Ich habe auch meine kleinen Geheimnisse«, sage ich verschwörerisch.

»Ah so?« Er wirft mir eine Kusshand zu und grinst. »Na, ich werde die kleinen Geheimnisse Eurer Hoheit sicher demnächst auf *Facebook* lesen.«

Ich will ihm noch seinen Socken nachwerfen, der neben dem Bett liegt, aber da hat er die Tür schon geschlossen.

Das mit dem Arbeiten war ein bisserl gelogen, weil, in Wahrheit schaue ich wirklich nur blöd ins Handy, weil mir gerade nichts einfällt, was ich schreiben könnte. Also surfe ich sinnlos auf Social Media herum. *Facebook. Instagram.* E-Mail. *WhatsApp*-Nachrichten. *WhatsApp*-Status. In gleicher oder umgekehrter Reihenfolge wiederhole ich das gefühlt alle zehn Minuten. Als ob sich irgendetwas Bahnbrechendes ändern würde in der Zeit dazwischen. Sinnlos.

Eine Autorin, die ich nur namentlich kenne, hat gepostet, dass sie ein Literaturstipendium bekommen hat.

»Unglaublich! Zwickt mich bitte! Ich habe mich für ein Literaturstipendium beworben und komplett darauf vergessen. Und jetzt ratet mal, was passiert ist?«, schreibt sie. Lange braucht man hier nicht zu raten, denn auf dem Bild ist das offizielle Schreiben der Förderstelle abfotografiert. Da steht, dass sie 18.000 Euro bekommt. In Monatsraten von je 1.500 Euro. Ich überschlage kurz im Kopf. Mit meinem ersten Buch habe ich INSGESAMT so viel »verdient«, wie die in nur zwei Monaten bekommen wird. Und »verdient« stimmt nicht mal, denn dann geht noch einiges weg für die Steuern und so. Also mein Stundenlohn wird sich so im Cent-Bereich bewegt haben.

Neid ist eine hässliche Eigenschaft, rüge ich mich selber und lese mir die Kommentare durch. 299 Likes und Herzen hat sie insgesamt auf den Post bekommen. So viel hatte ich nicht mal, als ich veröffentlicht habe, dass mir ein Buchvertrag zugesagt wurde. Vielleicht kennt die mehr Leute als ich? Immer diese blöden Vergleiche.

»So verdient«, »Großartig, gratuliere«, »Ich freu mich soooo für dich«. Ich schäme mich gleich doppelt für meine schlechten Gedanken beim Durchlesen der 175 (!!) Kommentare, die sie auch noch bekommen hat. Selbst Conni hat kommentiert: »Ur super, gratuliere!« Dann sehe ich, dass Conni ihren eigenen Kommentar noch mal kommentiert hat. »Ich hab das Literaturstipendium übrigens schon wieder nicht bekommen und bin ein bissi neidisch.« Ich liebe sie für ihre Ehrlichkeit. Auch wenn es mir wirklich leid tut, dass sie schon wieder leer ausgegangen ist. Als ich auf *WhatsApp* umsteige, um ihr zu schreiben, sehe ich, dass eine Nachricht in der »Schreibgruppe« gekommen ist.

Joe Ferrari: Oida! 18.000 Euro für ein Stipendium! Ich reich da jetzt auch ein bei so was!

Susanne: Vergiss es, das ist die ur Hacke für nix.

Joe Ferrari: Wieso? Das kannst du ja nicht wissen.

Susanne: Frag die Conni bitte. Die verbringt die Hälfte ihres Lebens damit, irgendwo einzureichen, und selbst sie hat noch nie was bekommen. Und sie schreibt richtige Literatur im Gegensatz zu uns beiden.

Susanne: Conni, es tut mir übrigens ur leid, dass du nichts bekommen hast. Du hättest es so verdient!

Joe Ferrari: Krimi ist auch Literatur!

Susanne: Krimi ist eher so der Schlager des Schreibens. Um bei den Philharmonikern mitzuspielen, reicht das nicht.

Joe Ferrari: Ich könnte mit einem Pseudonym einreichen. Als Frau. Vielleicht habe ich da mehr Chancen?

Susanne: Die nächste versoffene Idee!!

Conni: Vergiss es, Joe. Ich hab jetzt zum fünften Mal eingereicht. Nix.

Susanne: Conni, da bist du ja endlich!! Es tut mir wirklich so leid ...

Conni: Die mögen mich einfach nicht. Da sitzen ein paar Leute in der Jury, da weiß ich, dass ich nie was bekommen werde.

Susanne: Na ja, sind das nicht objektive Kriterien, die dann veröffentlicht werden?

Conni: Wir sind in Österreich! Was sollen das für objektive Kriterien sein? Irgendwer kennt immer wen, das sind die Kriterien hier.

Susanne: Bei beruflichen Bewerbungen schickt man ja auch keine Fotos mehr mit, damit die Vergabe anhand der Qualifikationen passiert.

Joe Ferrari: Ich wäre eh schön auch!

Conni: Ja, Joe, du bist der Allerschönste! 😃

Susanne: Also wenn ich Ministerin wäre, dann würde ich das System ändern. Jede Einreichung müsste anonym sein. Nur das Projekt wird beurteilt. Danach wird alles transparent auf einer Website veröffentlicht mit Begründung.

Joe Ferrari: Ja, und dabei würdest auch alle kommenden Bücher gleich verraten ... Schlauer Plan.

Susanne: Da hast auch wieder recht. Also doch kein Ministeramt.

Conni: Schade, ich würde dich wählen.

Conni: Es ist spät. Ich geh jetzt weiter weinen und dann schlafen. Gute Nacht!

Joe Ferrari: Ja, und ich schreib schon an meinen Einreichungen!

Susanne: Der nächste Depperte!

Joe Ferrari: Das darfst auch nur du sagen! Gute Nacht!

Ich lege das Handy auf mein Nachtkästchen und rücke mir die schweren Couchpolster noch mal auf dem Bett zurecht. Dann lege ich mir noch ein zusätzliches Zierkissen auf den Kopfpolster. Erhöht schlafen wäre auch gut. Als ich mich endlich umständlich eingerichtet habe, merke ich, dass ich jetzt nicht mehr an den Lichtschalter komme.

»Schaaaatz!«, rufe ich laut.

»Gleich«, ruft er zurück, »bin noch im Spiel.« Ich höre, wie er hektisch die Controllertasten für die Spielkonsole drückt.

Kurz danach steckt er den Kopf durch die Tür. »Möchten Eure Majestät vielleicht noch mal gewendet werden?«

»Nein danke, sehr aufmerksam. Aber kannst du vielleicht das Licht ausschalten?«

»Stets zu Diensten!« Mit einer Verbeugung verlässt er den Raum rückwärtsgehend. Kurz danach ist es finster.

Ich kann mir nicht vorstellen, dass ich in dieser Position auch nur ein Minute schlafen kann. Aber mir wird nichts anderes übrig bleiben. Und es ist ja nur für die erste Woche, hat der Doktor gesagt. Und nächste Woche bin ich in Leipzig, und alles ist gut und schön.

Liebe Susi, auf der Buchmesse hat mich ein Verlag angesprochen. Sie wollen meinen Krimi verlegen! Ist das nicht oberaffenhammergeil? Vorab muss nur ein kleiner Druckkostenzuschuss bezahlt werden. Das kommt mir jetzt ein bisschen komisch vor. Bin ich zu hysterisch? Kriminell_gut_1974

Hallo, Kriminell_gut_1974! Ist es nicht immer die Intuition, die aus einem guten Ermittler eine wahre Profi-Spürnase macht? Gratuliere! Genau diese Intuition hast du auch, vertrau ihr! Manchmal ist es besser, weiter nach einem Verlag zu suchen, der vollständig an dich glaubt, ohne dass du gleich mal Kohle ablegen musst!

DAS MÜNCHEN DES OSTENS

»Schaunse mol de schöne Mond hoidde«, sagt der Taxifahrer, und ich hebe zum ersten Mal den Blick von meinem blöden Handy.

Beim Taxifahren scheiden sich ja die Geister. Die einen wollen reden, die anderen nicht. Ich bin eindeutig von der Redefraktion, vor allem, wenn ich in fremden Städten wie jetzt in Leipzig bin. Und besonders wenn die Taxifahrer so einen lustigen Dialekt haben wie hier in Sachsen. Das ganze Bundesland klingt in meinen Ohren wie der *Maschendrahtzaun-Song* vom Stefan Raab damals. Außerdem erfährst du beim Taxifahren immer die echten und ungefilterten Insights.

»Leipzsch isch das Münschen des Osdens«, erklärt er mir, sichtlich stolz auf seine Stadt.

»Ja, schön«, antworte ich und starre immer noch auf den Mond.

»200.000 Menschen sind hier abgehauen nach der Wende, in den Westen rüber.« Ein leiser Vorwurf schwingt in seinem Satz mit.

Ob er selbst wohl damals auch schon hier war? Seinen Augen im Rückspiegel nach schätze ich ihn auf Ende 50.

Mein Blick schweift vom Rückspiegel auf den Taxameter daneben. Steht da 20 Euro? Ich bin seit höchstens fünf Minuten in dem Taxi. Wie soll das gehen? Im Sekundentempo kommen weitere zehn Cent dazu. Sprich: alle sechs Sekunden ein Euro!!! Ist das eine sächsische Taxibande hier? Jetzt denke ich auch kurz an Flucht!

Mit 16 ist mir das einmal in Budapest passiert. Ein illegales Abzocker-Taxi, und ich bin tatsächlich bei einer roten Ampel rausgesprungen und weggelaufen. Aus Angst vor dem Taxifahrer bin ich einfach wahllos in das nächste Lokal geflüchtet. Das waren die ersten und auch einzigen fünf Minuten meines Lebens in einem ungarischen Bordell.

Flucht scheint mir aktuell allerdings keine Option. Wir sind auf irgendeiner Stadtautobahn. Beim Taxometerstand von 39 Euro frage ich vorsichtig, ob es noch weit sei und ob das alles so teuer hier wäre. Entweder hat er mich nicht gehört oder nicht verstanden. Er redet weiter von der Flucht: »Meine Dande und da Ongl sind auch abgehauen. Mit dem Hund von der Dande.«

»Hm«, sage ich und halte Ausschau nach Ampeln. 50 Euro.

»Un nu wolln se alle widder zrück. Drum wird's hier a immer teurer.«

Kann ich bestätigen. 55 Euro.

»Nur de Dande und da Ongl, die wolln nich mehr zrück. Der Köda ooch nich. Weil, der is jetzt dod.«

Ich bin unschlüssig, ob jetzt eine Beileidsbekundung angebracht wäre, nach dem Blick auf den Taxameter entscheide ich mich dagegen.

»Sind Sie Fußballfan?«, fragt er mich, kurz um Hochdeutsch bemüht.

Ich nicke.

»Wisse Sie, wos *RB Leipzig* bedeuded?«

Ich verweigere die richtige Antwort. Der Taxameter ist inzwischen bei 65 Euro!! Außerdem, natürlich weiß ich das: *Red Bull Leipzig*. *Red Bull* ist schließlich eine österreichische Marke!

»Raosn Ballet Leipzsch!«, ruft er die Antwort hinaus und lacht laut auf. 70 Euro. Ich kann nicht mehr lachen. Bei

78 Euro sind wir vor dem Hotel angekommen. Ich überlege, wie viele Bücher ich für den Betrag verkaufen müsste, und höre aber gleich wieder auf. Es ist eine traurige Rechnung.

Genauso traurig wie das Hotel gerade auf mich wirkt. Aber vielleicht liegt es auch am leichten Regen und der Dunkelheit. Außerdem, ich bin froh, überhaupt noch ein freies Hotel gefunden zu haben. Es ist nicht nur Buchmesse, sondern Helene Fischer spielt auch noch mehrere Konzerte hintereinander hier.

Martina wohnt in einem der schönen Hotels, wo die Buchverlage ihre Autoren einquartieren, wenn diese offizielle Lesungen auf der Buchmesse haben. Nachdem ich keine offizielle Lesung habe, bin ich quasi Selbstversorger. Ich verstehe es ja auch, mein Buchverlag publiziert pro Vorschau Bücher von rund 60 Autoren. Zweimal pro Jahr gibt es eine Vorschau, das sind dann insgesamt allein 120 Autoren pro Jahr. Und jetzt rechne das mal hoch auf die letzten zehn Jahre! Wenn da alle Verlage ihr gesamtes Autorenteam einladen, dann kann die Helene Fischer gleich daheim bleiben. Kein Platz mehr.

»Gute Infrastruktur« hat es in der Hotelbewertung geheißen. Und tatsächlich befinden sich links und rechts vom Hotel zwei vielversprechende gastronomische Highlights. Ein »Kebab-Pizza-Burger Take Away« und der »Kifferkönig Growshop«.
Die Hotelrezeption ist wesentlich moderner, als ich es erwartet hätte. Die Art von Vintage Style, wo alte Bauten mit wenig Geld hipsterisiert wurden. Eine Wand mit dunkelgrünen Fliesen im U-Bahn-Style, dazu braune Ledersofas wie vom Sperrmüll, sind aber in Echt sicher teuer und neuwertig, und jede Menge Grünpflanzen. Dazu ein großer Krug mit Gurkenwasser und ein *Fritz-Kola*-Kühlschrank. 24/7 open.

Mein Zimmer ist im fünften Stock, und kurz ziehe ich in Erwägung, das komplett mit Teppich ausgelegte Stiegenhaus zu nehmen, wähle aber dann doch den Lift, was sich als großer Fehler herausstellt. Der Lift ist so langsam, da kannst du dir eine ganze Folge der Kardashians im Lift anschauen. Warum auch immer mir die jetzt einfallen. Vielleicht weil die auch dauernd im Hotel sind. Nur halt nicht in solchen.
Der Spannteppich vom Stiegenhaus setzt sich nahtlos im Gang und auch in meinem Zimmer fort. Mein Zimmer ist groß, ich könnte ein Rad schlagen vor dem Bett. Dafür hat es nur ein winzig kleines Fenster ganz weit oben. Ich kann den dunklen Himmel erkennen, sonst nichts. Wenn ich aber den Sessel heranschiebe, den dünnen Vorhang mit dem leichten Grauschleier zur Seite schiebe und mich auf Zehenspitzen auf den Sessel stelle, dann kann ich gegenüber direkt auf den sozialistischen Plattenbau schauen.

Das wird also meine Homebase für meine erste Leipziger Buchmesse als Autorin.

WhatsApp-Chat:
Martina: Huhu, wir gehen bei uns im Hotel alle noch rauf zur Rooftop Bar auf einen Absacker und vielleicht eine Kleinigkeit zum Essen. Kommst du vorbei?
Susanne: Der Taxifahrer ist mit meinem Geld durchgebrannt! Ich kann mir nix mehr leisten!
Martina: Was??? Wurdest du ausgeraubt?
Susanne: Symbolisch, ja. Ich habe 78 Euro für ein Taxi bezahlt! 😶
Martina: Doch, komm her, ich lade dich auf einen Drink ein! 🫂 💸 🍸
Susanne: Morgen gerne, aber heute bin ich zu müde!!!
Martina: Okay, freu mich auf die Messe morgen mit dir!
Martina: Hast du eh was zu essen bei dir im Hotel?

Susanne: Ja, ich überlege noch, was ich mir vom Zimmerservice bringen lasse.
Susanne: Einen Kebab, ein Gurkenwasser oder etwas aus dem Kifferkönig-Shop …
Martina: 🤭

Es gibt nur einen offenen Kleiderschrank mit drei Kleiderbügeln. Also spare ich mir die Mühe, den Koffer auszuräumen, und lasse ihn einfach geöffnet vor meinem Bett stehen. Nur das Schminkzeug und mein Glätteisen räume ich ins Bad, und mein Laptop kommt auf das Nachtkästchen. Ich muss ja auch an meinem Buch hier weiterschreiben, sonst wird das nichts mit der Deadline, und ich werde es nie in ein von den Verlagen bezahltes Hotel schaffen.

Laut meinem Zeitplan muss ich jeden Tag mindestens ein Kapitel schreiben, damit sich das ausgehen kann. Auch heute noch! Wenigstens ist es gut, dass ich daheim auch nur liegend im Bett schreibe. Denn was anderes gäbe es hier gar nicht.

Bevor ich Maschinen starte, will ich mir von unten aber noch ein Gurkenwasser holen. Also entferne ich die Plastikfolie vom Zahnputzbecher im Badezimmer (wieso muss man eigentlich einen Plastikbecher noch mit Plastikfolie umhüllen??) und gehe zu Fuß die fünf Etagen hinunter.

Während das Gurkenwasser sehr langsam in den Becher läuft, belausche ich das Gespräch an der Rezeption. Ein Mann steht gerade mit dem Rücken zu mir und checkt ein.

»Sie kommen auch zur Buchmesse?«, fragt die Rezeptionistin freundlich. Die sind wirklich sehr lieb hier. Ich muss den Mitarbeitern unbedingt eine super *Google*-Bewertung hinterlassen.

»Ja, natürlich!«, antwortet der Mann in einem unfreundlichen Tonfall.

Von irgendwo kommt mir die Stimme allerdings bekannt vor, nur von wo?

»Schließlich bin ich ein großer Buchhändler in Österreich und politisch aktiv in dem Bereich bin ich auch!« Er betont den Satz, als wäre sie dumm oder schwerhörig oder beides.

Woher kenne ich die Stimme?

Die zweite Gurkenladung ist endlich voll – die erste habe ich vor Ort ausgetrunken – und der Lift kommt zufällig gerade herunter, also steige ich mit dem vollen Becher in den Lift ein.

Kurz bevor die Tür ganz langsam zugeht und ich mich umdrehe, sehe ich das Gesicht des Mannes. Und da weiß ich plötzlich, woher mir die Stimme bekannt vorkommt!

Liebe Susi, bald ist wieder Buchmesse. Macht es Sinn, dort alle Verlage anzusprechen und mein Buch anzubieten? Laura R.

Liebe Laura, toll, dass du schon ein Buch geschrieben hast! Das ist eine tolle Gelegenheit, um Kontakte zu knüpfen! Allerdings macht es Sinn, hier strategisch vorzugehen. Recherchiere vorab, wo dein Buch am besten hinpassen würde, bereite dich gut vor und bring vielleicht eine Leseprobe mit und versuche, einfach viele Kontaktdaten zu sammeln, denen du später ein E-Mail schicken kannst. Bleib dabei höflich, präzise und professionell – der erste Eindruck zählt! Viel Erfolg!!

SOLLEN WIR DIE VERLEGER KIDNAPPEN?

Ich stehe auf einer großen Kreuzung in der Nähe der Leipziger Innenstadt und halte Ausschau nach einem weißen Tesla. Das Auto vom Verlegerehepaar unseres Buchverlages. Martina hat die beiden gestern beim geselligen Zusammensein in der Rooftop-Bar zum ersten Mal persönlich kennengelernt und nach dem zweiten Cocktail dankend das Angebot angenommen, am nächsten Tag in ihrem Auto mit auf die Buchmesse kutschiert zu werden. Zu Recht sage ich, weil, immerhin ist die Martina Spitzentitel im Verlag. Wer ganz vorne in der Programmvorschau ist, kann auch hinten bei den Verlegern sitzen. Weil die Martina immer noch was dazuverhandelt, darf ich jetzt auch mitfahren.

Und weil ich nicht wollte, dass die Verleger die neue aufstrebende Autorin aus dem Plattenbauhotel neben dem *Kifferkönig* abholen, habe ich gelogen und mir wahllos einen schicken Abholort auf *Google Maps* herausgesucht, wo ich jetzt ewig zu Fuß hergegangen bin, nur um meine Unterkunft zu vertuschen.

Da kommt der weiße Tesla. Martina sitzt schon hinten. Ich steige dazu und komme mir vor wie die arme Schulfreundin von der reichen Tochter, die mit in die Ferien fahren darf. Beim Gedanken an Ferien in Ostdeutschland habe ich auch gleich einen Urlaubslied-Ohrwurm. Allerdings einen eher ungünstigen. Der Text von dem Lied beginnt so: »Ab in die Sünde.

Ab nach Warnemünde. Hin zum FKK.« Das Lied ist von einer Band aus den 8oer-Jahren namens *Juckreiz*.

Das wär vielleicht auch ein lustiger Buchtitel, der Aufmerksamkeit erregen könnte. Ich unterdrücke den Drang, das Verlegerehepaar nach seiner Meinung dazu zu fragen. Stattdessen lasse ich ungesichert alle neugierigen Fragen auf einmal aus mir heraus. Wer weiß, wie oft man im Leben die Chance hat, die Gründer und Eigentümer von einem großen Buchverlag zu treffen. Noch dazu in einem Raum, wo sie grad nicht wegkönnen.

Wie kommt man auf die Idee, einen Buchverlag zu gründen? Der Sitz ist in Meßkirch in Süddeutschland. Laut *Google Maps* ist das in Schwaben. Oder sagt man im »Schwabenland« oder »im Schwäbischen«? Und gibt es die Schwäbische Eisenbahn wirklich? Warum diese Witze mit der Sparsamkeit der Schwaben und warum Spätzle? Und wieso heißt es Schwäbische Alb mit »b«, und nicht mit »p« wie bei Alpen?

Gerne würde ich auch so wirtschaftliche Fragen stellen, weil ich das ja aus meinem Agenturjob kenne und spannend fände zu wissen: Wie hoch ist der Umsatz vom Verlag? Wie groß der Deckungsbeitrag? Wie hoch die Rendite? Tragen alle Titel gleich viel dazu bei oder teilt sich der Gewinn auf einige wenige Bücher auf? Wie entscheiden sie, wo die Investitionen hingehen, also welches Buch bekommt die Marketingbudgets oder die PR-Maßnahmen?

Ist schon mal wer mit dem Verlagsvorschuss durchgebrannt? Woher wissen sie, ob sich der Vorschuss überhaupt je wieder reinspielt, und was, wenn nicht? Muss man dann abwaschen kommen? Oder unverlangt eingesandte Manuskripte lesen?

Aber ich übe mich in Diskretion und stelle all diese spannenden Fragen nicht.

Stattdessen frage ich: »Und, waren Sie schon mal auf der Leipziger Buchmesse?«

Ungefähr die trotteligste Frage, die man Verlagsinhabern aus Deutschland stellen kann.

Mein Handy vibriert. Nachricht von Martina. Wieso schreibt sie mir Nachrichten, wenn sie neben mir sitzt?

Martina: Das Auto ist sicher teuer!

Ich zucke mit den Schultern, weil ich keine Ahnung von Autos habe, es ist sauber und riecht gut. Das kann ich sagen. Aber der Preis? Keine Ahnung. Vor allem, warum will sie das wissen? Plant sie eine Entführung? Will sie ihre eigenen Verleger kidnappen?

Martina: Die nächsten Vertragsverhandlungen!!!

Ah, ich verstehe jetzt und werfe ihr einen vielsagenden und halbkriminellen Seitenblick zu.

Der Vorteil von diesem exklusiven Chef-Shuttle ist nicht nur, dass wir uns S-Bahn oder Taxi ersparen, sondern auch, dass wir direkt über den Ausstellereingang hintenrum auf das Gelände kommen. Es fühlt sich an wie Backstage bei den *Rolling Stones*.

Nur dazu müssen wir vorab eine Online-Messe-Registrierung ausfüllen. Also sitzen wir jetzt beide über unsere Handys gebeugt und wischen herum. Hoffentlich wird mir nicht schlecht dabei, sicherheitshalber halte ich Ausschau, wie man das Fenster hinten aufmachen kann. Ob da eine Kindersperre drauf ist?

Die üblichen Daten müssen eingegeben werden, Name, Adresse, Geburtsdatum, E-Mail-Adresse, Telefonnummer. Dann werde ich allerdings kurz stutzig.

»Wieso kennen die uns schon?«, frage ich Martina, die genauso konzentriert wie ich herumtippt.

»Was heißt, die kennen uns?«

»Na, da steht, man muss den Namen des Bestsellers angeben.« Ich halte ihr mein Display hin und tippe mit dem Finger auf das Eingabefeld.

»Besteller! Da steht Be-steller nicht Best-seller!«

Der Ausstellerparkplatz ist schon sehr gut gefüllt. Wir finden noch einen der letzten freien Parkplätze direkt neben einem weißen Kastenwagen mit der Aufschrift »FICKEN«. Während das Verlegerehepaar noch Material aus dem Kofferraum auslädt, inspiziere ich den Ficken-Bus genauer. Aber es gibt keine Hinweise, ob es sich um einen Buchverlag oder vielleicht um einen einzelnen Buchtitel handeln könnte. Aus marketingtechnischer Sicht ist der Name auf jeden Fall sehr einprägsam. Ich unterlasse es aber, unseren Verlegern einen Vorschlag in diese Richtung zu unterbreiten. Obgleich das womöglich ein sehr einträgliches Geschäftsfeld wäre. Ich muss an Conni und diese Joy denken, von der sie schamlos ausgenutzt wird. Morgen ist die offizielle Lesung von Joy auf der Buchmesse. Ich habe mir Uhrzeit und Standort der Lesung schon notiert. Wir werden sie zur Rede stellen und unsere Forderung deponieren: eine Umsatzbeteiligung für Conni, oder der Ghostwriter-Deal platzt!

Die Messe öffnet offiziell erst in 15 Minuten. Aber wir sind Aussteller und dürfen schon vorher hinein. Ein ganz besonderes Gefühl, wenn man hinter Verleger-Mama und -Papa durch die noch leeren Gänge dieser großen Messehallen gehen darf. Die Aufregung aller Aussteller liegt in der Luft, jeder fummelt noch mal an seinen ausgestellten Büchern herum, rückt sie zurecht, die letzten Kartons werden klein gefaltet und in unsichtbaren Zwischenräumen versteckt. Mein Blick wandert die ganze Zeit links-rechts-links-rechts, um nur ja nichts zu verpassen. So viele Stände! So viele Bücher! Bald fühlt es sich an wie am letzten Einkaufssamstag vor Weihnachten in der *Shopping City Süd*. Man sieht den Wald vor lauter Bäumen nicht mehr und hat Angst, etwas Wichtiges zu verpassen.

Der »Ficken«-Verlag hat einen eigenen Stand. Ist aber kein Verlag, wie sich bei näherer Inspektion herausstellt, sondern ein Getränkeanbieter. Keine Ahnung, warum die auf der Buchmesse ausstellen.

Beim Österreich-Stand wuseln Menschen, die man kennt, entweder persönlich oder vom Sehen oder aus den Medien. Soll man Leute, die man nur aus Social Media kennt, auch persönlich begrüßen? Oder ist das aufdringlich? Ich bin dankbar über jede Person, die ich aus dem echten Leben schon kenne, und umarme Petra Hartlieb dann wohl etwas verzweifelter, als es gedacht war. In den fünf Minuten unseres Gesprächs kommen mindestens fünf Personen vorbei, die wiederum die Petra begrüßen und mir auch aus Höflichkeit die Hand schütteln oder freundlich zulächeln und dann wieder weiterziehen. »Das war jetzt der Robert Seethaler«, flüstert mir die Petra dann zu. »Und das der Clemens Setz.« Mir ist schon ganz schwindelig vor lauter wichtigen Namen, die ich alle daheim im Bücherregal stehen habe. So als ob mein Regal auf einmal zum Leben erwacht.

Irgendwo bei dieser ganzen Begrüßerei habe ich Martina verloren. Ich lasse mich erschöpft auf einen Sessel fallen und schicke ihr eine Nachricht.

Susanne: Wo bist du?

Susanne: Ich sitze beim Österreich-Stand, dort wo die Lesungen sind.

Martina: Ich bin in zehn Minuten bei dir.

Martina: Und kauf nicht alle Bücher, nur weil du Mitleid hast!

Susanne: Ich kaufe keine Bücher aus Mitleid!

Martina: Doch, du kaufst jedes Mal alle Bücher!

Ich denke an meinen »SUB« daheim. Den »Stapel ungelesener Bücher«. Ja, womöglich habe ich schon ein- oder zweimal etwas gekauft, weil vielleicht sonst niemand etwas gekauft hätte. Oder weil überhaupt kein Publikum bei einer Lesung war. Aber ich weiß ja, wie das ist. Du bemühst dich, dein Publikum gut zu unterhalten, du bedankst dich fürs Kommen, du winkst ihnen hinterher, wenn sie gehen. Und dann siehst du ihre leeren Hände und wie der Buchhändler später alle deine Bücher wieder in die Wannen einräumen und das alles wieder zum Auto zurückschleppen muss.

Langsam füllen sich die Reihen hier neben mir. Ich checke auf dem Monitor über mir, welche Lesung als Nächstes hier am Programm steht. »Wovon wir leben«, steht da.

Susanne: Ich glaub, da kommt ein spannender Vortrag beim Österreich-Stand.

Susanne: »Wovon wir leben« ist der Titel. Das wird vielleicht so eine Info-Veranstaltung sein, damit nicht alle neuen Autoren gleich ihre bisherigen Jobs kündigen.

Ist es nur nicht, wie ich eine halbe Stunde später weiß. Es handelt sich um den neuen Roman der Bachmannpreisträgerin Birgit Birnbacher. Und mein SUB ist gerade um weitere fünf Zentimeter gewachsen.

Meine Schrittzähler-App zeigt 27.000 Schritte an, als ich mich nach dem ersten Messetag wieder zurück ins Hotel schleppe. Meine Kondition ist komplett im Arsch. Das kommt davon, weil ich die letzten Tage und Wochen abends nur rumliege und an dem Buch schreibe. Beziehungsweise *Word*-Seiten öffne, schreibe, lösche, schreibe, lösche und wieder schließe. So viel Bewegung wie auf der Messe heute, das sind sicher nicht die natürlichen Aufzuchtbedingungen für Autoren. Außer du bist Arno Geiger. Der geht ja so viel, wie er in seinem Buch *Das glückliche Geheimnis* erzählt. Und dabei schaut er im

Papiermüll nach spannenden Storys nach. Seitdem ich das weiß, halte ich immer Ausschau nach Autoren, wenn ich bei Mistplätzen vorbeikomme.

Bei der Hotelrezeption ist eine neue Mitarbeiterin, die ich noch nicht kenne. Sie überreicht mir meinen Zimmerschlüssel mit persönlichen Worten. »Sind Sie vielleicht die Mutter von Melissa Naschenweng, der Schlagersängerin? Sie sehen ihr sehr ähnlich!«

Beleidigt greife ich nach meinem Schlüssel und überdenke die *Google*-Bewertung. Ich sage in solchen Fällen wenigstens aus Höflichkeit immer »Schwester«. Selbst wenn der Altersunterschied 70 Jahre beträgt ...

Im Zimmer lasse ich meine Schuhe, Jacke und Tasche einfach irgendwo am Boden liegen und werfe mich aufs Bett. Die Einladung von Martina zum neuerlichen Rooftop-Erlebnis, diesmal eine andere spannende Bar, muss ich leider wieder ausschlagen. Ich muss die Kundenrechnungen für die Firma fertigstellen, und die Kundin will morgen früh einen Call machen, um die Gästeliste für das VIP-Event durchzugehen. Also sollte ich auch daran noch arbeiten. Außerdem habe ich über *Facebook* eine Interviewanfrage bekommen.

Literaturoutdoors.com hat mich um ein Interview zur Buchmesse Leipzig gebeten. Ich tippe die Antworten direkt ins Handy:

Literaturoutdoors.com: Liebe Susanne Kristek, ist Österreich als Gastland die vorauseilende Revanche für den deutschen (Sommer)Gast?

Ich weiß nur, dass man als Österreicher nirgends so herzlich empfangen wird wie in Deutschland. Wir beginnen zu sprechen, und (fast) alle sind verzückt.

Literaturoutdoors.com: Was charakterisiert einen österreichischen Gast?

Wir bringen Alkohol mit, wenn wir wo eingeladen sind?

Literaturoutdoors.com: Wird Leipzig das Literatur-Cordoba für Österreich?

Hans Krankl forever! Ich liebe auch seine Musik!

Literaturoutdoors.com: Was nimmt ein österreichischer Gast aus Deutschland immer mit? Offiziell und inoffiziell.

Hotelhandtücher?

Literaturoutdoors.com: Wer kann besser lesen – Deutschland oder Österreich?

Ich habe gestern mein Zutrittsticket bei der Messe mehrfach falsch reingesteckt. Die Mitarbeiterin hat gesagt: »Das ist eine Buchmesse. Lesen hilft!«

Später beim Abschminken muss ich die Rezeptionistin noch mal korrigieren. Mein Spiegelbild sieht nicht aus wie die Mutter von Melissa Naschenweng. Es ist ihre Oma!

Und außerdem sehe ich da etwas, was gestern sicher noch nicht da war: ein seltsam wulstiger Knubbel, circa drei Zentimeter lang, seitlich am Kinn. Ich streiche mit dem Zeigefinger vorsichtig darüber und ziehe ihn gleich wieder angeekelt zurück. Es fühlt sich spooky an.

Wie wenn da ein Wurm drin wäre.

Liebe Susi, nachdem es ja keine Vertreter für Selfpublisher gibt, muss ich wohl mein eigener Vertreter werden und jede einzelne Buchhandlung abklappern, um dafür zu sorgen, dass man mein Buch dort auch kaufen kann. Ich bin voller Power und dazu bereit! Hast du Tipps für mich? Erika

Liebe Erika! Wie der Name schon sagt, als SELF-Publisherin muss man wirklich alles alleine machen. Aber bevor du dich auf die Reise machst, bedenke bitte, dass sicher auch ein paar tausend Selfpublishing-Bücher jedes Jahr erscheinen. Wenn jede Autorin davon alle Buchhandlungen besucht, dann hat ja niemand mehr Zeit, Bücher zu verkaufen … Vielleicht versuchst du es zuerst mal über Social Media.

TAG DER ERWACHSENENLITERATUR

»Du hast *was*???? Einen Faden mit Widerhaken in der Wange?« Conni starrt mich mit entsetzt geweiteten Augen an.

Wir teilen zwar die Begeisterung für Bücher, nicht aber für kleine kosmetische Eingriffe.

»Das ist jetzt nicht so schlimm, wie es sich anhört«, versuche ich, sie zu beschwichtigen.

Wir sitzen vor einer sehr großen Bühne auf der Buchmesse. »Tag der Erwachsenenliteratur«, steht als Überschrift auf dem Monitor, der die Lesungen des heutigen Tages auf dieser Bühne ankündigt. Gleich wird ein Buch mit dem Titel *Partnertausch – eine Liebe zu viert* präsentiert. Es erzählt die autobiografische Geschichte von zwei Ehepaaren, die im Alter von 61 Jahren zu dieser Lebensform gefunden haben.

Deswegen sind wir aber nicht hier, sondern um rechtzeitig Plätze für die Lesung danach zu reservieren. Wenn Joy Valentine aus »ihrem« Buch *Dirty Writers* liest. Joy hat weder das Mail von Conni beantwortet noch auf Anrufe von Conni reagiert. Lediglich eine *WhatsApp* hat sie geschrieben, dass es rund um die Leipziger Buchmesse bedauerlicherweise kein freies Zeitfenster für ein Treffen gäbe. Aber wir lassen uns nicht abschütteln. Deswegen sind wir hier.

Die beiden leeren Sessel rechts von mir haben wir mit unseren Taschen belegt. Joe wollte auch noch kommen, mit wem auch immer.

Conni schläft bei einer Freundin, die sie in Lindenhof kennengelernt hat, auf der Couch. Trotzdem sieht sie bedeutend frischer aus als ich. Meine Nacht war sehr kurz, ich hatte in der Früh schon einen Kundencall, kein Frühstück, und dann habe ich noch versucht, am Weg zur Messe einen Schal oder ein Tuch zu kaufen, um meinen komischen Knubbel zu verdecken. Das Einzige, was ich auftreiben konnte, war ein Fußball-Fan-Schal von *Red Bull Leipzig*. Den halte ich mir jetzt krampfhaft mit den Händen über den Knubbel am Kinn und seitlich auf der Wange. Ich sehe aus wie Witwe Bolte von Wilhelm Busch.

»Was heißt, es ist nicht so schlimm?«, fragt Conni und starrt mich von der Seite an. »Was macht der denn da genau?«

»Er fährt mit einer langen Nadel, an der ein Faden mit Widerhaken hängt, in deine Wange, zieht den durch die ganze Backe bis zum Jochbein hoch und verankert ihn innen drinnen mit einem Widerhaken.«

Conni verzieht angeekelt das Gesicht. Ich kann sie verstehen. Es hört sich jetzt wirklich ein bissl grauslich an. Ich habe eh auch lang überlegt, ob ich das wirklich machen soll, aber eine Freundin hat so geschwärmt von dem Ergebnis, dass ich mich zumindest mal umfassend und medizinisch fundiert informieren wollte. Auf *TikTok*. Drei Tage später bin ich schon bei dem Arzt gesessen, der die meisten Videos dazu hochgeladen hatte.

Inzwischen erzählen die zwei Ehepaare von ihrem Kennenlernen, und auch vom Umgang mit Kritik an ihrer Liebe zu viert.

»Aber man darf sich nicht immer alles vorschreiben lassen«, sagt eine der beiden Frauen, die sich als Dorothea vorstellt. »Das Leben ist erst dann aus, wenn es aus ist.«

Schöner Satz. Das Publikum applaudiert.

»Und was sagt der Arzt, hast du ihn angerufen?«

»Hallo!!!« Conni stupst mich mit dem Ellbogen an.

Ich denke immer noch über den Satz nach.

»Der Arzt? Ach so, ja natürlich. Er sagt, es kann sein, dass ein Teil von dem Faden gerissen ist und jetzt wandert.«

Conni schüttelt ungläubig den Kopf. »Wie kann so was reißen?«

»Vielleicht habe ich nicht gut genug aufgepasst. Den Mund zu weit aufgemacht, zu starke Kaubewegungen oder nicht konsequent genug am Rücken geschlafen.«

»Was??? Du darfst jetzt nur mehr am Rücken schlafen und nicht kauen? Spinnst du??«

»Psssst«, zischt die Dame hinter uns.

Ich entschuldige mich mit einer stummen Geste und lege den Finger auf den Mund.

Conni schüttelt immer noch den Kopf, während ich die letzten zwei Wochen noch mal im Kopf durchgehe. Ich habe wirklich die ganze Zeit wie aufgebahrt auf dem Rücken geschlafen. Sogar die Kissen von der Couch habe ich als Begrenzung links und rechts hingelegt. Außerdem habe ich meine Ernährung vorwiegend auf Cremesuppen und Puddings umgestellt und vermieden zu lachen. Was kann ich falsch gemacht haben?

»Gibt es noch Fragen?« Die vier auf der Bühne sind am Ende ihrer Buchpräsentation angekommen.

Eine Besucherin aus dem Publikum streckt die Hand nach oben.

»Ja bitte?«, fragt Dorothea.

»Partnertausch interessiert mich nicht. Aber hätten Sie vielleicht noch einen Platz für meinen Mann frei?«

Wo ist Joe eigentlich so lange? Er wollte Conni doch auch unterstützen, und gleich beginnt die Lesung. Inzwischen ist es bummvoll hier. Immer mehr Menschen strömen herbei. Wir mussten die beiden reservierten Plätze schon mehrfach verteidigen. Seit dem Sensationserfolg der Autorin E.L. James mit ihrem Buch *Fifty Shades of Grey* ist das Thema »Erotische

Literatur« im Mainstream angekommen. Der erste Band von *Fifty Shades of Grey* war das am schnellsten verkaufte Taschenbuch im Vereinigten Königreich. Noch vor den *Harry-Potter*-Taschenbüchern! E.L. James, die eigentlich Erika Leonard heißt, hat das Buch zuerst auf ihrer Website veröffentlicht, danach wurde es durch Mundpropaganda immer berühmter, bis ein kleiner australischer Verlag darauf aufmerksam wurde. Das Märchen vom Tellerwäscher zum Millionär wurde wieder einmal wahr.

Heerscharen von Autoren klammern sich weltweit an diese Erfolgsgeschichten, ich natürlich auch. Bei jeder Ablehnung (von Buchverlagen, Preisen, Stipendien, was auch immer …) trösten wir uns gegenseitig mit Sätzen wie: »Harry Potter wurde auch von zwölf Buchverlagen abgelehnt.«

Jetzt sind J.K. Rowling und E.L. James superreich und können sich vermutlich ordentliche Kosmetikbehandlungen leisten. Nicht so billige Fäden auf Wanderschaft von einem *TikTok*-Arzt. Und sie müssen sich auch nicht hinter einem Fußballschal verstecken. Das Einzige, wo man sagen könnte, dass die sich dahinter verstecken, ist ihr unisex Künstlername beziehungsweise die bewusst gewählte Abkürzung nur mit den Initialen: J.K. und E.L. Vielleicht auch nicht ganz zufällig gewählt, denn es hält sich die Mär, dass sich Bücher von weiblichen Autoren schlechter verkaufen. Ein Unisex-Name oder eine Abkürzung, die alles offenlässt, ist da natürlich ein geschickter Schachzug.

Fifty Shades of Grey hat jedenfalls nicht nur dazu geführt, dass die Baumärkte gestürmt wurden und Kabelbinder, Seile und Klebebänder fast ausverkauft waren, sondern auch, dass das Thema »Erotische Literatur« plötzlich auch in Buchhandlungen und in der Literaturszene platziert und sichtbar wurde. Und es hat zu einer Flut von »Nachahmungstätern« geführt.

Eine davon betritt gerade unter großem Applaus die Bühne: Joy Valentine.

Menschentrauben drängen sich nun von allen Seiten um die Bühne. Handys werden gezückt und Fotos gemacht. Wie auf den Konzerten, wo man dann nur den Hinterkopf der Menschen vor dir am Foto hat. Nach ein paar Minuten wird es den meisten eh zu blöd, und die Handys wandern wieder zurück in die Taschen.

Joy ist eine sehr attraktive Frau, ich schätze sie auf +/- 60. Kann man ja heute wirklich nicht mehr genau sagen. Ist auch völlig irrelevant. (Warum muss eigentlich in der Zeitung oder im Fernsehen immer das Alter dabeistehen? Und warum in Klammern? Genauso gut könnte man auch die Schuhgröße hinschreiben.)

Joy, die in Wirklichkeit Elfriede heißt, wie mir Conni verraten hat, schaut richtig gut aus. Langes dunkelbraunes Haar, dezentes Make-up, enger schwarzer Lederrock, cremefarbener Rollkragenpulli, der perfekt ihre Kurven betont. Ein richtig guter Style. Einzige Irritation: die tätowierte Lippenkontur. Ich tippe auf die späten Neunziger oder die frühen Nullerjahre. Als Tätowieren in der Beauty-Branche modern wurde. Lippen, Eyeliner, Augenbrauen. Aufwachen und schon geschminkt sein, das war der Verkaufsschmäh für *Permanent Make-up* damals.

Mir persönlich reicht es, wenn nach dem Aufwachen der Mann neben mir permanent der Gleiche ist …

Joy setzt sich nicht auf den vorgesehenen Stuhl hinter dem Lesungstisch mit der Lampe. Sondern sie geht nach vorne, schiebt die Lampe mit dem Handrücken zur Seite und setzt sich lasziv auf den Tisch drauf. Ich würde mich ja nie ungefragt auf fremde Tische setzen. Aber vielleicht sollte ich da auch mal lockerer werden.

Sie überschlägt betont langsam die schlanken Beine und fixiert dabei ihr Publikum. Während sie spricht, wippen ihre Füße in spitzen schwarzen Lack High Heels beinahe wie eine tödliche Waffe fast genau vor Connis Gesicht.

Plötzlich drängen sich zwei seltsam kostümierte Personen durch das Publikum in unsere Richtung. Ich kann die Gesichter noch nicht erkennen, aber die Frau trägt so was wie ein sexy Sportkostüm aus pinkem Stoff. Sehr wenig pinker Stoff. Und sehr viel Haut und Muskeln. Ein bissi wie im Zirkus.

Die zweite Person steckt in einem Ganzkörperkostüm, wo ich noch nicht genau sagen kann, was das darstellen soll. Ein Kondom? Eine Wurst?

Vor allem: Wollen die zu uns?

Alle Blicke im Publikum sind auf die beiden gerichtet, selbst Joy hört jetzt zu reden auf und starrt sie an, während die beiden umständlich neben uns Platz nehmen. Dann kann ich die Gesichter sehen: Joe und Mandy!

»Brat mich an!«, steht auf dem Kostüm von Joe. Also doch eine Bratwurst. Er zwinkert mir zu.

Joy hat der Auftritt aus dem Konzept gebracht, und sie findet nur langsam wieder in ihre einstudierte Sexyness zurück. Sie verlässt ihren Tischplatz nur halb so erotisch, wie sie ihn bestiegen hat, und nimmt auf dem Stuhl Platz. Während sie die Passage aus *Dirty Writer* liest, sucht sie immer wieder den Blickkontakt mit dem Publikum. Niemals aber mit uns.

Da sehe ich ihn erst, wie er seitlich der Bühne mitten in der Menschentraube steht. Die dünnen Haare kleben verschwitzt an der Stirn, das Gesicht ist knallrot, beide Hände stecken tief in den Hosentaschen. Karl Kiefer.

Der Buchhändler. Der, der mir bei dem Fotoshooting damals auf den Arsch gegriffen hat. Wie zufällig und unabsichtlich. Und ich dumme Kuh habe nichts gesagt. Weil alles so schnell ging und ich nicht allen den Abend verderben wollte. Vielleicht hat er das ja gar nicht so gemeint. Vielleicht war das auch hysterisch von mir.

Vielleicht aber auch nicht.

Und vielleicht ist es morgen schon eine andere, die auch nichts sagen wird, um den Abend nicht zu verderben.

Karl Kiefer. Der ebenfalls in meinem Hotel wohnt.

Am Ende der Lesung kommt der Verlagsleiter von Joy auf die Bühne und bedankt sich ausufernd für den Auftritt. Hinter seinem Rücken hält er einen fetten Blumenstrauß »versteckt«. Was lächerlich ist, weil, jeder im Publikum sieht das Grünzeug hinter seinem Rücken vorstehen. Wie beim Kasperl und dem Krokodil.

»Liebe Joy, und jetzt kommt der große Moment. Mit großer Freude darf ich dir heute offiziell mitteilen, dass du die unglaubliche Zahl von einer Million Bücher verkauft hast!«

Conni rutscht noch tiefer in ihren Sessel hinein.

»Und ich Depp hab mich im Vertrag mit einer lächerlichen Pauschale von 1.500 Euro abspeisen lassen und habe keine Umsatzbeteiligung verhandelt, weil ich einfach zu blöd war«, flüstert Conni leise vor sich hin. »Nicht mal reden will sie mit mir darüber.«

»Und wenn du sie auffliegen lässt und allen sagst, dass du die Bücher geschrieben hast?«

»Dann kann sie mich verklagen. Steht auch im Vertrag. Ich dumme Kuh habe den nur nicht ordentlich gelesen. Ich dachte, das wird schon passen, ich war schon mit der Miete zwei Monate im Rückstand.«

»Ich weiß, deine Zeit ist knapp, du musst schon zum Flugzeug, aber vielleicht können wir noch ein oder zwei Fragen aus dem Publikum beantworten«, fragt der Verlagsleiter Joy auf der Bühne.

Flugzeug? Es klingt wie eine dämliche Ausrede der Superstars, die bei Thomas Gottschalk auf der *Wetten, dass!*-Couch waren.

Sofort schnellen unzählige Hände im Publikum nach oben. Darunter die Hand von Mandy.

Joy blickt wieder absichtlich zur anderen Seite des Publikums. Dorthin, wo Karl Kiefer ebenfalls eine Hand nach oben hält.

Der Verlagschef aber geht mit dem Mikrofon direkt zu Mandy.

»Ich freue mich, dass auch zwei Besucher sogar im Kostüm von der *Comic-Con Messe* zur Lesung gekommen sind.«

»Welche Frage haben Sie an Joy Valentine?« Er hält ihr das Handy hin.

»Also, ich hätte da eine Frage.« Mandy kaut mit weit geöffnetem Mund einen rosa Kaugummi.

Hätte ICH so ausufernd gekaut in den letzten Tagen, dann würde ich ja verstehen, wenn die Fäden reißen!

»Mich würd interessieren, ob Sie das wirklich alles selber schreiben?«, fragt Mandy. Nach der Frage macht sie eine große Blase mit dem Kaugummi und lässt sie geräuschvoll platzen. Wie ein akustisches Satzzeichen.

Stille im Publikum.

Joy fixiert Mandy mit ernstem Blick und zieht dann ihre Mundwinkel nur ganz langsam nach oben. »Mein liebes Kind«, sagt sie mit zuckersüßer Stimme, »natürlich schreiben wir Autorinnen die Bücher selbst. Für mich ist das ja der schönste Moment, wenn ich neben meinem Schreibtisch sitze und hinaus auf meinen Garten blicke!«

»Am«, flüstert Conni neben mir.

»Was?«, frage ich.

»Wenn man schreibt, sitzt man *am* Schreibtisch und nicht *neben* dem *Schreibtisch*.« Conni klingt wütend.

»Und für mich ist das auch der schönste Moment, wenn ich für 1.500 Euro einen Millionen-Bestseller für sie schreibe und dabei auf meine schimmelige Wand in der Wohnung blicke!«

Sehr wütend.

»Liebe Joy, wir wollen den Flieger nicht warten lassen«, sagt der Verlagschef und Moderator.

»Herzlichen Dank für dein Kommen, und noch mal ein großer Applaus für die Erfolgsautorin Joy Valentine.«

Tosender Applaus im Publikum.

Kein Applaus auf den vier Plätzen in der ersten Reihe.

Joy schickt eine Kusshand in das Publikum, dreht sich um und geht.

Liebe Susi, auf der Website von meinem Verlag steht, dass die eine eigene Marketingabteilung haben. Sind die wirklich so wichtig?

Hallo Buchmarktforscher! Die Marketingabteilung ist das Herzstück eines Buchverlages. Die pumpen »Blut« in alle Maßnahmen und Kanäle: Covergestaltung, Vorschau, Werbung, Social Media, Pressearbeit, Veranstaltungsmanagement, Kooperationen, Marktforschung ... Marketing ist wichtig, damit dein großartiges Werk überhaupt entdeckt werden kann.

KIFFERKÖNIG

»Kannst du mir jetzt dein komisches Kostüm erklären?«, frage ich Joe, als wir die Messe verlassen.

Wobei, hier im Freien vor der Messehalle erregt er mit seiner Wurstverkleidung gar kein so großes Aufsehen mehr, denn es wuselt nur so von Menschen mit schrägen und aufwendigen Kostümen. Als Teil der Buchmesse Leipzig findet immer auch eine Messe für *Manga*, *Anime* und *Comic* statt. Deswegen die vielen Cosplayer (Costume Player), die im Stil ihrer Lieblingsfigur verkleidet sind.

Ich mag es überhaupt nicht, wenn ich mich wo verkleiden muss. Mottopartys sind das Schlimmste für mich. Oder diese Trachten-Cosplayer. Städter, die am Land auf Dirndl und Lederhose machen. Aber vielleicht muss ich da auch mal lockerer werden und was Neues wagen. So wie die vier Liebenden vom Partnertausch.

Conni, Mandy, Joe und ich haben uns gerade in die Menschentraube eingereiht, die zur S-Bahn-Station geht. Vor uns gehen *Batman* und *Robin*, und ich muss aufpassen, dass ich nicht auf das lange Cape von *Batman* draufsteige.

»Das war eigentlich Mandys Idee mit dem Kostüm.« Joe schaut stolz in Richtung Mandy.

»Du musst auffallen, damit du in Erinnerung bleibst«, ergänzt sie.

»Deswegen hab ich auch mein Show-Outfit vom Wrestling an und mir das extra sprühen lassen.« Sie zeigt mit dem Daumen auf ihren Rücken.

Jetzt sehe ich erst den großen QR-Code, der aussieht wie ein Tattoo.

»Du kommst da direkt auf mein *Instagram*, hab schon ein paar neue Follower heute bekommen!«

»Und warum bist dann du die Wurst?«, fragt Conni Joe.

»Weil das in Kürze mein Durchbruch wird!« Joe greift seitlich in sein Kostüm und holt einen Stapel Flyer heraus.

»Die Burenheidl Beichte – Band 1 der neuen Krimireihe von Erfolgsautor Joe Ferrari«, steht groß als Headline neben einem großen Porträtfoto von ihm. Auf der Rückseite ist ein QR-Code abgedruckt und der Hinweis, dass man dort mehr über die neue Krimi-Erfolgsreihe erfahren kann.

Dann gibt es einen eigenen Absatz mit der Überschrift: »Bist du Buchhändler?«

Der Text darunter lautet: »Dann möchtest du mit der neuen Krimi-Erfolgsreihe bestimmt auch deine Umsätze pushen! Anfragen für Listungen oder Lesungen gerne auch über den QR-Code. PS: Ab 50 Stück Erstabnahme bringe ich persönlich ein kulinarisches Geschenk vorbei.«

Das klingt wie eine Drohung.

Unter der Überschrift »Presse« werden Journalisten oder Buchblogger gebeten, Interviewanfragen über die Website zu stellen.

Joe ist auf alles vorbereitet.

»Und das Kostüm habe ich ihm bestellt«, sagt Mandy. »Passt das nicht perfekt zu seinem Buch?«

Sie freut sich so lieb über die Idee, dass ich lieber nichts dazu sage. Ich lächle nur und nicke. Und verkneife mir die Frage, ob er auch in diesem Outfit in die Buchhandlungen oder zu den Lesungen fahren wird.

Vielleicht habe ich aber nur Angst vor der Antwort.

In der S-Bahn stehen wir dicht gepresst nebeneinander. Die Züge sind komplett überfüllt. Conni schaut mit traurigen

Augen aus dem Fenster, wir erreichen in Kürze den Bahnhof Leipzig.

»Pfeif doch auf diese blöde Kuh, wenn sie dir nicht mehr Geld geben will«, sagt Mandy zu ihr. »Mach lieber dein eigenes Ding und veröffentliche selbst so ein Sex-Buch. Mit *deinem* Namen!«

Die Menschen in der S-Bahn beginnen sich in unsere Richtung umzudrehen.

Connis Augen weiten sich entsetzt: »Auf keinen Fall!«

»Also ich bin auch der Meinung von Mandy. Du könntest das locker im Selfpublishing machen. Ich kann dir dabei helfen«, sagt Joe. »Da bleibt auch viel mehr bei dir!«

»Nein, sicher nicht.« Conni schüttelt vehement den Kopf.

»Aber warum denn nicht?«, fragt Mandy. »Immerhin hast du schon etwas geschrieben, was über eine Million Mal verkauft wurde!«

»Erklär ich euch gerne mal in Ruhe«, antwortet Conni und macht eine Kopfbewegung, die andeuten soll, dass hier zu viele Menschen sind.

Am Bahnhof in Leipzig trennen wir uns wieder, Mandy hat einen Auftritt irgendwo in der Nähe. Das ist auch der Grund, warum sie gemeinsam hergekommen sind.

Conni will sich noch auf ihre Lesung vorbereiten. Die fünf Finalisten von dem Literaturwettbewerb dürfen heute Abend lesen. Danach wird der Gewinner oder hoffentlich die Gewinnerin ausgezeichnet. Für sie hätte diese Auszeichnung eine besondere Bedeutung, weil neben Vertretern aus Buchhandlungen auch jemand vom Universitätsinstitut für Literaturwissenschaften in der Jury sitzt. Sie kennt die Person zwar nicht, aber es ist das Institut, wo ihr Vater vor seinem Tod noch beschäftigt war.

»Du kannst dich auch gerne bei mir im Hotel vorbereiten,

und wir fahren dann später gemeinsam hin«, biete ich Conni an, nachdem wir uns von Joe und Mandy verabschiedet haben.

»Danke, das ist sehr lieb, aber ich möchte noch für mich alleine sein. Ich setze mich noch in einen Park und gehe dort meinen Text durch und mache meine Übungen.«

»Die aus dem Lesungsangst-Seminar?«

Sie nickt.

»Ist es sehr schlimm?«

Sie nickt noch mal mit zusammengepressten Lippen.

»Ich kann dir was zur Entspannung mitbringen, neben meinem Hotel ist der *Kifferkönig Shop*. Das klingt doch vielversprechend, oder?«

Im Gegensatz zu mir trinkt Conni keinen Alkohol, dafür kifft sie manchmal. Bei mir ist es genau umgekehrt.

Jetzt lacht sie wenigstens wieder. »Danke, das ist lieb, aber besser nicht vor der Lesung.«

Ich umarme sie zum Abschied fest. »Ich bin jetzt schon stolz auf dich und werde ganz vorne in der ersten Reihe sitzen!«

»Ihr Taxi kommt in 30 Minuten«, sagt die Mitarbeiterin der Hotelrezeption am späteren Nachmittag zu mir. »Leider geht das nicht schneller. Wegen der Buchmesse und dem Konzert sind alle Taxis gerade voll in Leipzig.«

»Macht nichts, ich warte draußen.«

Hinter mir verlassen gerade vier Frauen in meinem Alter lachend das Hotel. Sie tragen Haarreifen, wo oben blinkende Herzen wegstehen. Wahrscheinlich das Helene-Fischer-Konzert. Ich würde gerne mit. Aber Connis Lesung beginnt in einer Stunde, und das hat Priorität. Ich konnte mich zwar wenigstens kurz aufs Bett legen und duschen, aber an Schlaf war nicht zu denken. Weil ich die Hälfte der Zeit mit dem Büro telefoniert hatte und die andere Hälfte mit dem Baumeister. Die Botschaft war jetzt nicht so opti. Wir haben zwar jetzt endlich die gesuchte Grube gefunden. Die muss allerdings erneuert werden. Ich will gar nicht erst nach den Kosten fragen. Und dann habe ich mich ja auch selber noch kurz auf die Lesung später mit der Reisebusgruppe vorbereitet.

Wie ich da so neben dem Eingang an der Hotelmauer lehne und auf das Taxi warte, sehe ich gegenüber jemanden bei der roten Ampel stehen. Er schaut direkt in meine Richtung und steuert das Hotel an. Ist ja leider auch seines.
Karl Kiefer.
Eine Straßenbahn kreuzt unser Sichtfeld, und ich nutze sofort die Gelegenheit, um zu verschwinden. Auf gar keinen Fall will ich jetzt mit dem reden.
Als die Straßenbahn wieder weg ist, bin auch ich weg und stehe mitten im *Kifferkönig Shop*.
Zwischen Bongs und diversen Rauchutensilien verstecke ich mich und beobachte durch das Schaufenster, wie er sich dem Hotel nähert und in der Eingangstür verschwindet.
»Brauchst du Hilfe?« Auf einmal ist ein Mitarbeiter hinter der Kassa aufgetaucht und grinst mich an.
»Nö danke, passt schon«, stammle ich und tue so, als wäre ich der ur Profi, der sich in seinem Geschäft etwas umschaut.
»Ein *Fritz-Cola* bitte«, sage ich und deute auf den Kühlschrank hinter ihm. Eigentlich habe ich keinen Durst, aber dafür ein schlechtes Gewissen, wenn ich ohne etwas zu kaufen wieder rausgehen würde.
Als er sich umdreht, fällt mein Blick auf die kleine Vitrine neben der Kassa. Kekse! Große Kekse!
»Sind die mit ...« Verdammt, wie sagt man da? »Also sind die mit Wirkstoff?«
Er beugt sich über den Tresen zu mir und schaut sich nach links und rechts um, was absurd ist, weil kein Mensch sonst weit und breit in dem Laden ist.

»Also die sind natürlich ohne!« Er mustert mich durchdringend. Hält er mich für die Drogenfahndung? Außerdem, ist das jetzt nicht eh schon erlaubt in Deutschland?

»Natürlich ohne«, wiederhole ich seine Worte. Und dann lasse ich mir eines davon einpacken, damit er mich nicht für einen Junkie hält. Die Stimme von Martina dabei im Ohr, wie sie sagt: »Kauf nicht immer alles aus Mitleid!«

Er packt das Keks kunstvoll in durchsichtiges Cellophanpapier ein und verschließt es mit einem roten Band mit goldenen Weihnachtssternen. Dann verschwindet sein Kopf wieder unter der Theke, um kurz danach mit einem zweiten Keks wieder aufzutauchen.

»Aber du hast Glück!«, sagt er. »Wir haben heute eine einmalige Aktion. Eins plus ein Special gratis!«

Draußen wartet inzwischen schon das Taxi auf mich. Durch die geöffnete Beifahrerscheibe frage ich den Fahrer, ob er für die Zieladresse von dem Kultursaal bestellt wurde.

»Ja, sogar zweimal«, sagt er. »Wäre es okay, wenn wir noch eine Person mitnehmen? Die Zentrale hat mich gerade angefunkt, das wäre nämlich die gleiche Adresse, und sonst sind so schnell mehr keine Taxis frei.«

»Kein Problem«, sage ich und rutsche auf der Rückbank genau hinter den Fahrer. Wenigstens kann der Wucherpreis dann halbiert werden.

Nachdem die Kekse in meiner Handtasche keinen Platz mehr haben, klappe ich die Armlehne in der Mitte herunter und lege die beiden Kekse, die getrennt in Cellophan verpackt sind, vorsichtig drauf. Dann lehne ich den Kopf nach hinten und schließe die Augen für einen kurzen Power-Nap. Heute habe ich keine Lust mehr zu reden und schon gar nicht mit fremden Fahrgästen.

Kurz bevor ich in einen angenehmen Entspannungsmodus verfalle, reißt jemand die hintere Tür auf. Schnaufend und schwerfällig lässt sich jemand neben mir auf die Rückbank fallen.

Kurz danach bereue ich es sehr, die Augen geöffnet zu haben.

»Was für eine schöne Überraschung.« Karl Kiefer grinst mich an. »Und dann noch so süß!« Er schaut gierig auf die Kekse zwischen uns.

Weil mir keine passende Antwort einfällt, sage ich nichts und nicke nur wie so ein blöder stummer Wackeldackel auf der Hutablage.

»Wir können jetzt endlich los!«, drängt er den Fahrer, während ich verzweifelt überlege, wie ich einem Gespräch entkommen könnte.

Mein Telefon rettet mich! Das Büro ruft an, ich setze mir die Kopfhörer auf und hebe ab.

Leider ist das Gespräch nach wenigen Sekunden wieder vorbei.

»Tschüs«, sagt die Kollegin und legt auf.

Ich antworte: »Okay, ich habe jetzt eh Zeit, weil ich im Taxi bin. Ihr könnt gerne die Präsentation mit mir durchgehen, und ich höre zu.«

Dann genieße ich die Stille und Ruhe und schaue angestrengt aus meinem Fenster hinaus, um nur ja nicht in den Blickkontakt zu kommen. Ab und zu nicke ich mit dem Kopf und sage Dinge wie »Ja, der Teil dieser Präsentation gefällt mir sehr gut!« oder »Das könnten wir vielleicht noch abändern«.

Ein äußerst lauter und penetranter Klingelton stört mein Schauspiel. Sein Handy läutet. Er hebt ab und beginnt zu reden. Mir bleibt gar nichts anderes übrig, als ihm zuzuhören.

»Ja servas«, sagt er und redet gleich weiter, »du, ich bin gerade am Weg im Taxi zu der Preisverleihung. Ja genau die, wo ich Vorsitzender von der Literaturjury bin.«

Pause. Er hört zu.

»Ja, wer weiß, beim Deutschen Buchpreis sind auch immer wieder Buchhändler in der Jury. Kann eh sein, dass man heute auf mich aufmerksam wird. Ich halte ja auch die Juryrede heute.«

Pause.

»Wer den Preis bekommt? Das darf ich dir natürlich nicht sagen, es muss ja spannend bleiben heute Abend.«

Ich schiebe meinen Kopfhörer ganz leicht zur Seite, damit ich besser mithören kann, falls ein Name fällt.

»Wer? Wen meinst du?«

Dann wieder Pause. Der andere spricht.

»Ah so, die. Nein, die ist es fix nicht, so viel kann ich dir verraten. Die glaubt ja auch, sie ist was Besseres, nur weil der Papa der Herr Universitätsprofessor war. Die wollte ja nicht mal bei mir in der Buchhandlung lesen. Dafür war sie sich wohl zu fein. Und ihr Verlag wollte auch keinen Werbekostenzuschuss für die Lesung zahlen. Na ja, also von mir hat sie keine Stimme bekommen...«

Ich schaue weiter betont angestrengt aus meinem Seitenfenster hinaus, fixiere die engen Gassen und bemühe mich, nicht an Conni zu denken. Wie sie jetzt voller Hoffnung ihren Auftritt übt.

Als das Taxi stehen bleibt, zückt er seine Geldbörse. »Ich lade dich auf die Fahrt ein«, sagt er gönnerhaft. »Die Rechnung kann ich eh absetzen.« Es macht 49 Euro aus. Er lässt sich das Wechselgeld ganz genau herausgeben.

»Danke«, sage ich kurz angebunden und tue so, als würde ich umständlich irgendwas in meiner Handtasche suchen, damit ich nicht gleichzeitig mit ihm aussteigen muss.

»Sie brauchen nicht auf mich zu warten, ich muss noch etwas suchen!«

Dann warte ich, bis Kiefer endlich durch die Eingangstür verschwindet. Die Luft ist rein, ich kann jetzt auch raus.

Ich gebe dem Taxifahrer noch fünf Euro Trinkgeld und greife nach den Keksen in der Mitte.

Aber da ist nur mehr eines.

Liebe Susi, letztens war ich bei einer Lesung, da hat die Autorin zu singen begonnen! Ist das nicht etwas ungewöhnlich? Edith A.

Liebe Edith, wie toll, dass du auf so einer Lesung warst! Immer mehr Autorinnen versuchen, Lesungen zu bereichern und für das Publikum noch unterhaltsamer oder spannender zu machen.

IHR NAME IST NICHT AUF DER GÄSTELISTE

Der Mann beim Check-In blättert durch seine ausgedruckten Listen und zuckt am Ende mit den Schultern: »Es tut mir leid, Ihr Name ist nicht auf der Gästeliste.«

»Doch, doch, mein Installateur hat mich extra auf die Liste setzen lassen, Kristek mit K!«

»Wer?«

»Also der Christian …«, stammle ich weiter, »ich gehöre zum Tontechniker.«

Jetzt schaut er noch verwirrter und hält mich vermutlich endgültig für eine Betrügerin, die sich auf Events einschleicht, um gratis Essen abzugrasen. Sein Blick fällt auf das hübsch verpackte Keks in meiner Hand.

So läuft das, wenn man nicht offiziell auf der Buchmesse eingeladen ist. Keine Lesung, kein bezahltes Hotel, Selbstversorgerkekse und lächerliches Betteln beim Check-In.

»Okay, danke trotzdem für Ihre Hilfe.« Ich trete auf die Seite, damit die Gäste hinter mir nicht noch länger warten müssen, und setze einen Hilferuf per *WhatsApp* ab.

Die Veranstaltung heute findet in der *Schaubühne Lindenfels* in Leipzig statt, eine coole Location mit Retrocharme, die vor rund 150 Jahren als »Gesellschaftshalle für Tanzveranstaltungen« gegründet wurde. Während ich warte, dass mein Hilferuf erhört wird, scrolle ich noch mal durch die Ankündigung von dem Event. Ein berühmter Moderator und Satiriker wird durch den Abend führen. Die fünf Finalisten aus dem Literaturwettbewerb dürfen ihre Texte lesen, bevor dann der Siegertext verkündet und ausgezeichnet wird. Die Juryteilnehmer des Wettbewerbes sind ebenfalls dabei, angeführt von der Juryvorsitzenden.

Nachdem die Veranstaltung schon längste Zeit ausgebucht war, musste ich mir eben einen anderen »Kanal« suchen, um hineinzukommen. Und das Thema »Kanal« ist hier durchaus sprichwörtlich zu verstehen, denn da kommt jetzt mein burgenländischer Installateur Christian ins Spiel. Der ist nämlich nicht nur Installateur, sondern auch Musiker und Tontechniker. Irgendwann, als er an unserem Waschbecken herumgeschraubt hat, hat er mir erzählt, dass er demnächst mit dem berühmten Moderator als Techniker nach Leipzig fährt.

Das war kurz nachdem Conni davon erfahren hat, dass sie unter den fünf Finalisten ist. Deswegen habe ich ihn angefleht, ob ich nicht irgendwie unterstützend tätig sein könnte. Kabel halten, Scheinwerfer bewegen, was auch immer. Hauptsache, ich kann einen kleinen Blick von irgendwo auf die Bühne erhaschen, wenn Conni liest. Notfalls hätte ich mich gerne auch um die dortigen Sanitäranlagen gekümmert. Der Zweck heiligt die Mittel.

Mein Hilferuf wurde erhört. Christian spricht mit dem Check-In-Mann: »Das geht okay, sie gehört zu unserer Crew.«

Crewmitglied Kristek passiert die Eingangskontrolle. Es ist zwar nicht das *Woodstock Festival*, sondern nur eine Literaturpreisverleihung, aber immerhin. Bevor ich reingehe, schaue ich mich noch mal kurz um, ob das vielleicht jemand von den wartenden Besuchern gehört haben könnte, dass ich jetzt Crew-Mitglied bin.

Negativ. Die meisten schauen in ihre Handys.

»Okay, ich muss wieder Backstage, viel Spaß!«, sagt Christian.

»Aber soll ich nicht helfen? Also ich kann ja wirklich mitarbeiten …«

»Passt schon«, sagt er. »Die Begleitung von einer Kollegin ist krank geworden, du kannst gerne ihren Sitzplatz im Saal haben!«

Reihe drei, Platz eins, ganz außen. Großartige Platzierung, nicht nur beste Sicht auf die Bühne, sondern auch großartiger Überblick über den Zuschauerraum. Martina ist leider nicht da, sie hat parallel eine Lesung mit ihrem Buch *Hotel Rock'n'Roll*, das gemeinsam mit dem Hotelier Manfred Stallmajer entstanden ist. Es geht um Hotelaufenthalte berühmter Stars, After-Show-Partys, brennende Betten und Groupies. Und um spezielle Sonderwünsche wie die beheizte Klobrille von Madonna.

Ich denke an mein aktuelles Hotel, den Spannteppich, das Fenster ohne Aussicht und den Schneckentempo-Lift. Aber immerhin habe ich gestern Abend heißes Wasser für meine Wärmeflasche bekommen.

Ein paar bekannte Gesichter aus Wien kann ich im Publikum erkennen: Autoren, Buchhändler, Journalisten. Jetzt wird das Licht im Saal gedimmt, und der Moderator betritt die Bühne. Großer Applaus. Bei der Bühnendeko war man eher sparsam, würde ich sagen. Fünf Schwingstühle aus Leder und Chrom sind links zu einer Gruppe im Halbkreis formiert. In der Mitte ist ein einzelner Mikrofonständer. Eine Show wie bei Madonna wird nicht zu erwarten sein, aber es geht ja hier um die Inhalte.

Nachdem er ein paar Worte zum Ablauf des Abends verloren hat, holt der Moderator die Vorsitzende der Jury auf die Bühne. Sie ist eine berühmte Lektorin von einem noch berühmteren deutschen Literaturverlag und wird heute den Preis auch überreichen.

»Dieser Preis wird ja heuer zum ersten Mal verliehen. Und wir haben lange überlegt, wie man ihn gestalten könnte«, sagt er. »Und weil Literaturpreise ja generell eher schiach sind, haben wir uns daher heute etwas ganz Besonderes einfallen lassen.«

Jemand mit Headset am Kopf und einem Klemmbrett im Arm kommt von hinten auf die Bühne und übergibt ihm ein Plastiksackerl.

»Ja?«, sagt die Juryvorsitzende erwartungsvoll.

Der Moderator greift in das Sackerl und holt einen braungrauen rechteckigen Block heraus.

»Einen Literaturpreis zum Selberformen mit einem Kilo Ton!«

Das Publikum lacht und klatscht begeistert, die Vorsitzende weiß nicht so recht, wie sie tun soll, und greift zögerlich nach dem Block.

»Sie sind ja auch Lektorin von berühmten Autoren?«, fragt der Moderator.

Sie nickt.

»Macht Handke eigentlich viele Rechtschreibfehler?«

»Wir Lektoren schauen ja nicht nur auf die Rechtschreibfehler«, sagt sie. »Ein gutes Lektorat macht wesentlich mehr als nur das. Hier wird geschaut, ob die Geschichte passt, es gibt inhaltliche Rückfragen, Änderungen, es wird gemeinsam am Plot und an der Umsetzung gearbeitet. Oft schon von Anfang an, von der Entwicklung der ersten Idee weg.«

Dann kommen die anderen Juryteilnehmer auf die Bühne und werden vorgestellt.

Eine Buchhändlerin und ein Literaturkritiker aus Deutschland. Und aus Österreich die Mitarbeiterin von dem Literaturinstitut auf der Uni und ein Buchhändler, Karl Kiefer.

Der Literaturkritiker wird gefragt, wie der Sondierungsprozess der Einreichungen war. Seine Antwort ist so lang und mit so vielen Fremdwörtern, dass ich nicht mehr sinnerfassend dabei zuhören kann. *TikTok* hat meine Aufmerksamkeit endgültig zerstört.

Karl Kiefer hingegen scheint sich bestens über die Antwort zu unterhalten. Er kichert wie so ein kleines Kind hinter vorgehaltener Hand, während der Literaturkritiker redet.

Die nächste Frage geht an die Journalistin. »In Zeiten von Social Media, *BookTok* und Co., welche Relevanz hat der Feuilleton noch?«

Kiefer bricht jetzt in lautes Gelächter aus und stößt die Frau vom Literaturinstitut, die neben ihm sitzt, mit seinem Ellbogen an. Sie wirft ihm einen verstörten Blick zu, geht aber professionell zur Beantwortung der Frage über.

Vereinzelte Verlegenheitslacher im Publikum. Hinter mir flüstert jemand seinem Sitznachbarn zu: »Ist der betrunken?«

»Hat ein Literaturpreis spürbare Auswirkungen auf den Verkauf in der Buchhandlung?« Die Frage richtet sich jetzt an die deutsche Buchhändlerin.

»Das lässt sich schwer pauschal beantworten, aber wir sind zum Beispiel immer auch bemüht, wichtige Preise in die Art der Platzierung in unserer Buchhandlung einfließen zu lassen.«

Kiefer lehnt sich mit einem breiten Grinsen immer näher an die deutsche Buchhandelskollegin.

»Herr Kiefer«, richtet der Moderator jetzt das Wort an ihn. Kiefer setzt sich blitzschnell wieder gerade hin und grinst weiter erwartungsvoll.

»Und wie stellt man sich so eine Juryarbeit vor? Ihnen scheint es ja großen Spaß gemacht zu haben.«

Kiefer lacht laut auf. »Herrlich war das! Herrlich! Also ich wäre jetzt auch bereit, Jury beim *Deutschen Buchpreis* zu machen, wenn man mich möchte.«

Er richtet seinen Blick ins Publikum, hält sich die linke Hand wie ein Telefon an das Ohr und sagt: »RUFT MICH AN!« Es klingt wie eine Werbung für eine Sex-Hotline.

Stille. Zwei, drei Personen lachen.

»Kommen wir jetzt zum Höhepunkt der Veranstaltung«, sagt der Moderator. »Die Lesungen der Finalisten. Als Erste begrüßen wir Frau Conni Körbler bei uns auf der Bühne.«

Musik. Applaus. Conni tritt langsam hinter dem Vorhang hervor. Sie trägt schwarze Jeans und ein schwarzes T-Shirt und hat ihre Haare zu einem Pferdeschwanz gebunden. Auf der großen Bühne wirkt sie noch zerbrechlicher als sonst. Zögerlich geht sie zu dem Mikroständer in der Mitte. So als ob sie innerlich mitzählen würde. Nächster Schritt. Nächster Schritt. Nächster Schritt.

»Schönen guten Abend«, sagt sie leise ins Mikro. »Ich freue mich sehr, dass ich heute hier sein darf.« Ihre Stimme überschlägt sich leicht beim Wort »hier«.

»Lauter, bitte!«, ruft jemand von ganz hinten.

»Vielleicht etwas näher ran an das Mikrofon«, sagt der Moderator. Conni geht einen halben Schritt nach vorne und steht jetzt ganz beim Mikro. Unsicher dreht sie sich noch mal zum Moderator, der ihr aufmunternd zunickt und den Daumen nach oben streckt.

»Ja genau, näher ran!«, brüllt Kiefer und lacht dreckig.

»Buuuh«, brüllt jemand aus dem Publikum von ganz hinten. »Geschmacklos!«

»Der Typ ist doch besoffen«, flüstert jemand schräg hinter mir.

Conni beginnt zu lesen. Die Blätter, von denen sie abliest, zittern in ihrer Hand.

Ihr Blick bleibt starr auf das Papier gerichtet. Ich sitze ebenfalls ganz aufrecht, damit sie mich sehen kann, aber sie hat noch nie ins Publikum geschaut. Am liebsten würde ich zu ihr auf die Bühne gehen und einfach nur danebenstehen, damit sie da nicht so allein und verloren ist.

Karl Kiefers Kopf hat jetzt eine leichte Seitenlange eingenommen, seine Augenlider fallen immer wieder zu. Der Kopf geht dabei tiefer, bis er mit halb geöffneten Augen auf der Schulter der Buchhändlerin neben ihm landet. Er seufzt dabei wie jemand, der nach einem langen Tag glückselig in sein Bett sinkt. Die Frau verzieht das Gesicht und schiebt Kiefer von sich weg. Wie so ein Pendel, das in die andere Richtung ausschlägt, kippt er um, rüber zur Literaturwissenschaftlerin, und lässt sich jetzt wie ein Baby in ihren Schoß fallen.
»Entschuldigung?«, sagt diese und versucht, Kiefer wieder von sich wegzuschieben.
Conni stoppt ihre Lesung und schaut verunsichert zum Moderator.
Das Publikum beginnt zu tuscheln, vereinzelt sind auch Lacher zu hören.
Kiefer setzt sich wieder aufrecht hin und kichert weiter.
»Also ich glaub eher, dass der bekifft ist«, höre ich jemanden in der Reihe vor mir zu seinem Sitznachbarn sagen. »Hast du mal dem seine Augen gesehen?«
Mir wird auf einmal glühend heiß. Der Keks!

Der Mitarbeiter, der den Tonblock gebracht hat, erscheint wieder auf der Bühne, flüstert Kiefer etwas ins Ohr, worauf dieser aufsteht und ihm lachend hinter die Bühne folgt. Zum Abschluss winkt er noch mal dem Publikum hinter seinem Rücken, ohne sich dabei umzudrehen.
Weg ist er.

Der Moderator steht auf und geht zu Conni. »Bitte entschuldigen Sie die Umstände, das tut mir wirklich sehr leid. Ich würde vorschlagen, Sie beginnen Ihren großartigen Text noch mal von vorne zu lesen, damit wir ohne Störung zuhören können.«

Conni nickt zögerlich. Ihr Blick ist immer noch auf die Zettel gerichtet.

Das Publikum gibt einen motivierenden Applaus.

Dann hält sie inne. Was ist los? Ich halte den Atem an.

Conni lässt die Hände sinken, hebt den Blick ins Publikum und streckt sich durch. Sie steht jetzt ganz gerade vor dem Mikro.

»Eigentlich brauche ich meine Zettel gar nicht, denn ich kann den Text längst auswendig, so oft, wie ich ihn geübt habe. Aber ich bin so nervös, ich habe noch nie auf so einer Bühne gelesen. Danke, dass Sie mir die Chance geben!«

Sie lächelt ihr schönstes Lächeln ins Publikum und bekommt großen Applaus retour.

»Sehr sympathisch«, sagt jemand hinter mir.

Und dann beginnt Conni, in perfekter Lautstärke und Intonation ihren Text vorzutragen.

»Danke«, sagt sie, als sie am Ende angekommen ist.

Das Publikum klatscht begeistert.

Ihr Blick geht noch mal zögerlich ins Publikum und bleibt bei mir hängen. Ich mache mit beiden Händen Daumen hoch.

Liebe Susi, meine Mama sagt, ich soll ein Literaturstipendium einfordern, damit wenigstens irgendein Geld »mit meiner Schreiberei« (O-Ton Mama!) rauskommt. Oder mir einen »richtigen Job« suchen, so was wie kellnern! Das will ich auf keinen Fall! Also, wo muss ich da hingehen, um so ein Literaturstipendium abzuholen, damit sie endlich eine Ruhe gibt? Literatur_Liese

Liebe Literatur_Liese, Literaturstipendien sind tatsächlich eine tolle Möglichkeit, um Schriftstellern finanzielle Unterstützung zu bieten. Leider kann man die nicht einfach wo abholen, sondern es gibt meistens ein Auswahlverfahren, wo man sich mit seinem geplanten literarischen Projekt bewerben kann. Aber vielleicht wäre nebenbei kellnern gar keine schlechte Idee, mit so vielen Menschen bekommst du vielleicht tolle Inspirationen für deine Schreibprojekte! Toi, toi, toi!

SIND ALLE FREIWILLIG HIER?

Der Taxler fährt wie ein Rennfahrer im Zieleinlauf. Langsam wird mir schlecht. Ich bereue, dass ich ihn gebeten hatte, Conni und mich auf dem schnellstmöglichen Weg in den *Auerbachkeller* zu fahren. Dabei ist eh noch eine Stunde Zeit, bis die Veranstaltung beginnt.

Nachdem ich von der offiziellen Lesung auf der Buchmesse wieder ausgeladen wurde, hat Martina mich kurzerhand bei der *Buchhandlung Tyrolia* mitangeboten. Sie hatten Martina für eine Lesung vor einer Busreisegruppe gebucht. Ich konnte mir da gar nichts darunter vorstellen. Liest man da die ganze Strecke von Tirol nach Leipzig auf dem Reiseleiterplatz neben dem Busfahrer ins Mikro, wie bei so einer Heizdeckenfahrt? Laut *Google Maps* sind das 600 Kilometer!

Tatsächlich ist es aber eine Lesung in einem historischen Kellerlokal in Leipzig, wo die Busreisegruppe ein dreigängiges Abendmenü einnehmen wird. Martina und ich sind die Überraschungsgäste und lesen zwischen den Gängen. Wobei die Überraschung bei mir eher überschaubar wird, mich kennt ja keiner. Ich freue mich wahnsinnig über diese Chance!

Der Taxler prescht über eine Ampel. In meinen Augen war die schon rot. Ich versuche nervös, von hinten einen Blick auf den Tachometer zu erhaschen.

»Aber du hättest doch wirklich noch bei der Aftershow-Party bleiben können, vielleicht wärst du mit der Frau von dem Literaturverlag noch ins Gespräch gekommen. Sie scheint deinen Stil sehr zu mögen, so wie sie in der Jurybegründung über dich gesprochen hat«, sage ich.

»Nein, mein Auftrag dort ist erfüllt, ich habe eine Lesung auf so einer großen Bühne überlebt«, sagt Conni und klammert sich am Griff der Seitentür fest.

Wir rasen auf die nächste rote Ampel zu. Diesmal steigt er aber voll in die Bremse. Connis Tasche fällt vom Rücksitz, Zettel, Geldbörse und mein Keksgeschenk fliegen raus.

»Du warst großartig! Ich bin so stolz auf dich! Auf einmal warst du wie ausgewechselt. Wie hast du das gemacht?«

»Na ja, ich habe mir gedacht, der Höhepunkt der Peinlichkeit müsste doch schon erreicht sein. Ein Jurymitglied auf der Bühne, das offensichtlich irgendwas intus hatte. Das hat mich schon mal etwas entspannt. Und dann habe ich noch die Visualisierungstechnik angewendet.«

»Die was?«

»Habe ich im Lesungsangst-Seminar gelernt. Man soll sich vorstellen, dass man nicht vor so vielen Menschen spricht, sondern nur vor einer einzigen Person.«

»Und? Vor wem hast du gelesen?«

»Vor dir natürlich! Du hast mich mental unterstützt, und jetzt unterstütze ich dich!«

»Bist du traurig, dass du nicht gewonnen hast?«

»Nein, der Gewinnertext war wirklich genial. Sie hat absolut verdient gewonnen. Meine Primetime wird schon noch kommen.«

»Hat Joy eigentlich inzwischen schon geantwortet?«

»Ja, gestern. Ein Mail. Ich glaub, sie hatte Panik, dass wir noch mal auf einer Lesung von ihr aufkreuzen.«

»Und? Lass dir nicht alles aus der Nase ziehen!«

»Sie möchte mir weiterhin nur ein Fixum als Pauschale pro Buch zahlen und keine Erfolgsbeteiligung pro verkauftem

Stück. Aber sie hat angeboten, dass ich beim nächsten Buch statt 1.500 Euro jetzt 5.000 Euro bekomme.«

»Aber das wirst du ja hoffentlich nicht annehmen! Sie hat über eine Million Stück verkauft! Die verdient sich dumm und dämlich und will dich mit Peanuts abspeisen«, sage ich wütend.

Conni sagt nichts und schaut stumm aus dem Beifahrerfenster.

Nach einer langen Pause sagt sie: »Na ja, 5.000 Euro sind für mich keine Peanuts, das ist viel Geld. Ich brauche nicht lang, um diese Bücher zu schreiben, und könnte mir mit dem Geld Zeit verschaffen, um an meinen eigenen Projekten zu arbeiten.«

»Conni, bitte, lass dich nicht verarschen!«

Noch mal eine Vollbremsung. Wenn er weiter so fährt, muss ich mich übergeben.

»Wir sind da!«, sagt der Fahrer und schaut stolz auf seine Armbanduhr. »Rekordzeit!«

Auerbachs Keller übersteigt in der Dimension alles, was ich mir darunter vorgestellt hatte. In einem riesigen Kellergewölbe sitzen unzählige Menschen an dunklen Holztischen auf Bänken und in Nischen. Überall finden sich Hinweise auf Goethe und dass er dort angeblich den *Faust* geschrieben hat. Oder die Eingebung dazu hatte oder so was.

Ich stelle mir das Ganze ohne elektrisches Licht vor ein paar 100 Jahren vor. Lehmboden, graue Holzbänke, Männer mit schlechten Zähnen und großen Tonkrügen voller Bier.

Etwas stößt mich von hinten und reißt mich aus meinen Gedanken. Ein Abservierroboter ist auf mich aufgefahren und drängt auf Weiterfahrt.

Eine Mitarbeiterin, die wir nach der Reisegruppe fragen, schickt uns ganz nach hinten in zwei Extraräume. Hätte sie gar nicht müssen, denn obwohl es hier so laut ist wie auf einem Bahnhof, höre ich Martina lachen. Unverkennbar.

Sie erwartet uns bereits mit der Veranstalterin vor den beiden Räumen und erklärt den Ablauf. Martina liest zwischen Vorspeise und Hauptspeise im ersten Raum und ich im zweiten. Und zwischen Hauptspeise und Nachspeise wird gewechselt.

Während mich die Veranstalter vorstellen, überblicke ich den Raum. Es sind locker 80 Personen anwesend, nicht alle kann ich sehen, einige sitzen hinter Säulen. Die Kellner sind gerade dabei, Getränke zu servieren. Die Geräuschkulisse ist enorm, Teller scheppern, ein lautes Stimmengewirr in dem hallenden Kellergewölbe. Roboter fahren ein und aus. Ich bekomme Angst.

»Wie soll ich hier lesen?«, flüstere ich Conni zu.

Ich komme mir vor wie bei *Wickie und den starken Männern*. Und ich muss nach einem gelungenen Schlachtzug jetzt eine Gute-Nacht-Geschichte vorlesen.

»Visualisierungstechnik«, sagt Conni und zwinkert mir zu, bevor sie sich auf einen freien Platz bei einem Tisch setzt.

Ich überlege, wen ich mir vorstellen könnte, und mir fällt als Erster der dämliche Snorre ein. Der kleinste unter den Wikingern, ich glaub, auch der dümmste. Wo die Augen immer so verdreht sind und ein Zahn schief raussteht. So ein kleiner Giftzwerg, der immer skeptisch ist, ob die Pläne der Wikinger funktionieren, und der sich wegen jeder Kleinigkeit streitet.

Danke. Der hilft mir jetzt auch nicht viel.

Zuerst verlassen die Roboter den Raum, dann die Kellner. Nachdem die Tür geschlossen ist, hört man nur mehr ein gedämpftes Rauschen von der großen Halle draußen. Es geht los.

Ich stehe zwischen Esstischen, als würde ich meine Mannschaft zum Sturm auf den schrecklichen Sven einschwören.

»Sind alle freiwillig hier?«, frage ich und fixiere unter all den Erwachsenen einen circa zehnjährigen Jungen. Er sicher nicht.

Alle nicken. Auch der Junge.

Nur ganz hinten geht eine Hand nach oben, ein bulliger Mann mit Glatze in meinem Alter.

Ich gehe zu ihm. »Wer hat Sie gezwungen?«

»Mein Chef. Ich bin der Busfahrer.«

Alle lachen.

Nachdem alle warmgelaufen sind, beginne ich mit der Lesung. Leider ist das Licht eher ungünstig, und ich kann die Buchstaben kaum erkennen.

Der Busfahrer ist zwar nicht interessiert an Literatur, aber dafür praktisch veranlagt. Den Rest des Abends steht er hinter mir und leuchtet mit seiner Handytaschenlampe auf mein Buch.

Ich bemühe mich, wirklich laut zu lesen, damit mich auch die Teilnehmer an den hinteren Tischen gut hören können. Meine Stimme klingt gepresst und überschlägt sich teilweise schon.

»Können Sie im Notfall statt meiner weiterlesen?«, frage ich den Busfahrer hinter mir.

»Ich war der Tourbusfahrer von Helene Fischer. Ich bin auf alles vorbereitet.«

Als ich fast am Ende der zweiten Gruppe angekommen bin, bricht meine Stimme endgültig ab. Nur mehr ein hohles Krächzen kommt aus meiner Kehle.

Verzweifelt schaue ich zum Tisch der Veranstalter von *Tyrolia*. Sie haben sich so viel Mühe für den Abend gegeben, mir diese tolle Möglichkeit geboten, und jetzt bin ich die größte Niederlage und muss abbrechen, weil ich keine Stimme mehr habe!

Dann fällt mir noch eine letzte Möglichkeit ein, den Abend zu retten.

»Ich würde Sie bitten, eine kurze Übung mit mir zu machen«, fordere ich das Publikum auf. »Stehen Sie jetzt bitte alle auf!«

Die Teilnehmer sind grad sehr gut gesättigt von ihren drei Gängen und würden, glaub ich, lieber sitzen bleiben. Aber alle stehen auf.

»Meine Stimme bricht gleich weg«, sage ich ehrlich. »Und wir müssen jetzt gemeinsam den Gliederkaspar machen.«

Verwirrte Blicke.

»Das ist ein Geheimtipp, den ich von einer Stimmtrainerin gelernt habe.«

Die Übung, die oft auch im Theater oder bei Schauspielern angewendet wird, hat ihren Namen von der Marionettenfigur, wo die Gliedmaßen nur lose verbunden und daher sehr beweglich sind. Ziel der Übung ist es, Körper und Stimme zu entspannen.

Ich lasse alles locker hängen, Arme und Beine, und fordere das Publikum auf, es mir gleichzutun.

»Dann lassen Sie auch Kiefer und Zunge hängen, wer mag, kann auch die Zunge rausstrecken, und wir machen dann alle gemeinsam einfach äääääääähhhhhhh und wackeln dabei auf und ab und schütteln unseren Körper durch.«

Alle lachen und machen begeistert mit.

Nach ein paar Minuten wirken alle wieder frisch und munter, und meine Stimme hält noch sehr gut die letzte Passage durch.

Es ist jetzt beinahe Mitternacht, und ich sollte, um meinen Zeitplan zu schaffen, heute noch zumindest zwei Seiten für mein Buch schreiben. Aber das Einzige, was ich schaffe, ist, blöd auf meinem Handy herumzuwischen. Eine neue Nachricht geht ein.

Conni: Bin gut in meinem Quartier angekommen! Danke noch mal für den tollen Abend!
Susanne: 😊

Conni: Und auch danke noch mal für das Keks. Hat super geschmeckt jetzt.

Susanne: Und? Wirkt er schon?

Conni: Nein, sollte er? Da ist ja nix drinnen. Das würde ich sonst sofort schmecken.

Susanne: Okeeee. Dann wird das wohl eine Lehre für den schrecklichen Sven sein. Man soll nichts essen, was einem nicht gehört …

Conni: Für wen?????

Susanne: Das ist eine andere Geschichte … Schlaf gut!!!

Liebe Susi, selbst meine Freundinnen vom Bridge sagen immer: Karla, du musst ins Fernsehen! Jetzt habe ich endlich einen Buchverlag gefunden, der mein Buch veröffentlicht. Kümmern die sich dann auch um meine Interview-Termine?

Lieber Fernsehstar! Du hast tolle Freundinnen! Ob dein Verlag sich auch um die Pressearbeit kümmert, hängt von der Größe des Verlages und von deinem Vertrag ab. Große Verlage habe meistens eine eigene Presseabteilung oder es werden auch externe PR-Berater engagiert. Das kostet natürlich alles viel Geld und ist auch für einen Verlag nur finanzierbar, wenn genug Umsatzpotenzial mit deinem Buch zu erwarten ist. Und wenn dein Buch oder du selber ein spannendes Thema mitbringen. Aber mithilfe deiner Freundinnen fällt euch sicher was ein! 😊

SONDERFAHRT

Es ist bald Mittag, und ich liege immer noch in meinem Hotelzimmer herum. Das ganze Bett um mich herum ist vollgeräumt. Mein Buch, schon leicht abgegriffen und mit zahlreichen bunten Notizzetteln zwischen den Seiten, ein rosa und ein gelber Leuchtstift, ein Kugelschreiber, ein Marmeladencroissant, eine Mineralwasserflasche und viele beschriebene lose Zettel. Jeder hat eine Nummer für die Reihenfolge. Am Boden rund um das Bett liegen weitere zerknüllte Zettel. Und die Socken der letzten drei Tage.

Während die meisten Besucher und Aussteller der Buchmesse bereits gestern nach Ende der Messe die Stadt verlassen haben, bin ich noch immer da. Denn ich habe heute noch eine ganz besondere Lesung. Die *Leipziger Verkehrsbetriebe* haben mich ausgesucht, um eine Lesung in einer fahrenden Straßenbahn zu machen. Es ist eine spezielle Sonderfahrt, für die sich Kunden der *Leipziger Verkehrsbetriebe* bei einem Gewinnspiel bewerben konnten. 50 davon wurden ausgewählt und dürfen heute teilnehmen.

Normalerweise kann man das Publikum bei Lesungen gut einschätzen. Sie sind extra für eine Lesung gekommen, der Großteil auch freiwillig. Manchmal gibt es ein paar mitgebrachte Männer, wo die Freiwilligkeit nicht gleich auf den ersten Blick ersichtlich ist.

Aber meistens wissen die Menschen, was und vor allem wer da jetzt auf sie zukommt.

Das ist heute nicht so. Ich schätze, die meisten freuen sich auf eine besondere Fahrt mit der Straßenbahn, auf Sekt und kleine Snacks, die es bei einer Station dazwischen geben wird.

Ich weiß auch nicht, ob die mich überhaupt verstehen, dialektmäßig. Erst nachdem mein Buch erschienen ist, habe ich erfahren, dass Jochen lange Zeit der Meinung war, »Depperte« heißt so was wie »Lustige« oder »Ulkige«. Mein eigener Marketingleiter!

»Wir wollten gerne jemanden aus Österreich haben«, hat die Mitarbeiterin der Verkehrsbetriebe im Vorgespräch zu mir gesagt. »Und da haben wir uns alle Bücher und Neuerscheinungen der Österreicher auf der Buchmesse in dem Jahr schicken lassen.«

»Und wieso haben Sie genau meines ausgewählt?«

»Wegen der Beschreibung auf der Rückseite. Sie haben alles versucht, um erfolgreiche Autorin zu werden, und sich durch nichts aufhalten lassen. Das passt perfekt zu unserem Slogan: ›Lass dich nicht aufhalten – Leipziger Verkehrsbetriebe!‹«

Man weiß nie, wohin sich Dinge entwickeln können. Vielleicht sollte ich beim aktuellen Manuskript ein Hotelresort auf den Fidschi Inseln einbauen? Damit die mich dann einladen. Andererseits, bei meinem ersten Buch *Nur die Liege zählt* habe ich es auch der Klubkette von dem Hotel geschickt, in dem das Buch gespielt hat. Die haben den Titel super lustig gefunden, und die Marketingabteilung war dann auch gerne bereit, mir die Adresse zu geben, damit ich ihnen ein Exemplar des Buches schicken kann. Ich habe mich schon auf Lesetour durch alle Klubs gesehen. Die sind auf der ganzen Welt vertreten!

Das Exemplar ist angekommen, ich habe sogar eine Zustellbestätigung.

Aber danach nie wieder etwas von ihnen gehört. Sicherheitshalber buche ich auch keinen Urlaub mehr dort.

»Das ist so lieb, dass du extra wegen mir noch mal gekommen bist«, sage ich zu Conni, die bei der vereinbarten Abfahrtshaltestelle der Straßenbahn auf mich wartet. Wir sind eine Stunde zu früh.

»So was lasse ich mir nicht entgehen. Außerdem kann ich so lang ich will bei meiner Freundin wohnen, ihre Mitbewohnerin ist auf Auslandssemester. Sie freut sich über Gesellschaft. Und in der Zwischenzeit verdient meine Wohnung in Wien alleine Geld.«

»Immer noch der geschiedene Mann?«, frage ich.

»Klar, er zahlt gut.«

Dann fährt die Straßenbahn ein. »Sonderfahrt«, steht oben am Display. Die Türen gehen auf, und die Marketingmitarbeiterinnen der *Leipziger Verkehrsbetriebe* und noch zwei andere steigen aus und beginnen einen Check-In-Counter und zwei Werbefahnen bei der Haltestelle aufzustellen. Dann rollen sie noch einen roten Teppich direkt vom Check-In zum Eingang der Straßenbahn.

»Alter, du kriegst einen Red Carpet!«, flüstert mir Conni beeindruckt zu.

»Das ist nicht für mich«, antworte ich und zeige auf die Seitendisplays der Straßenbahn. »Vom Fahrgast zum Stargast«, steht da.

»Die Gewinner und Kunden der Verkehrsbetriebe sind heute hier die Stars, ich bin nur ein Teil des Entertainment-Programmes und hoffe, dass ich dazu beitragen kann, dass sie den Tag noch lange in Erinnerung behalten.«

»Hallo, ich bin der Uwe, es ist mir eine große Ehre, dass ich heute hier der Fahrer sein darf.« Der Straßenbahnfahrer ist ausgestiegen und hält uns die Hand zur Begrüßung hin.

»Für mich ist es eine Ehre!«, sage ich und schüttle seine Hand. »Haben Sie so eine Sonderfahrt schon mal gemacht?«

»Nö, das ist unser erstes Mal. Es war schon lange geplant, musste aber zweimal verschoben werden wegen dem blöden Virus.«

»Wow, du bist Premiere«, sagt Conni leise neben mir.

»Aber ich war schon mal in Wien mit der Straßenbahn«, sagt Uwe.

»Wie, mit der Straßenbahn? Die fährt doch auf Schienen!«

»Bei der *Tram-EM 2015*«, erklärt Uwe stolz. »Die Europameisterschaft der Tramfahrer, mit verschiedenen Geschicklichkeitswettbewerben und so Sachen. Ich war nicht schlecht in Wien!«

Ich bin immer wieder überrascht, welche Randgruppen-Veranstaltungen es gibt, von denen man noch nie gehört hat. Uwe scheint meine Gedanken lesen zu können, denn er sagt: »Das sind richtige Großveranstaltungen immer mit 40.000 Fans vor Ort und 60.000 im Livestream.«

Ich schäme mich sofort für meinen Randgruppen-Gedanken.

Die ersten Gäste treffen ein, sie wirken auf mich bunt durchgemischt. Junge, Alte, Studenten, Familien mit kleinen Kindern. Gerade steigen zwei ältere Damen über den roten Teppich in die Bim, die Mitarbeiter der Verkehrsbetriebe helfen ihnen dabei mit dem Rollator.

Conni und ich steigen auch ein und suchen meinen Sitzplatz, von dem aus ich lese. Die Straßenbahn besteht aus zwei Wagen, daher gibt es mehr als einen Sitzplatz für mich. Ich kann während der Lesung die Plätze wechseln und darf von fünf verschiedenen Positionen aus lesen, damit mich alle Gewinner irgendwann im Laufe der Sonderfahrt auch gut sehen können. Gut hören werden sie mich alle können, denn jeder bekommt Kopfhörer, über die ich zu hören sein werde.

Ich bin maximal beeindruckt von der perfekten Vorbereitung, spüre aber auch, wie Nervosität aufsteigt.

»Du rockst das! Im Notfall Visualisierung! Schau mich an!«, sagt Conni und nimmt ihren Platz ein.

Gleich daneben sitzt ein kleiner Junge und hält eine Miniaturstraßenbahn in der Hand.
»Liest du auch gerne?«, frage ich ihn.
»Nö«, sagt er, und sein Vater daneben lacht. »Aber ich liebe Straßenbahnen! Ich will auch mal Fahrer werden!« Er sitzt direkt hinter Uwe und lässt ihn keine Sekunde aus dem Blick. Uwe schließt gerade die Türen und beginnt mit der Begrüßung der Gäste über die Straßenbahnlautsprecher.
Er baut sogar Textstellen aus meinem Buch ein! Der hat das wirklich gelesen! Ich nehme mir ganz fest vor, zur nächstmöglichen *Straßenbahn-EM* zu fahren. Dann übergibt er das Wort an den Chef der *Leipziger Verkehrsbetriebe*, er hat sogar seine Frau mitgebracht.
Mir wird jetzt erst das ganze Ausmaß dieses Events bewusst.

»Lass dich nicht aufhalten«, zitiere ich zu Beginn meiner Lesung den Werbeslogan der *Leipziger Verkehrsbetriebe* und erzähle die Geschichte, warum sie gerade mich ausgewählt haben und wie stolz mich das macht. Und dass man, egal was man sich gerade in den Kopf gesetzt hat, welche Blödsinnigkeiten auch immer, man es zumindest versuchen soll. Der kleine Junge mit der Straßenbahn nickt heftig dazu und fixiert dabei aber immer noch den Uwe und sein Cockpit. Heißt das überhaupt Cockpit bei Straßenbahnen?
Dann erzähle ich von meinen verzweifelten Versuchen, mich nicht aufhalten zu lassen, und lese die passenden Stellen aus dem Buch dazu, während die Stadt Leipzig draußen an uns vorbeizieht. Beim Völkerschlachtdenkmal gibt es eine Pause mit Partyzelten, Getränken und Stehtischen. Die Freude und der Stolz, so besonders hofiert zu werden von den eige-

nen Verkehrsbetrieben, ist den Teilnehmern anzusehen. Vielleicht ist es gerade deswegen die schönste Lesung, die ich je haben werde.

Am Ende ist der kleine Bub mit seinem Vater der letzte Gast in der Bim.

»Komm jetzt, der Uwe will auch mal Feierabend machen!«, sagt der Vater zu ihm. Der Kleine hängt schon, seit wir an der Endstation angekommen sind, neugierig vorne bei Uwes Platz.

Conni ist schon weg, und auch ich bin jetzt sehr müde und verabschiede mich von Uwe und dem Vater-Sohn-Duo.

»Wenn ich mal Fahrer bin, dann lade ich dich auch ein, okay?«, sagt der Kleine zum Abschied zu mir und lacht mich an.

»Klar, sehr gerne, das würde mich freuen.«

Am Heimweg zum Hotel überschlage ich im Kopf, wie alt ich dann sein werde.

Egal.

Man darf sich nie aufhalten lassen.

Und das Leben ist erst dann aus, wenn es aus ist.

Als ich im Hotelzimmer bin, schalte ich mein Handy wieder ein. Conni hat mir zahlreiche Fotos von der Fahrt geschickt und drei Nachricht dazu.

Conni: Was für eine großartige Fahrt! Danke, dass ich dabei sein durfte!

Conni: Ich habe Joy übrigens gerade geschrieben, dass ich raus bin und das nächste Buch nicht mehr für sie machen kann. Egal wie viel sie als Fixum zahlen würde.

Conni: Vielleicht kann ich das ja wirklich selber auch machen …

Conni: Also warum sollte ich mich noch aufhalten lassen. Nicht von anderen und nicht von mir selber …

Liebe Susi, gestern habe ich beim Hautarzt (übler Ausschlag!) zufällig ein Interview mit Martina Parker gelesen. Die hat einfach ihren Job gekündigt, um Autorin zu werden, bevor überhaupt ein Buch von ihr erschienen ist. Wie cool! Ich glaube, das ist ein Zeichen vom Universum, als Kind wollte ich auch immer Bücher schreiben und mein Chef nervt mich schon seit fast 20 Jahren. Jetzt reicht es auch mal! Morgen werde ich kündigen! A. PS: Du bist ja mit ihr befreundet, sag ihr bitte gerne, dass ihre Schuhe hot sind!

Liebe A., Martina wird sich bestimmt sehr über das Kompliment freuen! Es ist nie zu spät, etwas Neues zu wagen! Das, was Martina geschafft hat, war eine seltene Ausnahme, für die sie wirklich hart gearbeitet hat. Sie hat ein einzigartiges neues Genre (Gartenkrimi) begründet und wirklich den Nerv der Zeit getroffen. Und sie hat sich extrem viele Marketing- und PR-Maßnahmen überlegt und Tag und Nacht gearbeitet. (Die schläft wenig!) Vielleicht schreibst du erst mal das Buch fertig und besprichst deinen Plan mit deinem zukünftigen Verlag. Wenn dein Buch dann so richtig gut angelaufen ist, kannst du ja immer noch den Weg in die Selbstständigkeit wagen ...

WIR FUNKTIONIEREN NUR ANDERS

Ich bin ADHS positiv. Der Arzt, der das vor Kurzem diagnostiziert hat, ist Spezialist auf dem Gebiet und der Meinung, eine Therapie könnte hilfreich sein. Ich bin noch unentschlossen, ob ich mich seiner Meinung anschließen möchte.

Was ich auf jeden Fall brauche, ist eine Überweisung, damit die Krankenkasse sich an den Kosten von so einer Therapie beteiligt, und deswegen sitze ich gerade im Wartezimmer bei meinem praktischen Arzt.

Ich bereue schon, dass ich den Termin für heute ausgemacht hatte, denn in einer Stunde habe ich schon wieder einen Call zur letzten Abstimmung für das *MeMe*-Trainer-VIP-Event morgen. Sie wollen noch mal die Details durchgehen, obwohl alles schon längst fixiert ist.

Das Wartezimmer ist bummvoll, und es sieht nicht so aus, als würde ich da bald drankommen. Auf dem kleinen Tischchen in der Mitte liegt ein Stapel Magazine. Aber niemand greift danach. Alle schauen in ihre Handys.

Ich öffne *TikTok* und gebe »ADHS Erwachsene« in die Suchfunktion ein. Sofort kommen unzählige Kurzvideos, wo ich nur die Untertiteltexte mitlese, weil ich meine Kopfhörer daheim vergessen habe. »Seid ihr auch so verpeilt?«, »Jeden Tag eine neue Idee!«, »Warum kann ich mir nix merken?«, »Tausend Sachen gleichzeitig machen«, »Kann mich nicht konzentrieren«, »Bringe nichts zu Ende« …

»Frau Kristek, könnten wir bitte noch mal Ihre e-Card haben?«

Auf meinem Handy poppt eine Benachrichtigung auf, dass ein neues Mail in meinem Posteingang ist. Es ist vom Max und hat drei Ausrufezeichen im Betreff.

»Frau Kristek?« Die Ordinationsmitarbeiterin schaut mich direkt an.

»Oh, Entschuldigung.« Ich springe auf und gehe schon Richtung Tür zum Behandlungszimmer.

»Nein, Frau Kristek, Sie sind noch nicht dran, ich bräuchte nur bitte kurz noch mal Ihre e-Card. Da hat etwas nicht geklappt vorhin.«

Sie zieht meine Karte mehrmals durch so ein Gerät und schüttelt aber immer wieder den Kopf.

»Ich glaube, die ist kaputt.« Sie wischt mit einem Taschentuch meine e-Card ab, probiert es noch mal und schüttelt wieder den Kopf. »Da müssten Sie bei der Krankenkassa eine neue beantragen.« Danke. Ein neuer Task auf meiner To-do-Liste.

»Wir stecken inzwischen unsere Ordinationskarte, kein Problem. Sie können wieder Platz nehmen.«

Geht nur nicht, mein Platz ist jetzt besetzt und sonst auch alle. Also lehne ich mich am Gang zwischen Garderobe und Klotür hin. Ab und zu verschwindet jemand mit einem Urinprobebecher dort rein.

Im Stehen lese ich das Mail von Max durch.

»Ich hoffe, dass morgen alles perfekt ist für das Event! Der Vorstand vom *MeMe*-Trainer hat mir gerade geschrieben. Er freut sich schon sehr auf morgen und wird auch selber anreisen, weil Österreich so ein wichtiger Markt für sie ist. Bei der Gelegenheit will er auch gleich über den größeren Jahresauftrag mit uns reden. Ich werde daher auch hinkommen. Liebe Grüße Max.«

Die Nachricht trägt nicht gerade zu meiner Entspannung

bei. Sie wollten ein Oberliga-Event, obwohl sie nach dreimaligem Preisdrücken nur einen Unterliga-Preis zahlen.

Dann wieder eine Benachrichtigung am Handy. *WhatsApp* von Martina.
Martina: Hast du heute schon was geschrieben?
Martina: Dein Abgabetermin rückt immer näher!! Du musst jetzt wirklich Gas geben!
Martina: Schick mir doch schon mal durch, was du bisher geschrieben hast!
Ich antworte ... nichts.
Martina: Hallo? Was machst du?
Martina: Ich seh den blauen Haken!
Susanne: sry. Arzt.
Martina: Okay!!
Martina: Aber ich weiß, du schaffst das!!! 🫶 🫶 🫶
Susanne: 🖤

Ich überschlage in meiner Notizen-App am Handy, wie viele Zeichen inklusive Leerzeichen ich schon geschrieben habe. Laut meiner Hochrechnung müsste ich jetzt bei circa 80 Prozent sein. Gleich heute Abend, nachdem ich das Kind vom Sport abgeholt habe, werde ich weiterschreiben, dann ist es bald geschafft. Ich sehne den Tag herbei, wo ich ohne schlechtes Gewissen einfach abends nur stumpf Serien schauen kann. Oder wieder Bücher lesen. Seit Monaten habe ich keine Bücher mehr gelesen. Weil ich keine Zeit habe. Aber auch, weil es zu nah dran an meiner Aufgabe ist. Und ich mich ständig vergleiche. Dann tauchen Stimmen in meinem Kopf auf, die schlechte Bewertungen über mein Buch abgeben.

Ich wechsle wieder zu den Kurzvideos auf *TikTok*, die schnellste Methode für eine kurze Auszeit aus dem Alltag. Wobei – »kurz« ist relativ. Gestern Abend war ich zwei Stunden (!) auf *TikTok*! Komplett sinnlos! Danach war ich nicht nur übermüdet, sondern auch frustriert. Weil, alle dort können offenbar mit einer Leichtigkeit super schöne, lustige, kreative Videos machen und haben dazu noch eine mega hohe Reichweite. Ich habe *TikTok* vor Kurzem erst »gelernt«, wie man das als User bedient, und bin dabei noch so langsam in der Bedienung, dass ich viel zu lange auf seltsamen Beiträgen verweile. Der blöde Algorithmus merkt sich ja, wo man länger hinschaut, und spuckt dann vermehrt Beiträge zu diesem Thema aus. Ich bekomme jetzt vorwiegend Videos von Polizeieinsätzen und Naturkatastrophen.

Ich wische weiter über die ADHS-Videos. »Wir sind nicht gestört – wir funktionieren nur anders!«, schreibt Janina aus Bremen. Ich like den Beitrag von Janina. Und ich like auch ihren Beitrag, wo sie von ihren »ADHS-Superpowerkräften« erzählt. Ihr Video über »ADHS-Vorurteile« kommentiere ich mit drei Herzen. Sie spricht darüber, dass sogar viele Menschen in medizinischen Berufen wenig Ahnung von ADHS haben und immer noch glauben, das betrifft nur Zappelphilipp-Kinder, und dann wächst es sich irgendwie aus. Im schlimmsten Fall halten sie es für eine Modediagnose.

Dann klicke ich auf »folgen«. Janina und ich sind jetzt Freunde.

»Hatten Sie schon mal Depressionen?« Der Arzt sitzt mir gegenüber und trägt eine Maske. Ich kann nur seine Augen erkennen. Ist schon wieder Pandemie?

»Nein«, antworte ich. Ich wüsste jetzt auch nicht, dass eine Depression ein ADHS-Symptom ist. Aber ich habe keine Zeit für Diskussionen. Außerdem war ich schon beim Fachmann.

»Ich bräuchte eigentlich jetzt nur eine Überweisung wegen der Krankenkasse«, sage ich.

»Sie sind manchmal grundlos traurig?« Er lässt sich nicht abbringen von seinen Fragen.

Ist das nicht das Gleiche wie Depressionen?

Nach ein paar weiteren Fragen wendet er sich seinem Computermonitor zu.

»Herr Doktor, bitte entschuldigen Sie die Störung, aber ich würde Sie kurz dringend brauchen.« Die Sprechstundenhilfe steckt den Kopf zur Tür herein. Er schaut in meine Richtung.

»Kein Problem, ich kann gerne warten«, lüge ich.

Der Arzt verlässt den Raum und lässt die Tür angelehnt. Ich greife sofort reflexartig nach meinem Handy. Ein neues Mail im privaten Posteingang von meinem Buchverlag. »Abrechnung«, steht im Betreff. Aufgeregt öffne ich das Mail, ich wollte schon längste Zeit nämlich nachfragen, wann die Abrechnung kommt. Bei Buchverlagen läuft das so, dass man kein monatliches Gehalt bekommt wie bei normalen Jobs, sondern meistens bekommt man zu Beginn seines Vertrages einen Vorschuss. Der Verlag schätzt hier, wie viele Bücher voraussichtlich in einem Jahr verkauft werden, und davon wird der Vorschuss auf das Autorenhonorar berechnet. Im Folgejahr wird abgerechnet, wie viele Bücher tatsächlich verkauft wurden, und der restliche Betrag wird ausbezahlt.

Ich wollte nicht bedürftig erscheinen, also habe ich bisher nicht nachgefragt, wann die Abrechnung endlich kommt. Dafür habe ich das Honorar in Gedanken schon gut investiert. Zum Beispiel in diese schönen Retro-Badezimmer-Bodenfliesen, die ich auf *TikTok* gesehen habe. Für das Burgenlandhäuschen.

Jetzt ist es also so weit! Die Abrechnung ist da. Gleich entscheidet sich, ob ich noch eine Zierleiste im Badezimmer springen lassen kann. Als ewiges Andenken an meinen Erfolg im ersten Jahr!

»Liebe Frau Kristek, im Anhang erhalten Sie Ihre Abrechnung für das letzte Jahr.«
Der Anhang ist sehr übersichtlich strukturiert:
Erste Zeile: *»Anzahl verkaufte Exemplare«*
Zweite Zeile: *»abzüglich bereits ausbezahlter Vorschuss«*
Dritte Zeile: *»Saldo: – 90 Euro«*

Das heißt, ich habe tatsächlich weniger Bücher verkauft, als der Verlag vorab eingeschätzt hat. Ich schulde meinem Buchverlag 90 Euro!!!
Wie ist das möglich? Ich war doch Bestseller? Mir wird heiß und ich spüre, wie ich zu schwitzen beginne. Mein Hals fühlt sich eng an, und meine rechte Hand zittert leicht. Der Arzt nähert sich wieder dem Behandlungsraum. Ich schließe sofort das E-Mail. Als ob er die sehen könnte, lächerlich.
Aber ich schäme mich so sehr. Ich kann nie wieder mit jemandem vom Verlag reden. Claudia, Alex, Jochen. Adios! Denn sie alle wissen jetzt, dass ich nicht mal das Geld reingespielt habe, das sie für mich ausgegeben haben.

»Geht es Ihnen gut? Sie sehen so blass aus.« Der Arzt setzt sich wieder in seinen Stuhl mir gegenüber.
»Ja, alles gut«, antworte ich, »ist vielleicht nur, weil ich heute noch nichts gegessen habe.«
Ich werde auch in den nächsten Stunden nichts runterbringen. Mein Magen ist verknotet. Aber was soll ich ihm auch sagen: dass ich ein Hochstapler bin, der gerade ertappt wurde? Dass man mit mir aufs falsche Pferd gesetzt hat? Dass ich ein lahmer Gaul bin, der sein Futter nicht wert ist?
Er wird mir nicht helfen können. Es gibt keinen Arzt für Menschen, die in ihrem Selbstverwirklichungsfirlefanz scheitern.

Ich würde sagen, die Zierleiste im Badezimmer, die kann ich mir jetzt selber aufzeichnen. Auf den Baumarktfliesen vom Aktionssortiment.

»Bitte schön«, sagt er und schiebt mir die Überweisung über den Tisch.

Wenigstens stehen dank ADHS die Chancen gut, dass ich mich eh bald nicht mehr an diese Niederlage erinnern werde.

Liebe Susi, ich habe vor, ein Buch zu schreiben, das danach auch verfilmt werden kann. Dann verdiene ich nämlich gleich 2x! Schlau, gell? Weißt du, wie viel man für einen Film bekommen kann? Rechenfuchs07

Liebe Rechenfuchs07, du trägst deinen Namen zu Recht! Das ist grundsätzlich ein super Plan. Die Einnahmen aus einer Buchverfilmung können aber sehr stark variieren, je nachdem auch, wie begehrt und bekannt dein Buch ist. Also ich würde mich voll ins Rennen werfen, um einen super mega Bestseller zu schreiben, dann steht dem Filmvertrag vielleicht auch nichts mehr im Wege! Cineastische Grüße!

HALLO, ICH BRÄUCHTE HILFE!

Es bewegt sich keinen Millimeter! Ich rüttle und zerre an dem Gittertor vom Supermarkt. Leider ohne Erfolg. Sehen kann ich mein Auto zwar noch, das da ganz alleine in der Tiefgarage steht. Ich komme nur nicht mehr rein.

Was grundsätzlich vielleicht auch noch nicht so schlimm wäre, müsste ich nicht das Kind vom Sport abholen, weil der Gatte im Ausland ist.

Ja gut, kann man sagen, fahr halt mit der Straßenbahn oder dem Taxi. Geht leider auch nicht, weil, die Jahreskarte von den Wiener Linien ist in meiner Geldbörse, und die befindet sich ebenfalls im Auto. Und ohne Geld scheidet auch die Taxioption aus.

Jetzt stehe ich da und schau blöd, in meinem verschwitzten Sportgewand, nur eine Trinkflasche und das Handy in der Hand.

Dabei war mein Plan wirklich gut. Ich wollte endlich mal wieder Sport machen, aber möglichst in der Nähe. Beim Einkaufen habe ich ein vielversprechendes Werbeplakat entdeckt: Seniorenturnen im Hinterzimmer von unserer Apotheke. Das klang machbar! Einzige Challenge: Die Turngruppe mit den Pensionistinnen endet fast gleichzeitig wie die Sportgruppe vom Kind. Nur dass die am anderen Ende der Stadt ist und öffentlich fast nicht erreichbar. Also habe ich einen ausgeklügelten Weg-Zeit-Plan entworfen, damit ich sie trotzdem abholen kann:

1. Das Auto direkt vor der Apotheke parken.
2. Unmittelbar nach dem Turnen die Apotheke fluchtartig verlassen.

3. Zügig – natürlich trotzdem unter Einhaltung der Straßenverkehrsordnung – durch die Stadt fahren.

So weit die Theorie. In der Praxis bin ich schon bei Punkt 1 gescheitert. Weit und breit war kein Parkplatz frei. Allerdings hat der Supermarkt gegenüber ein passendes Angebot für mich: »Parken für 60 Minuten während des Einkaufes«. Nachdem meine kleine Turnrunde nur 50 Minuten dauert, auch machbar! Ich habe mir extra eine Wurstsemmel gekauft und Abendessen für später, damit ich das großzügige Angebot vom Supermarkt nicht ohne Gegenleistung strapaziere. Punkt 2 – sofort nach dem Ende die Turngruppe verlassen – hat zwar auch noch gut geklappt. Aber dann war es aus.

Weil ich übersehen hatte, dass der Supermarkt bereits vor 30 Minuten geschlossen hatte. Und wenn der Supermarkt schließt, schließt auch das Parkhaus. Egal ob mit oder ohne mein Auto, Geldbörse und, viel schlimmer noch, WOHNUNGSSCHLÜSSEL drinnen!!!

Panisch suche ich die ganze Hauswand nach Knöpfen ab, die man drücken könnte, wo dann wer abhebt, vielleicht eine Sicherheitsfirma. Oder die Polizei. Mir egal, wer, Hauptsache, dieses Gittertor geht auf!

Leider negativ. Kein Knopf. Auch keine Telefonnummer irgendwo.

Der Supermarkt ist in ein Wohnhaus integriert, also schmiede ich den Plan, mir über die Garage des Wohnhauses Zutritt zu verschaffen, und läute wahllos bei Top 9 und gleich danach auch noch bei 10, 11, 12 und 13. Um möglichst wenig Zeit zu verlieren.

Einer hat abgehoben und mit der in Wien typischen Freundlichkeit auf mein Anliegen reagiert. »Schleich di!«

Ich läute weiter bei Top 22, 23, 24 und 25, bis endlich jemand, ohne zu fragen, den Türöffner betätigt. Ich springe die Stiegen nach unten, nehme gleich jeweils zwei auf einmal, am Ende überspringe ich sogar drei Stufen und lande … wieder vor einer versperrten Tür.

In der Hoffnung, dass vielleicht ein Bewohner mit einem Schlüssel kommt, laufe ich wieder zur Eingangstür zurück. Passiert auch! Ein älterer Herr mit Aktentasche nähert sich, ich stürze mich auf ihn und schildere mein Problem. Er hört mir sehr aufmerksam zu und stellt auch zahlreiche Rückfragen. Wie nett. Um mir am Ende aber zu sagen, dass er gar kein Auto besitzt und daher auch keinen Zutritt zur Garage hat.

Inzwischen ist es schon 20.30 Uhr. Auf der anderen Straßenseite verlassen meine neuen Seniorenturnfreunde gerade fröhlich schwatzend die Apotheke und winken mir zu.

Ich winke hysterisch zurück.

Da höre ich Stimmen über mir. Balkone!! Da sitzt jemand. Ich gehe ein paar Schritt nach hinten, um einen Blick zu erhaschen. Ich kann zwar niemanden sehen, aber hören. »Hallo!«, rufe ich laut. Nichts passiert. Soll ich Steinchen werfen?

»Hallo! Ich bräuchte Hilfe!«, rufe ich noch mal lauter.

Nichts. Im Gegenteil. Mir kommt vor, es ist sogar stiller geworden. Sind die reingegangen?

Dann kommt der ältere Herr mit der Aktentasche wieder aus dem Haus und steuert auf mich zu. Ich stehe da mit erhobener Hand, ein kleines Steinchen in der Hand. Sofort lasse ich die Hand sinken und den Schotter fallen.

Er habe es probiert, er würde doch mit seinem Schlüssel in die Garage kommen. Ich solle ihm gerne folgen.

Wie nett!!! Er ist extra noch mal runtergekommen!

Natürlich folge ich ihm in den Keller. Warum hat er eigentlich die Aktentasche wieder mitgenommen? Und was ist da drinnen??? Ist die Garage schalldicht? Soll ich wieder umdrehen und weglaufen?

Mein Handy läutet, das Kind ruft an, ich drücke sie weg,

weil ich jetzt wirklich volle Aufmerksamkeit auf die Situation hier brauche, falls es eskaliert. Die Hand mit dem Handy lasse ich sicherheitshalber oben.

»Sie kommen allein klar jetzt?«, fragt er freundlich, nachdem er die Tür aufgesperrt hat.

Ich schäme mich für meine finsteren Gedanken und bedanke mich überschwänglich bei ihm. Dann renne ich los, wie so ein Hamster, der zum ersten Mal in der freien Wildbahn ist, laufe ich kreuz und quer zwischen den Autos herum. Es muss doch irgendwo eine Verbindung zu dem Teil geben, der für die Supermarktkunden reserviert ist???

Gibt es nur nicht, das ist offenbar eine komplett separate Garage. Die hier ist nur für das Wohnhaus.

Also wieder raus.

Nachricht an das Kind, sie soll stehen bleiben, wo sie ist. Ich bin gleich da.

Dann sehe ich es! Direkt vor mir auf der anderen Straßenseite parkt ein *Drive Now*! Ich kann das mit meinem Handy entsperren! Auch wenn ich nur mehr zwölf Prozent Akkuleistung habe. Die Straße ist frei, und ich drücke aufs Gas. Als würde es um Leben und Tod gehen.

In meinem Helikoptermutter-Gehirn tut es das ja auch.

Dann läutet mein Telefon: »Mama, wo bist du denn?«

»Schatz!«, brülle ich ins Telefon. »Bleib stehen, wo du bist! Ich bin gleich da! Steig nirgends ein!«

»Okay«, sagt sie, und ich lege sofort wieder auf. Ich muss Akku sparen, damit ich später noch das Thema mit dem Wohnungsschlüssel lösen kann. Aber erst mal das Kind sichern. Im Ernstfall immer einen Schritt nach dem anderen.

Das Handy läutet schon wieder. Max. Ich rufe ihn später zurück.

Außerdem brauche ich jetzt wirklich beide Hände am Lenkrad, ich habe gerade mit überhöhter Geschwindigkeit eine Bodenschwelle überfahren und wurde unangenehm durchgeschüttelt. Meinem Gehirn dürfte der kleine Rempler gut getan haben, mir ist nämlich eingefallen, dass meine Nichte, die im gleichen Haus wohnt, noch einen Ersatzschlüssel von uns haben könnte.

Schon wieder eine depperte rote Ampel vor mir. Ich steige in die Bremse.

Wenigstens habe ich kurz Zeit, um einen Hilferuf an meine Nichte abzusetzen. Freizeichen. Bitte sei daheim! Wieder Freizeichen. Verdammt. Wann habe ich sie das letzte Mal gesehen? Freizeichen. Sie geht auch gern wandern. In Südamerika!

Bitte sei im Inland! Freizeichen.

Wieso ist die Ampel so lange rot????

Ich schicke ihr eine Sprachnachricht: »*Bist du daheim? Hast du noch einen Ersatzschlüssel von uns?*«

Endlich wieder Grün. Ich steige voll ins Gas. Das Auto heult auf. Ich habe vergessen, in den zweiten Gang zu schalten. Blöde Gangschaltung. Braucht kein Mensch, wenn es Automatik gibt. Das Manöver kostet unnötig viel Zeit. Vor mir blinkt schon wieder eine Ampel und schaltet auf Rot. Was sind das für idiotische Intervalle? Wenigstens kann ich die neue Nachricht lesen, die gerade gekommen ist:

Sabrina: Bin noch Chorprobe
Sabrina: und ja, Schlüssel von euch habe ich
Die schönste Nachricht des Tages!
Sabrina: Bin in ca. einer Stunde daheim!

Um 23 Uhr liege ich erschöpft im Bett. Morgen ist der große Tag des VIP-Events. Ich sollte frisch und ausgeschlafen sein. Wenigstens wäre es gut zu duschen und das Turngewand auszuziehen. Stattdessen surfe ich sinnlos am Handy. Eine neue Nachricht geht ein.

Martina: Und? Wie ist es dir beim Schreiben heute Abend gegangen?
Martina: Ich freu mich schon, wenn ich alles lesen darf!!!
Martina: Schlaf gut!

Ich weiß jetzt gar nicht so recht, was ich antworten soll. Ich muss ihr das mit dem Vorschuss noch beichten. Und dass all ihr Engagement in mich auch vielleicht verlorene Mühe ist.

Susanne: Läuft gut!
Susanne: Manuskript werde ich dir bald schicken können!
Susanne: Gute Nacht!

Liebe Susi, ich habe das jetzt mehrfach beobachtet! Die Menschen gehen in eine Buchhandlung und greifen direkt zu den Büchern aus dem Bestsellerregal! Ohne sich überhaupt umzusehen. Das ist doch ein Nachteil für alle anderen Bücher! Marie

Liebe Marie, das hast du tatsächlich völlig richtig beobachtet! Schätzungen zufolge können bis zu 60 Prozent der Verkäufe in Buchhandlungen von solchen prominent platzierten Büchern stammen. Das springt einem einfach sofort ins Auge. Aber auch du kannst es dorthin schaffen!

IST DIR DAS ALLES LANGSAM ZU VIEL?

»Wo warst du gestern eigentlich?? Ich konnte dich nicht erreichen, und zurückgerufen hast du auch nicht!« Max und ich stehen im Eingangsbereich vom Kino und warten auf den Vorstandsdirektor und Frau Doktor Knaus vom *MeMe*-Trainer. Es riecht nach Popcorn, ein junger Kinomitarbeiter mit langen Dreadlocks füllt gerade frischen Mais in die Maschine. Gleich hinter uns fährt die Rolltreppe in die untere Ebene, wo die Präsentation zur Markteinführung stattfinden wird. Von hier oben haben wir einen guten Überblick auf unseren VIP-Bereich, der gleich beim Eingang vom Saal 5 aufgebaut ist. Es sieht schön aus. Der rote Teppich, die Absperrkordeln, die Stehtische mit den weißen Hussen, das Buffet hinten an der Wand unter der Dachschräge, die Cateringwannen, die Teller. Joe und Fredi tragen gerade Teller und Gläser aus dem Backstagebereich zum Buffet, Mandy drapiert die letzten Tischtücher.

Außer uns ist noch niemand im Kino, für reguläre Besucher ist es noch zu früh. Und auch unsere Gäste werden in frühestens einer Stunde erwartet.

»Sorry, ich habe mein Auto im Supermarkt eingesperrt, dann war mein Akku leer und ich war zu spät beim Sportabholen. Dann mussten wir noch eine Stunde vor dem Haus am Gehsteig sitzen, weil ja der Schlüssel im Auto…«

Er sieht mich so verstört an, dass ich nur noch schnell ergänze: »Tut mir leid, ich habe vergessen, dich zurückzurufen.«

»Und was ist das für ein blauer Fleck da?« Er zeigt auf mein Kinn.

»Scheiße, sieht man ihn wieder?« Hektisch krame ich in meiner Handtasche nach Abdeckstift und Taschenspiegel.

»Aber woher kommt der?«

»Das ist nix Schlimmes«, sage ich, während ich mir mit dem Abdeckstift die Stelle zu kaschieren versuche. »Ich habe ein Lifting mit so Fäden ausprobiert. Einer ist aber gerissen und herumgewandert, und das kleine Stück musste wieder herausgeholt werden.«

Max verzieht angeekelt das Gesicht. »Danke, erspar mir weitere Details bitte!«

»Vielleicht ist dir das alles langsam ein bisschen zu viel?« Max wirft die Stirn in Falten.

»Was meinst du mit *das alles*?«, antworte ich und klinge dabei zickiger als geplant.

»Na ja, du bist mit deinem Arsch dauernd auf 1.000 Kirtagen. Die vielen Lesungen, du bist ständig unterwegs, die Renovierung im Burgenland, jetzt schreibst du auch schon am nächsten Buch. Ist das wirklich alles notwendig? Du kommst ja nie zur Ruhe.« Er klingt ernsthaft besorgt, so gut kenne ich ihn jetzt schon. Trotzdem werde ich das Gefühl nicht los, dass da noch etwas anderes mitschwingt.

»Also, wenn du meinst, dass ich meinen Job in der Firma nicht ordentlich mache, dann sag es gleich geradeheraus.«

»So war das ja nicht gemeint«, sagt Max.

»Du musst dir wirklich keine Sorgen machen, der Kunde wird ein perfektes Event für das lächerliche Budget, das sie vorgegeben haben, bekommen. Ohne meine Freunde wäre es nie möglich gewesen, das so günstig zu organisieren.«

»Die Tische, die Hussen, der rote Teppich, weißt du, was das alles gekostet hat?«

Es ist aber nur eine rhetorische Frage, denn ich rede gleich weiter, ohne auf eine Antwort von ihm zu warten.

»Nix! Keinen Cent! Mandy konnte das alles gratis von ihrem Wrestling-Klub ausborgen. Und Essen, das bekommen wir ebenfalls zum Spezialpreis vom Fredi.«

Ich verschweige, dass das Buffet auf Malertischen aus dem Hausmeisterbestand der Gemeinde Wien aufgebaut ist. Danke, Joe. Und auch, dass die Tischtücher eigentlich aus der Wäscherei sind, in der Mandys Schwester arbeitet.

»Wow«, sagt Max und nickt anerkennend.

»Und das Kino hier, mit der Chefin habe ich auch ewig herumverhandeln müssen, dass die uns das überhaupt um den Preis machen. Alle anderen Locations haben sowieso gleich abgesagt, als ich ihnen das Budget genannt habe. Unmöglich, haben die alle gesagt!«

»Na ja, ganz unmöglich kann es nicht sein. Immerhin hatte der Kunde ja auch ein konkretes Angebot von einer zweiten Agentur. Die hätten das auch geschafft um das Geld. Aber sind wir froh, dass sie sich für uns entschieden haben, denn wenn die heute sehen, wie perfekt wir arbeiten, dann haben wir die Chance auf den großen Dreijahresvertrag!«

»Wenn es überhaupt ein zweites Angebot und einen Folgeauftrag gibt! Vielleicht sind es auch einfach nur Schnorrer!«

»Sollten die nicht schon längst da sein?« Max schaut nervös auf seine Uhr. »Wie ist das Timing noch mal?«

»In einer Stunde kommen die Gäste zum Empfang mit Essen und Trinken. In zwei Stunden gehen wir alle in den Kinosaal, dort ist dann die offizielle Begrüßung, wir zeigen das Markteinführungsvideo vom Produkt, und im Anschluss wird ein Kinofilm gespielt. Exklusive Vorpremiere, eine Komödie mit drei Frauen.«

»Ah, da sind sie ja«, sagt Max und deutet in Richtung Eingang.

Frau Doktor Knaus kommt gerade im Business-Outfit der Nullerjahre durch die Tür. Beiger Hosenanzug, Perlenohrringe und flache schwarze Schuhe, die auch aus der Männerabteilung sein könnten. Der Vorstand neben ihr sieht aus wie diese gut gekleideten italienischen Männer, die ihren Espresso im Stehen trinken. Mitte 50, sehr schlank, Haare etwas länger und nach hinten geföhnt, Maßanzug und weiße Leder Sneakers, wo auf der Seite »A.S.« steht. Was auch immer das für eine Marke ist. Vermutlich teuer.

»Armin Schaffer, guten Tag, ich freue mich, Sie kennenzulernen.« Er begrüßt zuerst mich und dann Max. So italienisch, wie er aussieht, klingt er gar nicht. Ich tippe eher auf Niederösterreich.

»Ich hoffe, es ist alles perfekt vorbereitet?« Frau Doktor Knaus hält sich nicht lange mit Höflichkeiten auf und kommt gleich zur Sache.

»Natürlich! Wir sind schon bereit!«, sage ich und zeige mit ausladender Geste stolz nach unten. Fredi vom Würstelstand macht die letzten Handgriffe am Buffet. Er hat sich umgezogen und trägt jetzt einen schwarzen Anzug. Er sieht aus wie vom Captains Dinner am Kreuzfahrtschiff.

»Ist das nicht die gebuchte Influencerin?«, fragt Frau Doktor Knaus. »Was macht sie da am Boden?«

Tatsächlich klettert Mandy gerade auf allen vieren unter einem weißen Tischtuch hervor. Was tut die da???

»Ja, genau«, sage ich und versuche, möglichst professionell zu klingen. »Sie wissen eh, die Stars haben oft eigene Methoden, sich auf Moderationen einzustimmen. Oder vielleicht hat sie auch nur eine Kontaktlinse verloren.«

»Sie trägt eine Brille«, sagt Frau Doktor Knaus sehr belehrend.

»Eine Wrestlerin mit Brille?«, merkt der Vorstand an. Offenbar hat er Ahnung von dem Metier.

»Ja, darum geht es uns ja heute auch, dass wir Vorurteile über Bord werfen und die weibliche Vielseitigkeit feiern. Female Empowerment! Ein starker Beckenboden für die starke Frau!« Geschickt habe ich auch noch den Produktslogan eingebaut.

Schaffer nickt anerkennend. »Da hat sich wer wirklich gut vorbereitet.«

»Es scheint ein Problem zu geben«, sagt Frau Doktor Knaus und deutet nach unten.

Mandy winkt aufgeregt zu mir herauf. Dann zeigt sie mit ausgestreckten Zeigefingern in Richtung Decke und zuckt danach ausladend mit den Schultern. Das Ganze wiederholt sie mehrfach. Ich kann nur leider die Darstellung nicht deuten. Sie schüttelt immer wieder den Kopf dabei.

»Vielleicht möchten Sie sich gleich darum kümmern, wir haben inzwischen ja noch ein paar vertragliche Dinge zu besprechen«, sagt Doktor Knaus und dreht sich zum Max um.

Wie so Schulkind lässt sie mich einfach stehen.

»Wir haben ein scheiß blödes Problem!« Mandy stürmt bereits auf mich zu, als ich mit der Rolltreppe nach unten fahre. »Wir haben kein Licht. Es ist arschfinster beim Buffet!«

»Mandy, wir müssen jetzt auf unsere Wortwahl achten«, sage ich und schaue nervös nach oben. »Die Kunden sind schon da.«

»Wieso *wir*? Du hast ja gar nichts gesagt?« Mandy schaut mich verwirrt an.

»Egal. Also was ist jetzt das Problem mit dem Licht?«

»Es gibt keines! Wir haben überall nach Schaltern oder so

was gesucht, aber das ist ein verdammter Darkroom hier beim Buffet!«

Tatsächlich sind sämtliche Cateringwannen kaum auszumachen in der Dunkelheit.

Inzwischen kommt auch Joe die Rolltreppe herunter, hinter ihm der Typ von der Popcorn-Maschine.

»Da schauen Sie, alles finster, man kann nicht mal das Essen erkennen!«, sagt Joe. »Wir brauchen dringend Licht. Jetzt!«

»Hm, das ist eine gute Frage.« Der Mitarbeiter beginnt, nachdenklich eine Strähne seiner verfilzten Haare um den Zeigefinger zu wickeln. »Weiß ich aber auch nicht, ich glaub, da gibt es kein Licht. Bin aber erst seit einem Monat hier und nur für das Buffet zuständig.«

Hysterisch wähle ich die Nummer der Kinochefin. Das wird sonst nix hier mit dem Typen. Freizeichen. Wo ist die überhaupt? Die sollte ja schon längst da sein. Immer noch Freizeichen.

Inzwischen sehe ich, wie sich Max mit dem Vorstand und Doktor Knaus oben der Rolltreppe nähert. Ich schüttle hysterisch den Kopf und hoffe, dass Max meine Botschaft versteht.

Noch immer Freizeichen.

»Wo ist die Chefin? Die sollte ja auch schon längst da sein!«, herrsche ich den Popcorn-Mann an.

Er lässt sich nicht aus der Ruhe bringt und spielt weiter mit seiner Strähne: »Ja, die ist krank. Die kommt heute gar nicht.«

»Wie bitte???« Meine Stimme überschlägt sich.

Gleich sind Max und die beiden Kunden auf der Rolltreppe. Als Knaus und Schaffer kurz wegschauen, hebe ich die ausgestreckte Hand in Richtung Max. Internationales Stoppsignal.

»Na ja, die hat arg gehustet. Das hat sich echt nicht gut angehört! Ich hab gleich gesagt, lass dir das anschauen, weil, bei meiner Oma war das …«

»Wir brauchen hier einfach nur ausreichend Licht!«, unterbreche ich ihn forsch.

»Ich war dreimal zur Vorbesprechung hier mit der Chefin, sie hat gesagt, dass die Events immer hier stattfinden. Also gehe ich davon aus, dass es wohl irgendwo Licht geben muss.«

»Na ja, vielleicht weiß die das gar nicht so genau«, antwortet er. »Die hat ja auch erst gleichzeitig mit mir angefangen. Und in der Zeit war ja gar nix.«

»Ham sie dir keine Fotos gezeigt?«, mischt sich Mandy jetzt ein. »Also wenn wir wo in einer neuen Halle oder so einen Kampf haben, dann checken wir immer die Fotos ab, wie das bei anderen schon ausgesehen hat.«

Beim Wort »Kampf« wird der Popcorn-Mann hellhörig und schaut Mandy neugierig von der Seite an.

»Nein, hat sie nicht«, sage ich und ärgere mich über meine eigene Blödheit. Weil ich nur darauf konzentriert war, den billigen Preis zu verhandeln, habe ich die größten Anfängerfehler gemacht und bin nicht jedes Detail einzeln durchgegangen.

»Egal, wir brauchen JETZT eine Lösung! Licht! Hol, was du finden kannst, aber schnell!«, brüllt Joe in einem Kommandoton.

Inzwischen sind schon die ersten Gäste eingetroffen und haben von Mandy ein Glas Sekt oder Orangensaft in die Hand gedrückt bekommen. Bald sind alle Stehtische besetzt, es wird immer enger in dem durch die Kordeln abgegrenzten Bereich. Von oben kommen immer mehr Gäste. Die ganze Rolltreppe ist schon voll. Ganz am Ende Max mit den beiden Kunden. Ich nehme Aufstellung, damit ich die drei gleich abfangen und in ein Gespräch verwickeln kann, bis das Lichtproblem gelöst ist.

»Ist das schon unser ganzer Bereich? Eng, oder? Finden Sie nicht?«, fragt Doktor Knaus und verzieht den Mund dabei.

Ich hasse rhetorische Fragen und stammle irgendwas, dass ich mich gleich kümmern werde. Max wirft mir einen ernsten Blick zu. Zum Glück kommt Mandy im richtigen Moment mit Getränken. »Sie haben aber ein schickes Kostüm«, sagt sie zu Doktor Knaus, und zum ersten Mal seh ich so was wie ein Lächeln im Gesicht der Kundin.

»Und diese Schuhe! Sind das Ihre Initialen? Das ist ja saugeil!«

Inzwischen ist mir ihre Wortwahl egal. Ich bin nur froh, wenn sie die beiden beschäftigt.

Nervös schaue ich inzwischen in Richtung Buffet, wo der Popcorn-Mann gerade irgendwas mit Joe aufbaut. Dann wird es endlich heller! Mir fällt ein Stein vom Herzen, und ich hebe mein Glas erleichtert in Richtung von Frau Doktor Knaus: »Prost, auf einen gelungenen Launch-Event heute!«

»Danke, aber ich trinke nicht bei der Arbeit!«, antwortet sie schmallippig und stellt ihr volles Glas gleich wieder auf dem Stehtisch ab, während ich meines bereits zur Hälfte geext habe.

»Außerdem muss ich mir jetzt mal das Buffet ansehen!« Energisch geht sie weg und lässt mich schon wieder einfach stehen. Max folgt ihr.

Ich trinke den Rest vom Sekt und gehe den beiden nach. Als ich mich durch die Gästemenge durchquetsche, höre ich, wie am Rand ein Absperrkordelständer umfällt.

»Frau Kristek, das ist jetzt nicht Ihr Ernst, oder?« Doktor Knaus steht direkt am Buffet und zeigt auf die Lichtquelle. »Eine Baustellenlampe???«

Die eine Hälfte der Tischreihe ist tatsächlich mit einer Baustellenlampe hell erleuchtet. Die andere liegt immer noch in völliger Dunkelheit. Die Gäste versuchen dort, mit ihren Handytaschenlampen die Beschriftungen zu lesen.

»Ich kann das erklären«, stammle ich, »das ist absichtlich so gewählt.« Was Besseres fällt mir nicht ein.

»Da bin ich aber mal gespannt auf Ihre Erklärung«, sagt sie und beginnt, das Essen in der Warmhaltewanne zu inspizieren. In jedem Miniwürstel steckt ein kleiner bunter Spieß, damit man es bequem direkt aus der Wanne nehmen und auf seinen Teller laden kann. Anstatt sich eines zu nehmen, geht sie wie ein Kontrollinspektor um den Tisch herum. Sie schaut auf die Teller und greift dann nach einer Ecke des Tischtuches. Sie reibt den Stoff zwischen ihren Fingern, dann bleibt ihr Blick auf der Ecke des Stoffes hängen. Sie zieht ihn zu sich heran, und dann sehe ich auch, was da steht: »Eigentum vom Allgemeinen Krankenhaus Wien«.

»Sind das Krankenhaus-Leintücher?«, fragt sie mich mit weit aufgerissenen Augen.

Ich bin am Ende mit meinen Antworten.

»Ich bin am Arsch«, sage ich zu Mandy und Joe, die hinter mir im Taxi auf der Rückbank sitzen. Es ist kurz nach Mitternacht, und ich bin so müde, ich möchte einfach nur mehr in einen 100-jährigen Schlaf fallen. Ich lehne meinen Kopf gegen das kalte Taxifenster. Die Bilder der letzten Stunden laufen immer wieder in meinem Kopf ab. Das dunkle Buffet, der viel zu kleine Eventbereich, umgestürzte Absperrungen …

Wie sauer die Kundin war. Wie sie mir Unprofessionalität vorgeworfen hat und dann einfach ohne Verabschieden gegangen ist.

»Du warst großartig!«, sagt Joe hinter mir zu Mandy. »Wie du gesagt hast, dass beim Thema Frauengesundheit und Beckenboden noch so vieles im Dunkeln liegt und nicht ausgesprochen wird. Wie viele Baustellen es da noch zu dem Thema gibt und wir das symbolisch mit der Beleuchtung vom Buffet inszeniert hätten. Auf die Idee muss man erst mal kommen!«

Als ich mich umdrehe, sehe ich, wie sie ihren Kopf an Joes Schulter lehnt.

»Ich weiß nicht, wie ich euch für das alles je werde danken können. Das war unglaublich, was ihr da für mich getan habt! Auch wenn wir den Kunden nie wiedersehen werden.«

»Also das glaube ich nicht, dass du den nie wiedersehen wirst«, sagt Mandy.

»Wie kommst du auf das?«, frage ich sie.

»Weil ich mit dem Armin nach dem Film eine rauchen war.«

»Mit wem?«

»Na, mit dem Vorstandsmann! Und er hat gesagt, dass er sehr beeindruckt war, mit wie viel Herzblut und Engagement wir das alles umgesetzt haben.«

Hoffnungsvoll greife ich zum Handy und will die gute Nachricht gleich an Max schicken. Jetzt erst sehe ich, dass fünf neue Nachrichten eingegangen sind.

Max schreibt mir, ob ich mir nicht ein paar Tage Urlaub nehmen möchte.

Martina fragt nach dem nächsten Kapitel.

Doktor Barbara Brunner, die Presseagentin vom Verlag, bittet um dringenden Rückruf wegen einer Terminabstimmung für ein Interview.

Alex vom Verlag fragt, wann die Werbetexte für mein Buch kommen.

Der Installateur aus dem Burgenland braucht einen dringenden Termin vor Ort, weil es ein unerwartetes Problem mit Feuchtigkeit gibt.

Der Gatte fragt, wann wir übermorgen in das Hotel fahren, wo ich für die Lesung gebucht bin.

Der Pfarrer fragt mich, wann er mit meinem Artikel für das Pfarrblatt rechnen dürfte.

Und die letzte Nachricht ist vom Kind: *»Mama, wo bist du??????? Machst du gerade heimlich meine Geburtstagstorte für morgen?«*

Die Torte!!!!!!!

Liebe Susi, leider habe ich die Aufnahmeprüfung zur Polizeischule nicht geschafft. Ich lese aber sehr gerne Jerry Cotton und so Detektivzeug. Vielleicht sollte ich Buchagent werden? Das klingt auch spannend! Was ist das genau?

Liebe Spürnase! Ein Literaturagent kann so was wie eine Schlüsselperson auf dem Weg zum Erfolg sein. Ein Schweizer Messer mit vielen Funktionen. Die machen Verlagsverhandlungen, helfen beim Netzwerkaufbau oder bei der Rechteverwaltung. Sie können aber auch kreative Partner im Schreibprozess sein. Also, wenn du ein echter Allrounder bist – häng dich rein!

TRAUST DU DICH NICHT HINEIN?

Ich stopfe die angerotzte und mit Make-up und Wimperntusche verschmierte Bettwäsche in die Waschmaschine. Aus dem Kinderzimmer ist noch immer fröhliches Plappern am Telefon zu hören. »Du, ich muss jetzt aber aufhören, ich geh mit meiner Mum auf diese Buchmesse.«

Es klingt nur halb so begeistert, wie mein schlechtes Gewissen das gerne hätte. Am Geburtstag vom eigenen Kind nicht da sein wegen einer Lesung, am Vortag nicht da sein wegen der Buchmesse. Wenigstens konnte ich sie überreden mitzukommen. Bestechen wäre vielleicht das zutreffendere Wort. »Weil, wenn da nur Bücher sind, Mama, dann ist das echt nix für mich«, hat sie gesagt. Und ich habe Stein und Bein geschworen, dass es da auch ganz bestimmt andere schöne, kaufbare Produkte außer Büchern gibt. Notizhefte. Stempel. Radiergummis. Postkarten. Kuchen. So Zeug.

»Ist die Martina auch da?«

»Ja, natürlich, sie kommt auch.«

»Okay, super, dann komm ich mit. Aber nicht lange, ja?«

Die Martina zu sehen war für sie wohl mehr Anreiz, als Stempel und Radiergummis zu kaufen. Aus irgendeinem Grund übt die Martina eine ungemeine Faszination auf mein Kind aus. Sie tut oft so, als wäre das ihre Freundin und nicht meine. Und das ist jetzt wirklich nicht so, dass die Martina sich besonders kindgerecht ihr gegenüber verhalten würde. Aber vielleicht ist es gerade das, was sie cool findet. Und natürlich auch, dass sie ihr erlaubt hat, beim ersten Treffen den Schweif von ihrem Pferd mit pinker Haarcoloration zu tönen …

»Alle Autoren von meinem Buchverlag sind eingeladen zu einem Treffen beim Stand von unserer Verlagsvertretung«, erkläre ich ihr weiter, aber das Handy ist schon spannender. Martina kommt. Das ist die Info, die relevant ist. Alles andere egal.

Das *Gmeiner*-Autorentreffen ist in Wahrheit auch der einzige Grund, dass ich mich nach dem kleinen Mental-Breakdown noch mal aufgerafft habe. Der Marketingleiter Jochen kommt extra aus Deutschland angereist, die Verlagsvertreter haben Plakate mit unseren Fotos für die Messe drucken lassen. Ich kann die nicht alle enttäuschen.

Also Eisbeutel auf die verheulten Augen, neu schminken, die Schultern straffen, und weiter geht's. Immerhin bin ich eine erwachsene Frau und alt genug, um nicht wegen solcher Lächerlichkeiten die Nerven zu verlieren. Ich werde mich nicht davor drücken, nur weil ich Angst habe, nach dem Status von meinem neuen Buch gefragt zu werden. Man könnte ja auch erhobenen Hauptes sagen: »Ich habe nicht das Gefühl, dass es richtig gut läuft.« Auf *Instagram* gibt es ja manchmal auch so Postings, wo dann steht: »For more reality on *Instagram*«, und dann sieht man die Person einmal mit Filter und einmal real. So könnte ich ja auch in echt sein. »Leute, das war nur ein Zufallserfolg, mein letztes Buch. In Wahrheit quäle ich mich durch das nächste. Was beweist, dass ich sowieso keine richtige Autorin bin. Bald wird man dahinterkommen! Und für diesen Schein opfere ich auch noch gerade mein Privatleben ...«

»Mama, diese Menschen schreiben alle Bücher für euren Verlag?« Das Kind reißt die Augen weit auf, als wir auf den Messestand unserer Verlagsvertretung zusteuern. Eine große Menschentraube steht schon beim Stand. Alle schnattern fröhlich und aufgeregt durcheinander, Sektgläser werden weitergegeben, und ich sehe schon die ersten bekannten Gesichter.

»Wieso stehst du da wie angewurzelt am Gang rum? Traust dich nicht hingehen?« Joe steht auf einmal neben mir und grinst mich an. Er hat so was wie eine ledergebundene Dokumentenmappe unterm Arm.

Er redet gleich weiter, ohne auf eine Antwort von mir zu warten: »Ich muss gleich weiter, ich habe einen Termin mit meinem Agenten.« Dabei zwinkert er mir verschwörerisch zu.

Seit wann hat er einen Agenten? Ich komme aber nicht mehr dazu, ihn das zu fragen, weil er schon wieder weg ist. Hat er einen Literaturagenten oder einen PR-Agenten? Egal. Was auch immer der tut, solang Joe nicht mit seinem Würstelkostüm herumrennt und Würste an Buchhändler verteilt, scheint der Agent die Sache gut zu machen.

»Wollen wir vielleicht vorher noch eine Runde auf der Messe gehen?«, frage ich das Kind.

»Nein, Mama, da warten doch schon deine Freunde alle, magst du nicht zu ihnen?«

»Doch, schon«, sage ich und lüge. In Wahrheit wäre ich jetzt gerne *Pumuckl*. Ich würde mich unsichtbar machen und überall nur zuhören. Keiner könnte mich fragen, wann das Buch kommt, wie es läuft, worum es geht.

Zum Glück sind alle gerade in Gespräche vertieft, ich winke den bekannten Gesichtern daher freundlich, aber distanziert zu und quetsche mich in die hinterste Ecke vom Messestand. Ich tue so, als würde ich die ausgestellten Bücher eingehend studieren.

»Schau, wie schön die Bücher von Martina hier stehen«, ruft das Kind beeindruckt aus und zeigt auf eine ganze Reihe von Martinas neuestem Buch. »Ist deines auch da?« Ich zucke mit den Schultern. »Wahrscheinlich da drüben, wo grad so viele Leute davorstehen.«

Hinter mir höre ich, wie ein Mann gerade die komplette

Handlung seines Buches jemandem nacherzählt. Jeder Satz beginnt mit »der Protagonist«.

»Da versteckst du dich!« Conni steht auf einmal vor mir.

»Conni, du bist meine Rettung. Kannst du Alibigespräche mit mir führen, damit mich keiner nach meinem nächsten Buch fragen kann?«

»Leider nicht! Ich muss gleich los, ich treffe gleich einen Agenten.«

Sie jetzt auch???

»Welchen Agenten?«, frage ich.

»Joe hat den in Leipzig kennengelernt und ihm auch von mir erzählt. Der arbeitet mit verschiedenen großen Verlagen und will mein erstes eigenes Buch anbieten. Er sieht da viel Potenzial!«

»Meinst du ein Erotikbuch?«, frage ich.

»Pscht«, sagt Conni verlegen und wird dabei rot.

»Unter einem Pseudonym aber«, flüstert sie mir noch zu, und dann ist sie auch schon wieder weg.

»Huhuuuuuu, Susanne!« Die Stimme ist unverkennbar, Martina steht glitzernd inmitten einer Menschentraube aus anderen Autoren und winkt zu mir her. »Komm rüber zu uns!«

»Komme gleich!«, rufe ich und drehe mich wieder zum Buchregal.

»Mama, die Martina! Willst du nicht rübergehen?«

»Doch, natürlich, aber sie redet grad mit so vielen Menschen, da will ich nicht stören, wir haben ja später noch genug Zeit. Ich wollte dir noch schnell das Buch da zeigen.« Ich greife wahllos zu irgendeinem fliederfarbenen Buch. Am Cover eine Illustration mit zwei küssenden Teenagern.

Da tippt mich eine Frau von hinten an. »Entschuldigung, aber sind Sie nicht die Autorin von diesem Buch?« Sie hält mein Buch in der Hand.

»Ja, das bin ich«, antworte ich.

Und dann erzählt sie mir, dass sie Krankenschwester auf der Entzugsstation ist. Und dass sie das Kapitel so mag, wo ihr Kollege vorkommt, im Schreibkurs. Wo ich ihn ausfrage, welche Suchtmittel er selber schon probiert hätte. Und dass ich nicht weiß, was »Prosa« heißt im Literaturkurs und immer nur »Rosa« verstehe. Sie sei extra wegen mir hergekommen, weil sie gehofft hat, dass ich am Stand bin und ich ihr vielleicht das Buch signieren könnte. Und weil sie sich für die lustige Zeit bedanken möchte, die sie beim Lesen hatte.

Das Kind stellt sich stolz neben mich, als ich eine kleine Widmung in ihr Buch schreibe.

»Mama, war die Frau vorher ein Fan?«, fragt sie, als wir eine Stunde später wieder im Auto nach Hause fahren. Sie grinst mich dabei an. »Aber schade, dass wir nur so kurz mit Martina geredet haben.«

»Ja, Schatz, aber sie hat am Abend noch eine Lesung und wollte dazwischen auch noch nach Hause.« Die nächste Lüge. Denn die Einzige, die nach Hause wollte, war ich. Ich habe es eine Stunde lang erfolgreich geschafft, alle Gespräche nur auf die aktuellen Buchprojekte meiner jeweiligen Gesprächspartner zu lenken, und bevor mich wer fragen konnte, habe ich mich freundlich verabschiedet. Nur Martina, der konnte ich nix vormachen.

»Wann schickst du mir jetzt endlich das Buch? Du hast Abgabetermin!«

»Es ist noch ... also es ist eher noch ... eine Rohfassung. Ich müsste das noch überarbeiten.«

»Egal, du schickst mir jetzt, was du hast. Heute noch! Versprochen?«

Es ist jetzt 23.57 Uhr. Ich drücke auf Senden. Es fühlt sich an, als hätte ich im Kalten Krieg den Roten Knopf gedrückt. Egal jetzt. Hauptsache, vorbei. Es ist jetzt mal weg. Vielleicht ist es ja doch nicht so schlecht. Ich überfliege noch einmal das *Excel* mit der Kapitelübersicht. Neben jedem Kapitel steht die Zeichenanzahl. In Buchseiten sind das mehr als 400. Das ist schon mal gut. Genug, um noch vielleicht Kleinigkeiten zu streichen. An manche Inhalte kann ich mich gar nicht mehr so richtig erinnern. Offenbar war ich da schon so müde beim Schreiben, ich weiß es nicht. Aber ich will, dass es jetzt endet. Ich mag nicht mehr und ich kann nicht mehr. Ich will das Thema weghaben.

Ich denke an die kommende freie Woche. Sie wird sicher eine Woche brauchen, um alles zu lesen und Feedback zu geben. Und in dieser Woche habe ich frei! Kein Schreibdruck. Kein schlechtes Gewissen, weil ich nicht geschrieben habe. Keine To-do-Listen im Hinterkopf. Keine Zeitpläne, die eingehalten werden müssen. Ich schlafe ein mit dem Gedanken an all die *Netflix*-Serien, die ich nächste Woche anschauen werde. Endlich Ruhe. Ich schließe die Augen.

Liebe Susi, liest eigentlich noch jemand Bücher? Ich würde gerne eines schreiben, aber selbst im Urlaub sehe ich alle nur ins Handy glotzen. Vielleicht sollte ich meine Energie lieber für was anderes verwenden und Influencer werden?
Suchender83

Lieber Suchender83, tatsächlich gibt es sehr viele unterschiedliche Unterhaltungsformen, die alle um unsere Aufmerksamkeit buhlen. Aber Bücher haben immer einen festen Platz in der Gesellschaft. Natürlich ist Influencer auch eine ernst zu nehmende Alternative. Dort muss man auch ganz schön reinarbeiten, wenn man erfolgreich werden und vor allem bleiben will! Aber wer weiß, vielleicht findest du ja auch eine Möglichkeit, um beides zu kombinieren. Probier es einfach aus, no risk – no fun!

DER MORGEN, AN DEM ICH AM KLO ZUSAMMENGEBROCHEN BIN

Der Wecker läutet wie immer um 6.30 Uhr. Ich tippe schlaftrunken auf den Ausschaltknopf und gehe mit dem Handy in Richtung Klo. Alle anderen schlafen noch. 15 neue *WhatsApp*-Nachrichten! Was zur Hölle ist passiert?

Und dann sehe ich, dass alle Nachrichten von einer Nummer sind. Die erste Nachricht wurde um 4 Uhr abgesetzt.

Martina: So, ich habe alles gelesen.

Ja, spinnt die? Wie kann man in nur einer Nacht so viel lesen? Ich hatte ihr 420.000 Zeichen geschickt. Das sind fast 400 Buchseiten! Mit zittrigen Händen lese ich weiter ihre Nachrichten.

Martina: Es ist wie eine Statue, die aus einem Felsen gehauen ist, aber erst sehr grob. Man erkennt die Konturen, aber alles ist noch zu wenig definiert ...

Mir wird heiß, ich beginne plötzlich zu schwitzen.

Martina: Der Einstieg ist noch zu konfus, du musst dich auf eine Botschaft konzentrieren, die Details würde ich hier noch weglassen, und dann könntest du ein Kapitel machen, wo das chronologisch erklärt wird ...

Ich scrolle mit dem Daumen nach unten und überfliege die Stichworte. Es ist so lang und es sind so viele Nachrichten. Es hört nicht auf. Mein Daumen beginnt zu zittern und dann die ganze Hand. Und wieso ist mir jetzt auch noch so heiß?

Ich lese alle Nachrichten bis zum Ende. Alles, was sie schreibt, ist genau auf den Punkt getroffen. Sie hat das ganze Buch so klug analysiert. Ich fasse es nicht, wie das in der kurzen Zeit möglich ist. Mein Pyjama klebt an mir, als wäre er komplett durchgeschwitzt, in zehn Minuten muss ich alle wecken und das Frühstück vorbereiten. Ich muss noch Koffer packen für die Lesung im Hotel und Haare waschen, weil, die sind komplett verschwitzt. Ich beginne noch mehr zu zittern, und dann wird mir auf einmal auch noch ganz schlecht. Ich kann gerade noch den letzten Satz ihrer Nachrichten lesen:

Martina: Der Rohfassung fehlt noch die Leichtigkeit. Man spürt schon, dass du dich selbst gezwungen hast, das rasch runterzuschreiben. Magst du es überhaupt machen?

Du erkennst die wahren Freunde am Grad der Ehrlichkeit. Wenn sie so ehrlich sind, auch wenn es wehtut. Weil sie das Beste für dich wollen.

Das ist mein letzter Gedanke. Und dann kippe ich von der Kloschüssel.

»Geht es wieder?« Der Gatte sitzt neben mir am Bettrand. Er hat mir seinen Kopfpolster unter meine Füße geschoben, damit die hochgelagert sind, und hält mir ein Glas Wasser hin.

»Was ist passiert?«

»Kreislauf«, antworte ich, »vielleicht bin ich zu schnell aufgestanden.«

»Hast du Fieber? Du bist ja komplett durchgeschwitzt! Vielleicht solltest du die Lesung heute absagen?«

Absagen. Das ist das falsche Stichwort. Dann geht es schon wieder los mit der erbärmlichen Heulerei, und gleichzeitig platzt alles aus mir heraus. Das Feedback von Martina. Dass sie mit allem so recht hat. Dass sie sich so eine Mühe gibt mit mir. Dass ich das nie schaffe, in nur einer Woche alles zu ändern. Dass ich nicht mehr kann.

Und dass ich vor allem nicht mehr mag.

»Aber ich weiß das doch längst«, sagt er.

»Was meinst du?« Ich schaue ihn verwundert an und nehme einen großen Schluck Wasser.

»Ich weiß, dass du nicht mehr magst, ich kenne dich doch. Du musst das ja auch alles nicht machen!« Er streicht mir die Haare aus der Stirn.

»Doch! Der Verlag rechnet mit mir. Ich bin fix eingeplant. So eine Möglichkeit wirft man nicht weg. Weißt du, wie viele Autoren alles dafür tun würden, für so eine Chance?«

»Schau«, sagt der Gatte, nimmt mir das Glas ab und stellt es auf das Nachtkästchen, »das Eichhörnchen kann nicht schwimmen und die Ente nicht klettern.«

Ich starre ihn verwirrt an. Dreht der jetzt auch durch?

»Was soll das jetzt bedeuten?«

»Erinnerst du dich nicht an die Geschichte der Lehrerin am ersten Schultag?«

Ich zucke mit den Schultern. »Weiß nicht, dunkel, aber nicht mehr genau.«

»Das Eichhörnchen kann sich noch so sehr anstrengen und wird nie schwimmen können. Und die Ente wird niemals auf einen Baum klettern, aber dafür kann sie super schwimmen. Und das Eichhörnchen kann super auf Bäume klettern.«

»Und was hat das jetzt mit mir zu tun?«

»Du bist super darin, Menschen zu unterhalten und Geschichten zu erzählen.«

»Offenbar ja nicht«, unterbreche ich ihn.

»Doch! Das bist du! Aber in deinem eigenen Tempo. Du bist wie eine Biene, die von Blume zu Blume hüpft und vieles neugierig ausprobiert. Aber du brauchst dazu Freiheit und darfst dich nicht selber zu sehr unter Druck setzen. Man muss dich fliegen lassen.«

Eine Stunde später setze ich mich an meinen Schreibtisch, öffne mein Mailprogramm und beginne, folgendes Mail zu schreiben:

Liebe Claudia, lieber Jochen, lieber Alex,

ich bin heute früh vom Klo gefallen. Also nicht sprichwörtlich, sondern tatsächlich. Aufgestanden. Umgefallen.

Ich habe seit drei Monaten an dem Buch gearbeitet. Täglich. Also fast täglich. Zu 90 Prozent täglich. Im Bett. Im Zug. Im Auto vor der Sporthalle.

Ich habe sehr viel geschafft. Aber wie in einer guten Ehe geht es nicht um Quantität, sondern um Qualität.

Und die ist leider nicht dort, wo sie sein sollte. Ich habe mich zu sehr unter Druck gesetzt, alles schaffen zu wollen, meinen Job, die Familie, einen Umbau, Lesungen …

Das ist mir heute früh klar geworden. Als ich, Beine hochgelagert, im Bett lag, durchgeschwitzt und zittrig.

Ich werde oft gefragt, wie ich das alles schaffe. Die ehrliche Antwort lautet: gar nicht.

1.000 Dank an Martina, mit ihrer blitzschnellen Gabe, Texte zu erfassen und Feedback zu geben. Das alles in nur einer einzigen Nacht! Gestern Abend habe ich ihr eine Rohfassung geschickt, heute um 4 Uhr früh kam sie mit klugem und durchdachtem Feedback retour.

Irgendwo habe ich mal einen Spruch gelesen: »Sei jeden Tag die beste Version von dir selbst.«

Das war noch nicht die beste Version von mir.

Ich muss den geplanten Erscheinungstermin für das nächste Buch absagen.

Es tut mir sehr leid, danke für alles

Susanne.

Das Leben ist aus, wenn es aus ist. Aber die Sache mit dem Bücherschreiben, die endet für mich an dieser Stelle.

Liebe Susi, was macht eigentlich ein Lektorat genau? Und kann das nicht längst die KI übernehmen? Adam

Lieber Technikfan, wenn das Marketing das Herz eines Buchverlages ist, dann ist das Lektorat zugleich Bauch und Gehirn. The Masterbrain! Hier wird gecheckt, welches Buch überhaupt zu dem Verlag passt. Sie beurteilen die Qualität deines Buches und wie man es noch besser machen könnte. Das sind deine wichtigsten Partner-in-crime!!!

DREI MONATE SPÄTER ...
VON OBERWART NACH MARIAZELL

»Das Hörnchen bleibt aber hier, oder?« Es klingt nicht nach einer Frage.

»Wieso?«, antworte ich. »Das ist sehr bequem, gerade bei langen Fahrten. Du würdest das auch zu schätzen wissen!«

Martina tippt mit dem Finger auf den geöffneten Kofferraumdeckel. »Du willst ja nicht mein Geburtstagsgeschenk verschlafen, oder?« Ich ergebe mich und lege das Hörnchen in den Kofferraum neben meinen Reisekoffer.

Es ist 7.30 Uhr in der Früh, und wir stehen am *Park & Ride Parkplatz* in Oberwart. Gleich holt uns der Reisebus ab. Hinter dem Parkplatz ist so was wie eine Schnellstraßenkreuzung, unten durch und oben drüber brettern die Autos vorbei. Links ist eine Feuermauer von einem alten Wohnhaus. An der Mauer hängt ein riesengroßes grünes Werbeplakat, auf dem groß in Rot draufgedruckt ist: »Hier steht Burgenlands erster Pizza-Automat. 0 – 24 Uhr geöffnet.« Man sieht in ultimativer Vergrößerung ein Pizzaeck, das gerade hochgehoben wird. Der Käse zieht dabei lange Fäden. Das Plakat ist so ausgebleicht, es sieht aus wie ausgekotzter Milchreis. Mir wird fast schlecht. Und das auf nüchternen Magen, so zeitig in der Früh.

»Was ist jetzt mit deinem Buch? Wann schreibst du endlich weiter?«

Ich habe gewusst, dass sie die Frage stellen wird. Aber noch nicht so zeitig damit gerechnet.

»Ist das der städtische Bauhof, oder was ist das da drüben?«, frage ich und deute auf den großen 70er-Jahre-Industrieflachbau mit vielen leeren Parkplätzen auf der anderen Seite der Bundesstraße.

»Versuch nicht, vom Thema abzulenken! Du darfst nicht aufhören. Du musst wieder anfangen, man darf seine Talente nicht verschwenden! Seit zwei Monaten hast du nichts mehr geschrieben!«

Ich verschweige, dass ich eigentlich auch vorhätte, dass das so bleibt. Das Thema ist für mich erledigt. Es wird kein Buch mehr geben.

»Können wir vielleicht heute nicht darüber reden?«, frage ich sie.

»Du weichst schon so lange aus.«

»Ja, aber das ist mein Geburtstagsgeschenk heute. Ich dachte, wir wollten uns einen schönen lustigen Tag gemeinsam machen mit der Wallfahrt nach Mariazell.«

»Bücher schreiben und darüber reden ist auch schön und lustig!«

»Okay«, fügt sie dann hinzu, »kein Buchthema auf der Busfahrt!«

Sie hat mir zum Geburtstag eine Busreise geschenkt, die wir heute einlösen. Von Oberwart nach Mariazell, dem berühmten Wallfahrtsort. Hab mich noch gewundert, weil, ich hatte noch nie von ihr gehört, dass sie besonders gläubig ist.

Es befinden sich schon viele Wallfahrer im Bus, als wir einsteigen. Es gibt zugeteilte Sitze mit Namenskarten darauf. Ich liebe diese Art von detaillierter Planung.

»Griass enk! Bin da Walter. Es kennts Walter zu mir sogn!« Vorne am Mittelgang steht ein sympathischer älterer Herr und spricht in das Mikro, das etwas zu laut eingestellt ist.

»Glaubst, haben die hier auch Kaffee on board oder was zu essen?«, fragt mich Martina und lehnt dabei den Kopf an die Fensterscheibe.

»Das ist eine Wallfahrt! Keine Pressereise«, flüstere ich ihr zu. In ihrem ehemaligen Job als Beauty-Journalistin war sie ja oft von großen Kosmetikfirmen zu Pressereisen eingeladen. Es wurden Produktionsstätten besichtigt, wie zum Beispiel eine französische Heilwasserquelle, wo teure Cremen produziert wurden. Zum Heilwasser wurde den Journalistenteams Champagner gereicht. So stelle ich mir das zumindest vor.

»Schnitzel, Schweinsbraten oder Forelle gebacken?« Walter marschiert jetzt mit einem Klemmbrett durch den Mittelgang und bittet um die Bestellungen für das Mittagessen.

»Wir treffen uns pünktlich um 11.15 Uhr im Gasthaus *Zu den drei Hasen*«, erklärt er weiter den Ablauf.

Hat er jetzt 11.15 Uhr gesagt? Mittagessen um 11 Uhr?

»Owa davor moch ma eh no a Kaffeepause bei der Autobahnraststation«, fügt er noch hinzu.

Nach einer gefühlten Stunde – Klemmbrettkontrolle, ob alle da sind, Durchfrage, ob wer die noch vermissten Personen kennt oder von ihnen gehört hat, Bestätigung der Nachbarn der Vermissten, dass die eher nicht kommen werden. Sitzplatzrochaden, um in der Nähe von Bekannten zu sitzen oder vielleicht das genaue Gegenteil ... – fahren wir los.

Direkt vor meinem Sitzplatz hängt ein Monitor, der das Bild der Bordkamera überträgt. Wir können sozusagen sehen, was der Busfahrer sieht. Aktuell: Rücklichter auf der Südautobahn. Ich erzähle Martina begeistert von einer Kreuzfahrt, wo das auch so war. Ich war ganz allein auf Urlaub und hatte eine Innenkabine ohne Fenster. Mein einziger Kontakt zur

Außenwelt war diese Bordkamera. Es gab mehrere Kanäle: Bug-Kamera, Heck-Kamera, ein Kanal, wo den ganzen Tag der Kapitän Ansprachen gehalten hat, und ein Kanal, wo die Waren aus dem Schiffs-Shop präsentiert wurden. Und noch ein Kanal für das große Theater-Forum, wo es jeden Tag Shows gab. Zaubershow, Shopping Show, Umstyling Show.

Meine detaillierten Ausführungen vom Kreuzfahrtschiff stoßen auf wenig Begeisterungsreaktionen bei Martina. Sie nickt manchmal, wobei ihr Kopf seltsam schief an der Busscheibe lehnt. Kreuzfahrten dürften nicht so ihr Interessenschwerpunkt sein. Ich wechsle das Thema.

»Schau!«, rufe ich und deute auf den Monitor. »Wir fahren jetzt durch Neumarkt an der Mürz! Da gibt oder gab es mal ein berühmtes *F.X. Mayr Kurhotel*.« Ich fahre fort mit Details über die berühmte Milch-Semmel-Diät. Sie zuckt teilnahmslos mit den Schultern. Bei ihrer Figur wird die noch nie eine Diät von innen gesehen haben, denke ich mir und bin kurz beleidigt. Dann halt nicht reden.

»Seid ihr schon drin?«, jemand tippt mir auf die rechte Schulter. Es ist die Frau hinter mir, eine sympathische Pensionistin mit grauem Kurzhaarschnitt, die ihren Kopf freundlich durch den Spalt zwischen Martinas und meinen Sitz steckt.

»Wo drin?«, frage ich.

»Na, im WLAN!«

Tatsächlich habe ich noch gar nicht in Erwägung gezogen, hier nach WLAN zu suchen. Dabei steht das groß und gut sichtbar über der ersten Sitzreihe am Gang vom Bus. »Gratis WLAN«, steht da. Und daneben das Passwort: »WLAN«. Ich gebe das in meinem Handy ein, und es klappt. Meine voreingestellte Internet-Startseite geht auf: www.bild.de. Ich klicke das sofort beschämt weg, weil, der graue Kopf steckt noch immer neugierig zwischen unseren Sitzen.

»Bin drin«, sage ich ihr.

Sie bedankt sich, dreht den Kopf nach hinten und gibt die Botschaft weiter: »Sie ist drin.«

Die Dame hinter ihr tut es ihr gleich und gibt es wiederum an die Sitzreihe hinter ihr weiter: »Wir sind drin!«

Was ist das für ein Spiel hier?

»Die sind jetzt auch alle schon im W-Lan«, flüstere ich Martina verschwörerisch zu.

»Ja eh, dürfen sie nicht?«, haucht sie zurück, die Stimme klingt irgendwie kraftlos. Sie hat auch eine anstrengende Tournee mit über 100 Lesungen hinter sich. Mich wundert es nicht, dass die da so in den Seilen hängt. Sie ist schon ganz weiß im Gesicht. Die Heilige Maria von Mariazell wird auch ihr wieder Kraft geben!

»Sicher dürfen sie«, flüstere ich zurück. »Aber wenn DIESE Damen jetzt auch schon alle im Internet sind mit ihrem Handy, dann wird bald keiner mehr Bücher kaufen! Das sind unsere letzten Leserinnen! Die Jungen haben wir schon an *Facebook* und *TikTok* verloren. Das Autorinnen-Business-Modell bricht zusammen! Wir sollten uns umorientieren!«

»Gelesen wird immer.« Sie schiebt sich ihre Jacke zusammengerollt zwischen Kopf und Scheibe. Mir kommt vor, ihr Farbton im Gesicht wechselt jetzt auf Grün.

Die Straße ist aber auch sehr kurvenreich, vielleicht liegt es daran. Oder an mir?

»Rede ich zu viel?«, frage ich und klinge dabei wie der beleidigte Teil von einem alten Ehepaar.

»Nein, nein, passt schon«, sagt sie noch, während ihr die Augen zufallen. »Mir ist nur schlecht.«

Ich wende mich ab und schaue zur anderen Seite des Gangs. Die Frau dort zieht gerade etwas Großes, Weiches aus ihrem Rucksack. Ein Nackenhörnchen! Ich denke an meines im Kofferraum. Jetzt wäre es praktisch gewesen. Zumindest für meine arme reisekranke Beifahrerin. Ich werde sie mal in Ruhe schlafen lassen und beginne, am Handy Facts über Mariazell zu googeln.

Was mich nämlich sehr wundert, ist, dass Mariazell nicht in meinem *Marienerscheinungsquartett* vorkommt. Ich bin begeisterter Quartett-Karten-Sammler und besitze bereits ein *Wiener Gemeindebauquartett*, ein *Seuchenquartett*, ein *Tyrannenquartett*, ein *Rauschgiftquartett* und eben auch ein *Marienerscheinungsquartett*. Nur Mariazell kommt dort nicht vor, warum eigentlich?

Auf der Website der Basilika von Mariazell lese ich, dass im 12. Jahrhundert ein Mönch in die Region geschickt wurde, um Seelsorge zu betreiben. Quasi ein kirchlicher Außendienstmitarbeiter, so wie unser Verlagsvertreter, der Erich Neuhold, zum Beispiel. Während Verlagsvertreter immer die neuesten Verlagsvorschauen im Gepäck haben, so hatte der Mönch eine geschnitzte Marienstatue dabei. Irgendwann kam der allerdings nicht weiter auf seiner Reise, weil, da war ein Felsblock im Weg. Der Erich würde in so einem Fall jetzt wohl den ÖAMTC anrufen. Der Mönch wiederum hat sich Hilfe suchend an die Muttergottes gewandt, die das gleich geregelt hat. Der Fels hat sich gespalten, der Weg war frei! Irgendwann später wurde die geschnitzte Marienstatue vom Mönch in der Nähe einer Quelle gefunden, die angeblich heilende Kräfte hatte. Die Wundernachricht von diesen Heilungen wurde dann recht schnell verbreitet, das ging damals auch ohne Social Media sehr schnell. Und fortan sind die Pilger gekommen, um spirituelle Heilung, Trost und Segen zu suchen.

Wie viele Menschen da Trost und Segen suchen, wird mir schlagartig klar, als ich aus dem Busfenster schaue. Wir sind inzwischen am Ziel angekommen.

»Bitte schauts genau beim Einsteigen, dass ihr wieder den richtigen Bus dawischts!« Walter steht wieder mit seinem Mikrofon am Mittelgang. »›Südburgenland Reisen Bus 1‹ muss draufstehen, nicht Bus 2!« Ich verstehe seinen Hinweis, denn auf dem Parkplatz stehen locker noch 30 andere Busse, die alle relativ gleich ausschauen. Wenn du da nicht gut aufpasst und vor lauter Vorfreude auf die anstehende Heilung raushüpfst, ohne dir den Bus genau zu merken, dann kann es schon leicht passieren, dass man in die falsche Richtung wieder heimfährt. Während ich also sicherheitshalber noch ein Selfie mit mir und der Busnummer mache, höre ich das letzte Kommando: »In einer halben Stunde treffen wir uns bei den *Drei Hasen*!« Es ist alles straff organisiert hier.

»Ich brauch vorher noch eine Apotheke, vielleicht haben die was gegen Reisekrankheit.« Martina schleppt sich, immer noch blass, aus dem Bus und sieht gar nicht so glamourös aus wie sonst. Sie weiß ja noch nichts von den heilenden Kräften der Quelle! Ich will ihr alles erzählen, was ich gelesen habe, während wir den Menschenmassen folgen, die sich von den Bussen wegbewegen. Sie sieht aber noch nicht so aufnahmebereit aus.

Die Basilika von Mariazell bildet den Ortskern und überragt eigentlich fast alles hier. So als ob jemand eine viel zu große Kirche in einen recht kleinen, hügeligen Ort mit engen Gassen geworfen hat. Motto: Mehr ist mehr. Rund um die Kirche sind zahllose kleine Stände und Hütten.

»Gott sei Dank, da ist eine«, ruft Martina, und ich folge ihr in eine Apotheke.

Um 11.16 Uhr sind wir die Letzten unserer Reisegruppe, die in dem großen Speisesaal Platz nehmen. Mindestens 200 Leute sitzen schon löffelnd über ihre Suppenteller gebeugt, als wir uns durch die vollen Reihen auf die letzten zwei freien Sitzplätze quetschen. Am Tisch neben unserer Reisegruppe werden bereits die ersten Teller Schweinsbraten serviert, ein Lehrlingsmädchen schiebt einen Serviertisch auf Rollen mit

Salattellern hinterher. Weiter hinten balanciert ein anderer Kellner bereits Teller mit Sachertorte und Schlagobers. Wie kann man kurz nach 11 Uhr am Vormittag schon bei der Nachspeise sein?

Nach dem Mittagessen ist mir schlecht. Weil ich viel zu viel Schweinsbraten gegessen habe, das halbe Schnitzerl von der Martina, eine Leberknödelsuppe und eine Sachertorte mit Schlag. Dafür ist die Martina wieder topfit und motiviert. Die Kraft der Gottesmutter wirkt offenbar schon auf sie.

Wir haben noch fünf Stunden Zeit zur freien Verfügung und beginnen den Rundgang bei den fix platzierten Ständen. Es gibt unzählige Rosenkränze, Kruzifixe, Weihwasserbrunnen, Pilgerstöcke, geschnitzte Madonnen, leuchtende Madonnen und alles, was der Devotionalienmarkt sonst noch zu bieten hat. Daneben gibt es aber auch blinkendes Kinderspielzeug und sehr viele Produkte mit Vornamen drauf. Häferl, Autokennzeichen, Schlüsselanhänger.

»Oma Hilda muss unbedingt eine Mariazellfahrt im nächsten Buch machen.« Martina ist schon wieder auf übliche Betriebstemperatur warmgelaufen. Ich kaufe einen kleinen Weihwasserbrunnen mit Madonnenmotiv und ein Weihwasser-Transportgläschen mit Schraubverschluss.

»Da ist ja gar kein Wasser drinnen!« Martina hält die kleine Glasflasche kritisch gegen das Licht.

»Natürlich nicht, das holen wir uns jetzt in der Kirche!«

In der Basilika selbst gibt es weitere Einkaufsmöglichkeiten. Kurz überlege ich, ob ich um fünf Euro ein kleines Büchlein kaufen soll: »Gebete für den Berufsalltag«.

Dahinter entdecke ich dann auch ein großes Fass, wo Weihwasser zur Entnahme gegen eine kleine Spende angeboten wird.

Martinas Augen weiten sich entsetzt, als ich mit meinem Weihwasser-Transportgläschen in das Fass eintauche: »Die Bakterien!«

»Das ist Weihwasser! Da gibt es keine Bakterien!«

Neben der heiligen Maria Muttergottes ist Mariazell auch noch für seine Lebkuchen berühmt. »Oma Hilda würde sicher Lebkuchen kaufen«, sagt Martina, also will sie auch in so ein Geschäft. Weil ich die vielen Menschen kaum noch aushalte, warte ich vor dem Geschäft auf sie. Ein paar Minuten später stürzt eine ältere Dame aufgeregt aus dem Geschäft und auf ihre Freundinnen zu.

»Ihr glaubt ja überhaupt nicht, wen ich gerade getroffen habe!«

Die Freundinnen, die auch draußen gewartet haben, zucken ratlos die Schultern.

»Die Martina Parker! Die berühmte Autorin! Die war genauso sympathisch, wie sie im Fernsehen auch immer ist!«

»Das ist wieder typisch«, sagt ihre Freundin, »du bist wie a Elefant im Porzellanladen. Immer musst du alle anreden!«

Martina hat den ganzen Lebkuchenbestand aufgekauft und will jetzt unbedingt zum *Libro*. Wir trennen uns, weil, ich brauch dringend etwas aus der Drogerie daneben. Zahnseide! Wegen dem Schweinsbraten!

Die Bestsellerautorin wartet draußen vor der Tür schon auf mich, wo sie mir ihre *Libro*-Käufe stolz präsentiert: ein Notizbuch liniert mit Cover-Aufdruck »Keep it simple« und zwei Stück Kugelschreiber in Blau. Spätestens da hätte ich skeptisch werden müssen, dass sie hier offenbar einen geheimen Plan verfolgt. Denn jetzt dirigiert sie mich in ein Kaffeehaus, und ich darf es nicht mehr verlassen, obwohl wir noch drei Stunden Zeit hätten. Nachdem ich sowohl eine Cremeschnitte als auch eine Schaumrolle aufgegessen habe, packt sie den neu gekauften Block und die zwei Kulis dazu aus.

»Was wird das jetzt?«, frage ich sie.

»Wir arbeiten jetzt!«, antwortet sie und krempelt die Ärmel hoch.

»Woran?«

»An deinem Buch!«

»Aber du hast mir versprochen …«

»Nur während der Busfahrt reden wir nicht darüber, habe ich gesagt. Wir sitzen jetzt nicht im Bus.« Sie lacht mich erwartungsvoll an.

Dann darf ich so lange nicht den Platz verlassen (nicht mal Klo!), bis ich mit ihr den Plot von meinem Buch erarbeitet habe. Dazu die wichtigsten Charaktere, Konflikte und die Kapitelstruktur der ersten zehn Kapitel. Ich muss mir auch fiktive Charaktere ausdenken, soll dabei aber immer an reale Personen denken, die vielleicht passende Eigenschaften hätten.

Bei den Charakteren sagt sie, ich soll an jemanden denken, auf den diese oder jene Eigenschaft zutreffen würde. Ich erzähle von einem ehemaligen Bekannten. Er arbeitet bei der Gemeinde im Büro, und sein Arbeitstag beginnt damit, dass er erst mal das Frühstück für alle zubereitet. Danach schreibt er Bücher. Während der Arbeitszeit.

»Das ist gut, da kann man sich was konkret vorstellen«, sagt sie und schreibt alles, was ich sage, in das Buch.

»Was für Konflikte könnten sich in der Arbeit noch ergeben?«, fragt sie mich weiter, und sofort tauchen Ideen und Bilder dazu in meinem Kopf auf. Das Spiel beginnt mir Spaß zu machen. Auf einmal spüre ich da eine Möglichkeit, eine Struktur, der man folgen könnte, eine Logik, die ich so vorher nicht gesehen habe. Wie eine Lichtung, die von so vielen Bäumen verstellt war. Da ist auch eine Neugierde und eine Aufregung, wie wenn man ein neues Land bereist.

Wir reden und reden, sie schreibt und schreibt, was uns einfällt. Erst als es nur mehr 20 Minuten bis zur Heimfahrt sind, darf ich ganz kurz meine Zähne flossen gehen am Klo. (Schweinsbraten! Endlich!)

Hat sie das alles so geplant und inszeniert heute, um mich wieder zum Schreiben zu bringen? War das ein perfider Plan, eine Wallfahrt, um mir eine Auferstehung als Autorin zu erzwingen?

Auch auf der Busfahrt nach Hause stellt sie mir weitere Fragen zu Handlungssträngen und Charakteren und spinnt mit mir Ideen, zumindest die ersten paar Kilometer und Kurven lang. Denn dann rollt sie wieder ihre Jacke ein, nimmt eine von den heilenden Tabletten gegen Reiseübelkeit aus der *Marien-Apotheke*, lehnt sich zum Fenster und schließt zufrieden die Augen.

Ich hingegen bin putzmunter und schaue mich nach alternativen Gesprächspartnern um. Aber alle schlafen. Jeder hat ein großes Einkaufssackerl zwischen den Beinen. Ich muss noch an die Dinge denken, die wir auch gesehen und nicht gekauft haben:

* Walther Gaspistole P22 in Gold

* Mariazeller Schönheitskapseln (verzögern den Alterungsprozess von innen her)

* Mariazeller Hämorrhoidensalbe (anonymes Wichtelgeschenk?)

* Hildegard von Bingen Aronstab Wurzelwein (nach Hildegard ist der Wein die größte Hilfe in den Wechseljahren)

* Fake-Pelzkappe aus 100 Prozent Polyester

* Ratgeber vom katholischen Familienverband »Eizellenspende – Fluch oder Segen?«

Ich starre in den dunklen Nachthimmel auf dem Bordmonitor. Kurven, Schnee, Rücklichter, Kurven, Autos, Schnee ...

Und dann fällt mir ein, wie ich das eine Kapitel noch fortsetzen könnte. Ich krame in meinem Einkaufssackerl nach dem neuen Block und dem Kuli und beginne im schwachen Licht des Busses wieder zu schreiben …

DANKSAGUNG

Gute FreundInnen kennen alle deine Geschichten. Wahre FreundInnen helfen dir, bessere Geschichten zu schreiben.

Danke Martina, dass du mir in jener Nacht diese Nachrichten geschrieben hast. Auch wenn ich danach umgefallen bin. Danke, dass du mich später in den Bus nach Mariazell gesetzt hast, um mir dort eine Cremeschnitte, eine Schaumrolle und einen Notizblock zu kaufen. Glaube kann ja bekanntlich Berge versetzen.

Dein Glaube an mich hat mich dieses Buch ein zweites Mal schreiben lassen. Dafür und für alles, was ich auf dem Weg bis hierhin gelernt habe, möchte ich dir von ganzem Herzen danken.

Danke an all die wunderbaren WegbegleiterInnen aus der Buchbranche. Wir sind alle verrückt! Aber gemeinsam macht das doppelt so viel Spaß!

Danke an Claudia, Jochen, Alex und Agostina für eure Geduld.

Besonderer Dank für besondere Geduld und großartigste Unterstützung geht an Michl und Lucie.

Danke allen LeserInnen, die mein Buch gelesen haben! Wenn ich jemandem damit ein Lächeln ins Gesicht zaubern konnte, ist das die schönste Freude für mich. Schreibt mir gerne auf meinen Social Media Kanälen, wie es euch gefallen hat. Dort ist übrigens auch die Idee zu meiner »Ratgeber« Kolumne ent-

standen. Weil ich selbst so viele Fragen zum Buch Business hatte, als ich 2020 mit dem Bücherschreiben begonnen hatte. Woher soll man das alles wissen, wenn man neu einsteigt? Also scheut euch nicht, mir weitere Fragen zu schicken! Ich werde für euch die Antworten ausfindig machen!
Oder um den berühmten Blurber Günter Schütter zu zitieren: »Kristek, frag du, du hast kein Schamgefühl!«

Alle Infos findet ihr unter: www.susannekristek.at

*Weitere Titel finden Sie auf den
folgenden Seiten und im Internet:*
WWW.GMEINER-VERLAG.DE

Susanne Kristek
im Gmeiner-Verlag:

Die nächste Depperte
ISBN 978-3-8392-0404-7

Geht's noch?!
ISBN 978-3-8392-0769-7

WWW.GMEINER-VERLAG.DE
Wir machen's spannend

Fiona Fellner
Eine Melange zum Verlieben
Roman
368 Seiten, 13,5 x 21 cm,
Premiumklappenbroschur
ISBN 978-3-8392-0778-9

Statt ihre Promotion mit Bravour abzuschließen, kellnert Katie im Wiener Kaffeehaus Schopenhauer und träumt vom geheimnisvollen neuen Gast an Tisch 15. Doch als ihre Stammgast-Freundinnen Lisi und Elena sich in die Schwärmerei einmischen, gerät Katies sorgsam gepflegtes Schopenhauer-Universum in Gefahr. Der Neue scheint nicht der zu sein, für den die Freundinnen ihn halten. Plötzlich ist alles möglich: Freund, Feind, Liebhaber, Geheimagent, Mafioso …
Katie muss sich entscheiden: Will sie weiter träumen oder die Wahrheit erfahren?

GMEINER SPANNUNG

WWW.GMEINER-VERLAG.DE
Wir machen's spannend

Eva Reichl
Drei Leichen zum Frühstück
Kriminalroman
336 Seiten, 12,5 x 20,5 cm,
Broschur
ISBN 978-3-8392-0775-8

Am Ufer des Traunsees wird ein Toter gefunden. Es ist ein grauenvoller Anblick, denn der Mörder hat dem Mann die Beine abgeschnitten. Außerdem hat er für Chefinspektorin Lotta Meinich vom LKA Linz eine Nachricht hinterlassen: »Lügen haben kurze Beine«. Lotta weiß zunächst nicht, wo sie ansetzen soll, denn der Tote war Anwalt und Lokalpolitiker und hat sich nicht nur Freunde gemacht. Lottas Vater, Chefinspektor im Ruhestand, entdeckt im OÖ. Tagblatt einen Hinweis darauf, dass der Täter bald erneut zuschlagen wird. Doch wo und wann?

GMEINER SPANNUNG

WWW.GMEINER-VERLAG.DE
Wir machen's spannend

Tom Sacher
Der Fotograf der Kaiserin
Historischer Roman
320 Seiten, 12,5 x 20,5 cm,
Broschur
ISBN 978-3-8392-0763-5

1882, die Zeit der Belle Époque hat Einzug am Hof der Kaiserin Sisi gehalten. Da wird ausgerechnet auf den Geliebten ihres Schwagers ein heimtückischer Mordanschlag verübt. Viktor Angerer, Hoffotograf ihrer Majestät, wird unfreiwillig zum Tatortfotografen. Jemand will die wahren Hintergründe der Tat um jeden Preis vertuschen. Auf der Suche nach dem wahren Mörder bringt die Kammerdienerin Liesel, eine freche und gerechtigkeitsliebende Seele, sich selbst und auch den Fotografen in Gefahr, denn am Hof gilt das Motto: »Es ist alles erlaubt, solange nur keiner darüber spricht.«

GMEINER SPANNUNG

WWW.GMEINER-VERLAG.DE
Wir machen's spannend

Nicole Stranzl
Galgenwald
Kriminalroman
336 Seiten, 12,5 x 20,5 cm,
Broschur
ISBN 978-3-8392-0781-9

Journalistin Elisa will herausfinden, wer ihre Mutter Gabi getötet und im Thannhausener Galgenwald aufgehängt hat. Die Liste der Verdächtigen ist lang: Kurz vor ihrem Tod hatte Gabi Streit mit ihrem Chef und Ex-Lebensgefährten, dem Bordellbesitzer des »STARSHIP«. Influencer und Buchautor Flo weist eine Verbindung zum Galgenwald auf und selbst die LKA-Ermittler geraten in Elisas Visier, denn beide bergen ein Geheimnis. Als eine weitere Tote gefunden wird, läuft Elisa die Zeit davon. Schafft sie es, den Mörder zu finden, ehe das nächste Opfer am Galgen baumelt?

GMEINER SPANNUNG

WWW.GMEINER-VERLAG.DE
Wir machen's spannend

Ursula Hutter
Zur Spätlese Mord
Kriminalroman
224 Seiten, 12,5 x 20,5 cm,
Broschur
ISBN 978-3-8392-0837-3

Das hätte sich Lilli Palz, Flugbegleiterin aus Leidenschaft, nicht gedacht. Ausgerechnet zu Beginn ihres Heimaturlaubes in der Südsteiermark wird die Organistin in der Pfarrkirche von Ehrenhausen tot aufgefunden. Der ganze Ort ist geschockt, als sich herausstellt, dass es Mord war. Gemeinsam mit ihrer gewitzten Freundin Hilde und ihrem cleveren, aber etwas patscherten Freund Arthur begibt sich Lilli auf Mörderjagd an der Südsteirischen Weinstraße. Dabei stoßen sie auf so manches Geheimnis.

GMEINER SPANNUNG

WWW.GMEINER-VERLAG.DE
Wir machen's spannend